KB000551

제3의

男子

남자

제3의
남자

男子

박성신
장편소설

황금가지

모든 아버지들에게.

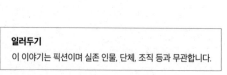

일러두기
이 이야기는 픽션이며 실존 인물, 단체, 조직 등과 무관합니다.

차례

프롤로그

그녀는 검은색 코트를 여미고 보라색 스카프 속에 얼굴을 묻었다. 땀이 식으며 한기가 코트 안으로 스며들었다. 그녀가 검은색 밴의 차문을 열고 뒷좌석에 타자, 차는 미끄러지듯 로스앤젤레스의 중심가로 들어섰다. 창문은 선탠이 되어 있어 밖이 잘 보이질 않았다. 백인 운전사의 낯익은 뒤통수가 보였다. 그녀는 붙인 속눈썹이 달랑거려 눈을 감았다. 그렇게 한참을 달렸는데도 창밖은 익숙한 풍경이 아니었다. 반짝이는 네온사인 대신, 어둠뿐. 호텔 간판은 어디에도 보이지 않았다. 영어로 어디로 가느냐고 물었지만 스티븐이란 이름의 운전사는 굳게 입을 다문 채 앞만 주시했다. 갑자기 불안함이 엄습했다.

잠시 후 차가 멈추었을 때, 낯선 풍경이 그녀를 맞이했다. 여기가 어디냐는 그녀의 물음에도 운전사는 말 한마디 없이 운전석에서 내렸다. 무언가 잘못됐다고 생각할 찰나, 뒷문이 열리고 그녀의 입을 두터운 손이 틀어막았다. 여자는 강한 약품 냄새를 맡으며 의식을 잃었다.

어두웠다. 눈꺼풀 위로 딱딱한 천이 닿았다. 상체를 비틀어 보았지만 손은 뒤로 묶여 있었다. 한기가 그녀의 몸을 타고 올라왔다. 눈을 가린 천 아래로 좁은 틈이 있어, 그곳으로 자신의 발등이 보였다. 그녀는 차디찬 시멘트 바닥에 맨발을 내디뎠다. 바닥은 미끈거렸고 소름이 돋았다. 한국말이 웅성웅성 문 너머로 들려왔다. 턱과 어깨가 의지와 상관없이 덜덜 떨렸다.

몇 날 며칠을 끌려다니다 결국 여기까지 왔다. 군용 수송기에 트럭, 그리고 한기 가득한 지하실.

"물건은."

중년 남성의 목소리는 높낮이가 없었으며 딱딱했다. 어딘가 귀에 익었다. 누구였지?

"찾았습니다."

대답한 남자는 다음 지시를 기다리고 있는 모양이다. 연달아 무언가 바닥에 내던지는 소리가 들렸다.

"처리해."

"네. 알겠습니다."

문을 탁 닫는 소리가 들렸다. 괴괴한 정적을 깨는 발소리가 가까워져 온다.

"그러게, 까불긴."

총을 장전하는 소리가 들렸다. 결국, 이렇게 되는 것일까. 그녀는 뜨거운 눈물이 흘렀다. 어금니를 꽉 깨물고 또박또박하게 말했다.

"약속은 꼭, 지키세요."

상대방의 호흡이 살짝 멈췄다.

"자존심은."

철커덕.

공기가 바뀌었다.

여자의 눈이 감기고, 동시에 "탕!" 하는 소리가 좁은 공간에 울렸다.

1부

충격
사건

1
첫째 날 오후 11시

지갑 안에는 단돈 만 원도 남지 않았다.

'오늘 밤은 찜질방에서 자긴 틀렸군. 뭐 어때, 밖에서 자긴 딱 좋은 날씨인데.'

사람은 극한 상황에서도 좋은 점을 찾아내는 대책 없는 낙관주의자에, 살기 위해 지 편한 대로 변명을 찾아내는 나약하고 이기적인 놈들이다. 나는 편의점에서 소주 한 병과 한 줄에 1500원 하는 김밥을 집어 들었다. 낮에 두들겨 맞은 갈비뼈가 욱신거렸다. 진열대 거울에 입을 벌리고 어금니부터 훑기 시작하는데 알바생과 눈이 마주쳤다. 윙크를 해 주려다 관두었다. 그 뒤로 세 번이나 더 눈이 마주쳤다. 얼굴색이 노랗게 뜬 알바생은 나를 지명수배자 대하듯 훔쳐보았다. 편의점을 나와 《벼룩시장》, 《동네방네》, 《교차로》를 뽑아 옆구리에 끼고 걸었다. 주택가 골목을 지나 계단을 오르니 허름한 공원이 나왔다. 운이 좋게도 공원은 한산했다. 이끼 낀 운동기구나 고양이 오물통이 되어 버린 모래 때문일지도 모른다. 공원을 두르고 있는 울타리 밑으로 주인 있는 불빛들이 우글거렸다. 복권이라도 당첨되었는지 멀리서 미친 듯 깔깔거리는 웃음소리가 들린다. 만약 그렇다면 저 복권이 내 복권이어야 한다. 위가 콕 쑤셨다.

징, 징.

수신용으로만 사용하는 핸드폰 전원을 켜자 문자가 연거푸 들어온다.

'너, 이번에 돈 안 갚으면 삼대가 재수 없다.'

'고시원 방세 안 낼 시 퇴실 조치.'

'민사 소송. 피의자로 법원 출두.'

'귀하가 이번 달 납부하실 금액은…….'

신경질이 나서 핸드폰을 꺼 버렸다. 인간들이란 남 생각이라곤 조금도 안 하는 것들이다. 추리닝 주머니 속에서 짤랑 소리가 들렸다. 손을 넣어 만져지는 것을 꺼냈다. 동전과 함께 상아색 새끼손톱 같은 게 섞여 딸려 나왔다. 치아였다. 낮에 맞아 깨진 내 이. 숲 쪽으로 이를 던져 버리고 주변을 둘러보았다. 공원 귀퉁이에 공중전화 부스를 발견하자 자연스레 그쪽으로 발걸음을 옮겼다. 그러곤 전화기에 동전을 넣고 외우고 있는 유일한 번호로 전화를 걸었다.

"여보세요?"

딸이다. 3개월 만에 들어 보는 딸의 목소리다. 나도 모르게 눈물이 흘렀는데, 말은 목구멍에 걸려 나오지 않았다. 공중전화의 남은 금액이 표시된 숫자는 곤두박질쳤다.

"누군데, 이 시간에?"

옆에 이혼한 마누라, 미영의 목소리도 들렸다.

"몰라, 말 안 해."

내가 입도 떼기 전에 전화는 끊겼고, 더 이상 주머니에서 동전을 찾을 수 없었다.

돈은 늘 중요한 순간 모자라는 법이다.

죽음밖에 길이 없나? 내 인생이 왜 이렇게 꼬이게 되었을까? 내가 읽은 모든 소설과 철학서, 신문, 텔레비전, 만화를 떠올리며 답을 찾으려 애썼다. 현답은 돌아오지 않고 그저 오늘도 차가운 김밥을 입에 물고, 소주를 삼킨다.

"실례합니다."

누군가의 음성이 멀지 않은 곳에서 들렸다. 낮지도 않고 높지도 않고 흔들림도 없다. 외판원? 종교인? 이도 저도 아니면 외롭고 긴 밤을 함께 보내자는 남자?

척추를 곧추세우고 눈으로 연신 목소리의 주인을 찾았다. 누굴까?

한 남자가 어둠 속에 모습을 드러냈다. 깔끔한 정장 차림의 30대 남자였다. 그의 구두는 어둠 속에서도 광이 났다. 그가 어느새 벤치 끝에 앉았다. 전해지는 무게감이 없다. 마른 얼굴에 낙타의 혹처럼 솟아 있는 광대뼈. 광대뼈 밑으로 음험한 그림자가 드리웠다.

"최대국 씨?"

남자는 내 이름을 물어 왔다.

"사람 잘못 보셨습니다."

누가 내 이름을 안다면, 그건 채권자 쪽일 가능성 90퍼센트. 일단
신발을 고쳐 신었다.

"표정 보니 맞네요. 최희도 씨가 아버님 되시죠?"

'최희도.'

침샘이 순식간에 말라붙는다.

그는 나란 존재의 근원을 제공한 사람이자 내 인생의 잘못 끼운
첫 단추였다. 기억이란 놈은 이상해서 이 순간에, 30년 전 그 인간이
했던 말이 난데없이 떠올랐다.

"모르는 사람이 너를 찾아와 내 이름을 대면, 그대로 도망가라."

그가 늘 그렇듯, 정신 나간 소리였다.

"나 그 양반하고 인연 끊은 지 오래됩니다."

"아버님이 중태십니다."

남자의 말에 나는 잠시 동안 그 인간을 떠올렸다가 그만두었다.

"살면서 아프기도 하고, 아프면 심해지기도 하고, 그러다 죽는 거
지 뭐. 거기다 칠십이 넘은 사람이 안 아프면 그게 정상입니까. 오히
려 그 나이에 안 아프면 뇌졸중 같은 걸로 한 방에 훅 가는 거거든."

나는 남은 김밥 덩어리를 삼키고 엉덩이를 일으켰다.

"오늘 저녁, 아버님이 총에 맞았습니다."

남자의 쭉 찢어진 눈이 실룩였다.

김밥이 목구멍에서 턱, 걸렸다.

남자의 차는 S5. 차내엔 개인적인 물건이 없었다. 운전석 위에 가
족사진이나 뒷좌석 앞에 잡지는커녕 흔한 티슈조차 없다. 남자는

자신을 아버지의 거래처 김 부장이라고 소개했다. 아버지에게 거래하고 만나는 사람이 있다는 게 신기했다.

'이 낯선 남자는 누구일까?'

'아버지는 어쩌다가 총에 맞은 걸까?'

'왜 경찰이 아니라 거래처 사람이 온 거지?'

순식간에 여러 가지 의문들이 머릿속에서 뒤섞였다.

이쯤에서 최희도, 아버지란 인간을 띄엄띄엄 되짚어 봤다. 나이는 70세, 고서점을 하는 절름발이 노인. 끝. finish. the end. 더 이상 그를 수식할 단어가 없다.

내 생각을 읽은 듯 김 부장의 눈이 백미러 속에서 내 눈과 마주쳤다.

"저녁 7시쯤 아버님의 급한 연락을 받고 달려가 보니 가게 근처 골목에 쓰러져 계셨습니다. 가슴에 출혈이 심했는데, 일단 병원으로 모셨습니다."

"그랬다면 근처 병원으로 갔어야 하는 거 아닙니까?"

나는 아버지의 책방 근처가 아닌, 시 외곽으로 향하는 차에 대한 의문을 담아 말했다. 사고가 나를 효자로 둔갑시켰다.

"저도 그러고 싶었는데, 아버님께서 이곳 병원으로 데려가 달라고 하셨습니다. 병원에 와서 보니 총상이었고, 저도 놀라 경찰에 신고해 놓은 상태입니다."

어딘가 뒤가 구린 설명이지만 그다지 따져 묻고 싶은 마음이 없었다. 어차피 내겐 병원비에 보탤 1000원짜리 지폐 한 장 없다. 그럼에도 내가 생면부지의 이 남자를 따라나선 이유는 그저 혹시 나

모르게 숨겨 두었을 선산이나 금괴 같은 드라마틱한 유산을 기대했기 때문이리라.

한참을 달려 김 부장은 개인 병원 앞에 차를 세웠다. 의정부의 외곽에 위치한 4층짜리 건물이었다. '차무석 정형외과'란 간판이 색이 바랜 채 간신히 붙어 있었다. 무릎 나온 추리닝 모양새가 마음에 걸렸으나 병원 꼴을 보고 안심했다. 운영을 하는 건지 마는 건지 간호사도 안 보이고 환자도 없었다. 김 부장을 따라 낡은 엘리베이터를 탔다. 엘리베이터는 둘의 무게만큼 가라앉았다 떠올랐다.

"병원 이전을 앞두고 있다더군요."

김 부장은 마치 병원 관계자라도 된 듯 말했다. 4층에는 입원실이 몇 개 있었는데 모두 텅 비었다. 조명은 어두웠고 병원 전체가 죽은 듯 고요했다. 첫 번째 병실 앞에 '최희도'라고 쓰인 명판이 보였다. 침대가 여섯 개 중 한 개만 빼고 텅 비었다. 소독약 냄새와 꿉꿉한 냄새가 밀려왔다. 왼쪽 구석 침대에 미라 같은 얼굴이 보였다.

"총알은 빼냈고 수술은 잘됐습니다. 연세가 많으셔서 의식 회복하시는 데 시간이 좀 걸릴 것 같습니다."

어느새 안경을 낀 30대 의사가 나타나 설명을 해 주었다. 눈길이 안정되지 못하고 어딘가 초조해 보이는 인상이다. 스트레스 과다처럼 보였다.

"지금이라도 대학 병원으로 옮겨야 하는 거 아닙니까?"

"막 고비를 넘기셔서 안정이 절대적으로 필요합니다. 상태가 호전되면 그리할 예정입니다."

나의 의문에 의사가 김 부장의 눈치를 살피며 답했다. 그러곤 몇 가지 상태를 체크하는 듯하더니, 순식간에 자리를 떴다. 김 부장은 기다렸다는 듯이 침대 밑의 상자를 가리키며 말했다.

"이건 아버님이 입었던 옷과 가지고 계시던 물건입니다."

나는 철제 의자 위에 엉덩이를 붙였다. 침대 위. 그의 모습을 찬찬히 바라보았다. 굵게 파인 이마 주름, 머릴 덮은 얇은 머리칼, 묵직하게 산소 호흡기를 쓴 아버지였다. 그가 아직 살아 있음을 알리는 건 띠띠, 울리는 비프음뿐이었다. 이렇게 그의 얼굴을 가까이 본 적은 처음이었다. 그렇다고 이제 와 새삼 눈물 같은 것이 왈칵 나진 않았다.

김 부장이 잠시 자리를 비우자, 나는 두 손으로 마른세수를 하고 상자를 열었다. 상자 안에는 피 묻은 면바지와 갈색 가로줄무늬 셔츠가 뒤엉켜 있었다. 따로 비닐봉지 안에는 지갑과 이젠 단종된 은하수 담배가 들어 있었는데, 지갑 안에선 거래처 명함들과 도서관 대출카드, 돈 3만 원이 나왔다. 또 다른 봉투 안에는 굽이 닳은 나이키 짝퉁 운동화 한 켤레(아마도 예전에 내가 신다가 버린 것 같다.), 열쇠 세 개 달린 열쇠고리, 볼펜 한 자루, 유행 지난 커피 맛 껌이 있었다. 주변을 한번 살피고 지갑을 주머니에 넣었다. 나는 아버지를 쏜 자가 누군지 궁금하지 않았다. 그보다 생명보험은 들어 놨는지, 그의 죽음으로 유산을 얼마나 받을 수 있을지, 책방을 팔면 얼마나 받을 수 있을지, 그게 더 궁금했다. 그와 나는 그런 사이였다.

그때, 문틈으로 나를 지켜보는 시선을 느꼈다. 슬쩍 눈길을 주니 황급히 기척이 사라졌다. 김 부장이 분명했다. 불현듯 떠오른 생각.

'저자는 내가 공원에 있는지 어찌 알았을까?'

말도 안 되지만 아버지의 30년 전 말이 갑자기 또 떠올라 머리를
흔들었다.

"모르는 사람이 너를 찾아와 내 이름을 대면, 그대로 도망가라."

2

버스 안은 3분의 1 정도 차 있었다. 칼날 같은 단발머리를 한 버스 안내양이 위태롭게 봉을 잡았다 놓쳤다를 반복하며 졸았지만, 차가 정차하면 그녀는 귀신같이 눈을 뜨고 돈을 받고 사람을 태웠다.

손끝이 녹을 무렵 그는 피카디리 극장에 내렸다. 거리에는 '펄 시스터즈'의 「못 잊어 못 잊어」가 울려 퍼지고 있었다. 토요일 저녁이라서 그런지 극장 주변은 사람들로 붐볐다. 그는 곧바로 매표소 앞에 줄을 섰다.

"「청춘의 비극」, 한 장요."

눈물점이 있는 여자 점원이 내미는 표를 받아 들고 극장 안으로 들어갔다. 시멘트 위에 점철된 지린내와 퀴퀴한 냄새가 코 안으로 들어왔다. 극장은 컴컴해지고 영화가 시작되었다. "오징어 땅콩 있습니다."란 소리는 그칠 줄 모른다. 월출은 시간을 확인하고 극장 뒷문으로 나왔다. 주머니에서 접어 둔 모자를 꺼내 깊숙이 눌러썼다.

명동으로 들어서자 눈발이 날렸다. 머리 위로 '반공계몽 간첩자수 기간' 현수막이 파닥거렸다. 명동 거리는 해가 가라앉고 있었고, 사람들은 거리 안을 부지런히 걸어 다녔다. 월출은 주머니 속 껌을 꺼내 입속에 넣었다. 민트향이 침과 섞인다. 쇼윈도 유리창으로 뒤따르는 사람들은 없는지 체크한다. 오후 7시 5분. 미행은 없다. 크리스마스 장식으로 요란한 미도파 백화점 정문으로 사람들이 오간다. 붉은 구세군 냄비와 종소리, 차가운 겨울 공기에 적당히 섞인 자동차 배기가스. 몇몇 점잖은 사람들이 구세군 냄비에 돈을 넣는다.

그때 미도파 정문, 왼쪽 세 번째 전봇대 뒤에서 스님이 걸어 나왔다. 푸른빛이 도는 민머리에 황달이었다. 스님은 월출과 같은 모양의 사각가방을 들었다. 월출이 풍선껌을 부풀리자, 그가 보더니 다가왔다. 월출은 모자의 챙 밑으로 주의를 찬찬히 살폈다.

2시 방향에 코트 입은 신사가 신문을 옆구리에 찔러 넣고 서성댔다. 그뿐 아니라 12시 방향에 등산복 차림의 남자, 4시 방향에 쇼핑백을 든 뚱뚱한 남자. 그들이 서로 눈을 마주치며 코와 입을 움찔거렸다. 월출은 침을 삼키고 스님에게 눈빛을 보냈다. 제발 움직이지 말라고.

휘리리리릭. 아니나 다를까 호루라기 소리가 공기를 찢었다. 형사들이다. 남자들이 손을 들어 행인들의 가슴팍을 막고 멈춰 세웠다.

"신분증, 신분증!"

형사들은 판매원처럼 신분증을 외쳤다. 스님은 형사와 눈이 마주치자 발길을 돌렸다.

"저거 도망가잖아!"

누군가 소리를 질렀고 인파들이 출렁거렸다. 스님은 뛰었고 형사들은 우르르 그를 따라 뛰었다. 월출은 조용히 그를 눈으로만 좇았다. 스님이 시야에서 사라지자 그는 손가락을 펴 관자놀이를 주물렀다.

'일찍 집에 가긴 글렀군.'

월출은 가방 손잡이를 꼭 쥐었다. 그때, 백화점 앞에 40대 초반의 남자가 보였다. 남자는 마른 체격에 유행하는 어깨가 넓은 코트와 고급스러운 모양의 금테 안경을 썼다. 그의 앞으로 택시 한 대가 섰고, 여자가 내렸다.

"어머, 춘식 씨, 많이 기다렸어요? 얼굴 언 거 봐요."

가발처럼 단정한 헤어스타일에 빨간 목도리를 두른 미인이 남자에게 아리따운 미소를 발사했다. 여자는 두 손을 남자의 볼에 가져갔고 그는 멋진 폼으로 여자의 손을 낚아채 자기 외투 속에 넣고 미도파 사이 골목으로 들어갔다. 누가 볼세라 서두르는 그 모습마저 기품 있었다. 월출은 마음 같아서는 따라가서 그의 면상에 대고 소리치고 싶었다. 지금 이럴 때냐고. 그러나 그는 고작 발뒤꿈치를 들고 고개를 내밀어 춘식의 뒤통수를 눈으로 좇는 게 다였다. 그들의 뒤편으로 고급 호텔이 보였다. 아무리 급과 임무가 다르다 하더라도 이건 불공평하다. 후, 한숨이 절로 나온다.

한 시간 뒤인 오후 8시. 발전기 돌아가는 소리와 함께 포장마차의 백열전구가 대낮처럼 빛났다. 광장시장 먹자골목은 붐볐다. 말상대를 잃은 사내들이 입가에 기름을 닦아 내며 막걸리를 마셨다. 월출은 세 번째 가게에 앉아서 막걸리와 전 하나를 시켰다. 전이 식어 갈 무렵 옆에서 "막걸리 한 잔."이라는 주문이 거친 숨소리와 함께 들려왔다. 그는 술을 들이켜며 곁눈으로 살폈다. 스님은 어느새 모자를 눌러쓴 평범한 학생으로 변해 있었다. 가까이서 보니 여드름 자국이 남은 얼굴에 많아야 스무 살 정도밖에 안 되어 보였다. 월출은 약속한 대로 숟가락을 뒤집었다. 스님이었던 학생은 그의 행동을 보더니 떨리는 손으로 아줌마가 내준 막걸리 잔을 만졌다.

"비가 올 것 같습니다."

학생이 떨리는 목소리로 말했다.

"비가 오면 꽃이 피겠군요."

"곧…… 봄이 오겠지요."

월출은 밑으로 가방을 밀어 주고 똑같은 모양의 빈 가방을 잡았다. 살짝 스친 그의 손이 얼음장처럼 찼다. 가방을 건네받은 학생은 참지 못하고 뜨거운 전을 집어삼켰다. 월출은 막걸리를 단박에 들이켠 후 뒤도 돌아보지 않고 그곳을 빠져나왔다.

한 시간 뒤, 월출은 상가 골목으로 돌아왔다. 김환이 그를 기다렸다는 듯 여자들 사이에서 우뚝 서서 월출을 보고 있었다. 김환, 각진 턱에 납작코. 말 안 하면 매서운 인상이지만 눈을 반달로 만들며 웃는 게 버릇인 27세 남자. 여자들에게 인기가 좋은 데다 월출과도 막역한 사이였다.

"또 혼자 영화 보고 오나?"

"「청춘의 비극」."

"캬, 신성일이 마지막에 버스에 뛰어들 때 죽이지? 담에 영화 같이 보자."

"네."

"아참 이거 가져가 무라. 경숙이 누나가 김장했다고 바리바리 안싸 왔나. 내 다 못 먹는다."

김환이 터질 듯이 묵직한 검은 비닐봉지를 월출에게 내밀었다.

"필요한 거 있음 말만 해라."

월출은 김환의 수다에 박자를 맞춰 주고 몸을 돌렸다. 김환은 상가 여자들과 수다를 이어 나간다.

가게 문을 열고 들어서자 코끝에 차가운 기운이 부딪쳤다. 문을 쾅 닫으니 약속이라도 한 듯 천장에서 쥐들이 우두두두 달리는 소리가 들렸다. 난롯불을 다시 지피고 조개탄을 더하니 금세 실내는 따스한 온기로 차오른다. 창문에 부딪쳐 녹는 눈송이를 바라보며 월출은 라디오를 틀었다. 라디오에선 새마을 노래가 나오고 있다. 모든 것이 정상이다.

띠, 9시, 시보음이 울렸다.

철컥철컥 드르륵 상가들이 잇따라 문 닫는 소리가 들렸다. 월출도 앞문을 잠그고 책방 문과 마당으로 통하는 뒷문도 단단히 걸었다.

세 개의 창문으로 밖을 살폈다. 창문에는 특수지를 붙여 놓아서 안에서는 밖을 볼 수 있지만 밖에서는 안을 볼 수 없다.

수상한 자가 있는지, 불청객은 오지 않는지. 주변을 꼼꼼하게 확인하고 불을 껐다. 그러곤 책방 안을 한번 훑어보았다. 세 개의 책장, 꽉 들어찬 고서들, 삐걱거리는 나무 바닥, 월출은 카운터 밑으로 시선을 옮겨 바닥에 깔린 직사각형 모양의 갈색 깔개를 걷어 냈다. 마루는 균일한 넓이의 삼나무 판이다. 그 사이 살짝 파인 홈에 월출은 손가락을 끼웠다. 힘을 주고 잡아당기니 따로 연결된 나무 바닥 다섯 개 정도가 위로 들렸다. 차가운 공기가 훅 끼치며 아래로 내려가는 계단이 드러났다. 그는 주변을 훑어보고는 그리로 머리를 숙이고 들어갔다. 이곳 지하는 직접 설계하고 공사한 공간이었다. 카바이드등을 켜자 드러나는 공간.

일곱 평 정도의 방. 흔들의자, 책상, 서랍장, 누울 곳. 밖으로 통하는 비밀 통로. 없는 것 빼곤 다 있다. 월출은 스님과 바꾼 사각가방을 서랍장에 넣었다. 안에는 같은 모양의 가방이 다섯 개가 더 있다. 이 사각가방은 평범해 보이지만 안쪽으로는 또 다른 공간이 있어 그 안에 물건을 숨겨 넣을 수 있다. 불심검문에 걸려도 안쪽까지 들키는 법은 없다. 가방을 한쪽에 세워 두고 서랍장을 열어 손을 집어넣었다. 차가운 권총이 만져진다. 월출의 마음이 편해져 온다.

3
둘째 날 오전 7시

잠시 후 나타난 형사는 체격에 비해 머리통이 작았다. 특별수사국이니 뭐니 하면서 총기 사건이라 상부에서도 신경을 많이 쓰고 있다고 했다. 하지만 말과 달리 내 답변에는 그다지 관심이 없는 눈치였다. 총기 사건이 비일비재한 것도 아닌데 고작 형사 하나가 조사한다니. 게다가 총상 환자가 개인 병원? 의문은 쌓이는데, 굳이 알아낼 마음은 여전히 생기지 않는다. 아버지란 작자가 내게 준 무기력이다.

"최대국 씨, 제안 하나 드리겠습니다."

딱히 바쁘게 갈 곳도 없고 해서 병원 밖 벤치에 앉아 돗대를 만지작거리고 있는데, 김 부장이 말을 건네 왔다. 그는 라이터로 내 담배에 불을 붙여 주곤 말을 이었다.

"이런 제안을 드려도 무례는 아니리라 믿고 말씀드립니다."

김 부장의 어깨 너머로 은행 간판과 교회의 붉은 십자가가 흐릿하게 보였다.

"사실은 저희 쪽에서, 아버님께 맡긴 게 있습니다. 사람들 주소나 이름 등이 적힌 수첩입니다."

"수첩?"

나는 연기 속에서도 눈을 깜빡 않고 있는 김 부장을 바라봤다. 그의 눈은 내 표정을 불안하게 흘끗 살폈다. 내가 그의 부친이라면 고치라고 했을 나쁜 습관이다.

"굉장히 오래된 거래처 명단이라 해 두죠. 보시다시피 아버님은 지금 혼수상태라 전해 주실 수 없는 상황이고 해서, 그걸 최대국 씨가 좀 찾아 주시죠."

나는 남에 일에 끼어들 만한 상황이 못 된다. 게다가 노인네 수첩 찾기라니……. 참으로 한가한 소리가 아닐 수 없다.

"그런 건 직접 찾으면 되잖아요. 난 그 양반 일 아무것도 모르니까."

"중요한 거라 아버님이 어디 숨겨 두셨을 겁니다."

"내가 지금 그럴 만한 상황이 아니라……."

"그래서 제안이라고 말씀드렸습니다."

김 부장은 종이 한 장을 내밀었다. 내 이름과 함께 각종 연체 금액들이 적힌 리스트였다. 나는 재빨리 그 종이를 낚아채 확인했다. 다시 봐도 만만찮은 금액이다. 가장 좋은 설득은 협박이란 말인가. 어제 맞은 명치가 욱신거렸다.

"아버님이 이걸 가지고 계시더군요. 최대국 씨…… 돈, 필요하지 않으십니까?"

짜증이 난다. 사람을 우습게 봐도 유분수지. 돈 몇 푼 가지고 협박하려는 건가. 몸을 돌려 자리를 뜨려고 하자 그의 목소리가 귓전을 때렸다.

"수첩을 찾아 주시면 3억을 드리겠습니다."

3억? 티 나지 않게 허벅지 안쪽을 꼬집어 봤다. 아프다. 확실히 아프다! 눈물이 찔끔 나올 정도다.

그 돈이면 빚을 갚을 수 있고, 남은 돈으로 작은 식당이든 태권도장이든 열어 다시 시작할 수 있다. 아내와 딸과 예전처럼 한집에서 살 수도 있다. 한낱 종이 복권 따위 손에 쥐고 토요일마다 기대감과 실망감을 롤러코스터처럼 겪지 않아도 된다. 무엇보다 죽지…… 않아도 된다. 나는 세 번의 자살 시도를 했고 그저께 세 번째 자살 시도에 실패했다.

"그게 대체 무슨 수첩이길래…… 그 돈을 준답니까?"

최대한 표정 관리를 했으나 말투가 나도 모르게 공손해졌다.

"저희한텐 중요하지만 최대국 씨에겐 동창생 명부보다 소용없는 거라 해 두죠. 일주일 안에 찾아 주십시오. 그동안 아버님은 저희가 잘 돌보고 있겠습니다."

그 수첩의 내용이 동창생 명부든 기업 비밀이든 나랑 무슨 상관인가! 어차피 책방 어디 구석탱이에 숨겨 놓은 그 수첩을 찾아 갖다 바치기만 하면 되는 일!

그렇다, 인생사 새옹지마, 전화위복!

사람이 죽으라는 법은 없는가 보다. 나는 이 믿을 수 없는 제안에 미소가 번지려는 것을 겨우 참았다. 입술에 힘을 주며 물었다.

"그쪽 말을 어떻게 믿습니까?"

남자는 들고 있던 가방에서 두툼한 봉투 하나를 꺼내 건넸다.

"계약금 1000만 원입니다."

'1000만 원!'

"찾으시면 이리로 전화 주십시오."

김 부장은 명함을 내밀었다. 심플한 하얀 명함에는 강남에 위치한 Y 상사, 김종명 부장이라고 적혀 있었다. 나는 복권 당첨 번호라도 되는 양 들여다보았다.

"네. 그러죠."

금방이라도 3억이 내 수중에 들어올 것 같았다. 얏호.

웃음을 참으니 쿡, 쿡, 기이한 소리가 입술 사이로 삐져나왔다.

***

명동 지하철 공중화장실. 그 안에서는 많은 종류의 일이 벌어진다. 여름날 평일 오후, 나도 그중 한 칸을 차지하고 돈을 세고 있었다. 먼저 김 부장이 준 봉투에서 5만 원짜리 한 묶음을 꺼내 남색 스포츠 가방 안에 넣었다. 나머지 5만 원 묶음 아홉 개는 오다가 주운 종이가방에 옮겼다. 변기 칸에서 나온 나는 눈에 힘을 주고 손을 씻는다. 중년 남성이 지퍼를 올리며 나를 힐끔 봤다. 곧바로 가장 가까운 물품보관소에서 07번 자리에 종이가방을 넣고 비번을 입력했다. 문을 잠그고 덜컹덜컹 앞뒤로 당겨서 재차 확인했다. 불안하지만 은행보다는 천배 낫다.

동창생 명부보다 소용없다는 수첩을 찾는 일에 착수금을 무려 1000만 원이나 주다니.

즉, 그 수첩이 최소 그 열 배는 가치가 있다는 말이다.

그 수첩에 Y 상사의 비리 내역이나 기업 비밀이라도 쓰여 있는 것일까? 그리고 고작 책방이나 꾸리던 노친네가 그런 정보는 또 어떻게 얻은 거지? 나야 뭐 꼭두각시 노릇으로 돈만 받으면 그뿐이지만.

기지개를 켜고 지하철 개찰구로 향했다.

지하철 안 사람들이 힐끔거리며 나를 본다. 내 옆에 있던 아가씨는 나의 불행의 기운이 전염되기라도 하는 듯 다른 칸으로 도망쳤다. 지하철 문에 내 모습이 보였다. 무릎이 튀어나온 아이다스 갈색 줄무늬 추리닝 한 벌. 머리는 덥수룩하게 귀를 덮었다. 면도한 지는 열흘째, 입가에는 피딱지, 눈 주변은 푸르죽죽하게 멍이 들었다. 등에는 땀에 전 속옷과 옷가지 들이 들어 있는 큰 배낭을 멨다. 오래 모시던 주인과 몸싸움을 벌인 뒤 금고를 털고 야반도주한 늙은 중국집 배달원 같았다. 39년간 최악의 상황이었다. 불혹이라 함은 어떤 유혹에도 흔들리지 않는 거라던데 개뻥이다.

아내가 내게 했던 마지막 말이 떠오른다.

"너는 괜히 자살 같은 거 하지 마. 살아서 못 했으면 죽을 때라도 아빠 노릇 해야지."

아내 미영은 이혼 서류에 찍을 도장에 인주를 듬뿍 바르며 신신당부했다. 그게 2년 전이었다.

왜 이렇게 영화 속 찌질한 주인공의 캐릭터에서 한 치도 벗어나지 못할까.

이번 일은 신이 내가 불쌍해서 준 마지막 기회일지도 모른다. 잡
생각이 지워질까 얼굴을 두 손으로 박박 문질렀다. 딱지가 떨어지
고, 고통이 전해져 아악 소리를 지를 뻔했으나 입을 벌린 채 무성음
만으로 고통을 참아 냈다.

나는 불혹을 앞둔 서른아홉이므로.

서대문역에서 내려 계단을 걸어 올라갔다. 4차선 대로 위로 지나
가는 차들이 눈에 들어왔다. 핸드폰 대리점, 약국, 종합 화장품 가게
를 지나, 간판이 반쯤 벗겨진 허름한 슈퍼가 하나 나왔다. 그곳을 끼
고 안쪽으로 난 긴 골목 앞에 서자, 서늘한 바람이 불어왔다. 한때
골목 안쪽에 즐비하던 상가들은 이제 문을 닫은 지 오래여서, 어딘
지 음산해 보이기까지 했다. 바닥은 시멘트가 군데군데 깨져 물이
고여 있고, 발걸음에 놀라 재빠르게 하수구로 뛰어드는 쥐들도 보
였다. 버려진 의자와 테이블은 곰팡이가 피어 썩어 가고 있다. 남아
버티던 입주민과 철거 업체의 싸움은 상흔을 남겼고, 깨지고 부서
진 창과 벽마다 시뻘건 글자로 도배되어 있었다. 다 무너져 가는 건
물들은 하루하루 죽을 날만 기다리는 시한부 인생처럼 운명의 날을
기다리고 있는 듯 보였다. 가슴에 어젯밤 덩이째 삼킨 김밥이 얹힌
기분이 들었다. 가슴이 쿵쾅거리는 와중에도 용기를 내어 한 발을
어둠 속으로 내디뎠다.

문 닫힌 상가들을 지나 마지막 가게 앞에서 발걸음을 멈췄다. 아
버지의 고서점은 여전히 간판이 없다. 십수 년 전에 숨겨 두던 곳에

여전히 열쇠가 있었다. 자물쇠를 따고 문을 열자 텁텁한 종이 냄새가 훅 끼쳤다. 안은 예전 그대로였다. 20평 정도 되는 내부를 떠받치듯 우뚝 선 세 개의 진갈색 책장, 파란 날개의 구형 선풍기, 화석 같은 누런 전화기, 카운터 위 꽃병. 그 속엔 시들어 버린 아카시아도 똑같다. 아버지는 늘 아카시아만 갖다 꽂았다. 궁상맞고 처량하게.

때 타고 푹 꺼진 큰 의자가 그의 자리다. 푹신함은 전혀 없다. 정면으로 뿌연 유리거울엔 매직으로 내 전화번호가 적혀 있었다. 각 잡힌 군복. 이 자리에 앉아 책방을 굽어 살펴볼 땐 늘 그런 인상이 들었다. 책의 앞부분은 일자로 맞춰 놓는 등 아버지만의 고집스럽고 피곤한 정리법이 있다. 그런데 지금은 이상하게도 책들은 정렬이 안 되어 있고 삐뚤삐뚤하다. 카운터 서랍에는 거래 장부와 메모지들이 들어 있었다. 거래 장부를 훑어보았지만 저들이 찾는 수첩 같아 보이진 않았다.

'수첩을 어디에 두었을까?'

카운터 뒤, 미닫이 방문을 열었다. 3평짜리 방 안에는 옷장과 책상, 작은 냉장고와 싱크대, 수년 전과 위치까지 판박이인 채로 보존돼 있었다. 구석구석 뒤져서 방은 금세 제 모습을 잃었다.

"아, 어디다 숨긴 거야, 빌어먹을 노인네."

입구 반대편에 나 있는 양식 화장실, 그 뒤편의 빨래 너는 작은 콘크리트 마당, 그곳의 돌 밑까지 뒤졌으나 소득이 없었다. 대신 책방 한 모퉁이에서 내가 수년 전 쓴 책 『처절한 무죄』를 찾아냈다. 쉰 권 정도나 되었다. 이쯤이면 출판사에서 반품 빼고 순수하게 팔렸다고 한 분량의 10분의 1이다. 부아가 치밀어 발로 차 쓰러뜨렸다. 와

르르 쓰러진 내 책 위에 엉덩이 깔고 한참 동안 책 사이사이를 뒤졌다. 이마와 등짝에 땀이 배어 나왔다.

카운터 뒤 살림방에 벌렁 등을 붙였다. 천장에 점 하나가 찍혀 있었다. 그 점을 응시하다가 이게 무슨 처량한 짓인가 싶어 몸을 일으켰다. 방구석에 놓인 주전자의 물을 들이켰으나 비린 맛에 뱉어 냈다. 그때, 방 한쪽에 있는 이동식 옷장이 눈에 들어왔다. 그 안에서 입구가 뜯긴 누런 봉투를 발견했다.

'이게 뭐지.'

봉투 안에는 《월간 사람들》이란 잡지가 들어 있었다. 발신인은 잡지사고 받는 이는 그의 이름이었다. 그 안에 아버지의 얼굴이 찍혀 있었다. 인터뷰라니…….

45년간 꾸준히 고서점을 운영한 최희도 씨(70).

낡은 책방 안에 대한민국의 역사가 들어 있다. 그의 인생이 역사다.

45년생의 최희도 씨는 서천에서 혈혈단신으로 서울에 올라와 구두닦이, 신문팔이, 밀수품팔이, 안 해 본 것 없이 전전하다 모은 돈으로 서대문에 고서점을 차렸다…….

잡지 속 늙은 아버지는 흰머리를 빗어 고정시켰다. 그의 얼굴은 안면 마비라도 온 듯 억지 미소를 짓고 있었다. 배에서 울컥한 게 치밀어 올랐다.

죽을 때가 되면 변한다더니, 평생 그림자처럼 살던 인간이 이번엔 직접 그림자를 만드시겠다?

"가지가지 하는구먼."

잡지를 다시 집어 쓰레기통에 던져 버리고 그래도 분이 풀리지 않아 발로 찼다. 책장에 꽂힌 책 사이부터 책장 위, 아래, 창틀을 뒤졌다. 장판 밑에서 통장과 생명보험 증서를 찾았다. 통장은 매달 뭔가 이것저것 빠져나가 돈이 70만 원도 남지 않았다. 보험회사에 전화해 아버지가 총에 맞아 혼수상태이니 지급액이 얼마냐고 물어보았다. 상대는 '총'이라는 말에 몇 번 되물어보더니 장난전화라 생각했는지 본인이 아니면 알려 줄 수 없다는 소리를 해 댔다. 나는 소비자를 개똥으로 본다며 윗사람을 바꿔 달라고 고함과 욕을 퍼부어 주고는 먼저 전화를 끊어 버렸다. 기분이 도통 나아지질 않는다.

책방에서 나와 근처 식당에서 배를 채우고, 진통제를 삼켰다. 아까부터 뒤통수가 간질거렸다. 길 건너편 버스 정류장 벤치에 남자 하나가 보였다. 스포츠 운동화, 청바지에 스프라이트 남방, 이어폰을 꽂고 책을 손에 들었다.

'한참 전부터 저기 있었던 것 같은데?'

남자가 있던 자리를 다시 보자 사라지고 없었다. 신경 탓인가? 누가 나를 지켜본다는 생각은 어릴 적부터 있었다. 빈 깡통을 발로 찰 때, 침을 뱉을 때, 밤길을 걸을 때, 전철을 탈 때, 나는 주위를 휘 한 번 둘러보는 버릇이 있었다. 아버지는 어린 나와 대화하기 전 주위를 살피는 버릇이 있었다. 나에게도 그 몹쓸 병이 옮은 것이 분명하다.

책방에 돌아가 수색을 재개했다. 그러나 텅 빈 책방 안 어디에서도 수첩은 보이질 않았다. 나는 책방 주변을 탐문하기로 하고 부지런히 이곳저곳의 문을 두드렸다. 하지만 인기척이 있는 곳은 없었다. 나중엔 창문 틈으로 안을 들여다보고 심지어 발로 문을 차 보기도 했지만, 약속이나 한 듯 묵묵부답. 하지만 단 한 집, 태양 전파사는 문이 열려 있었다.

문 안으로 고개를 집어넣고 살피니 분명히 불투명한 유리 안에서 스탠드 불빛이 새어 나왔다. 누군가 있다!

"계십니까?"

유리문을 똑똑 두드려도 아무 대답이 없다. 혹시나 싶은 마음에 미닫이문을 여니 양초 바른 것처럼 주르륵 열렸다.

으스스한 기분에 주변을 둘러보았지만 지나가는 이 하나 없다. 기억을 더듬어 보았다. 어릴 적에 태양 전파사 주인은 류 씨 아저씨였다. 그는 철커덕철커덕 요란한 소리를 내며 다리 보철기를 끌고 다녔고, 과묵하고 자기 말이 안 통하면 버럭 소리부터 지르던 사람이었다. 사람들은 그가 없을 땐 다리병신이라고 불렀고 그 앞에선 류 씨라 했다. 그래서 나 역시 이름은 기억나지 않지만 그의 성만은 또렷이 기억났다. 아버지와 둘이 사이좋게 절름발이 형제라고 불린 것도.

전파사 안은 먼지가 햇볕에 뿌옇게 떠돌았다. 전기 기구도 모조리 녹슬어 버려 쓸 수 없을 정도다. 그나마 일손이 엽렵했던 아줌마가 집을 나가고 나서부터 일거리도 들어오지 않고 국가 보조금으로 간간이 살아가던 모양이었다.

흐읍. 손으로 입과 코를 틀어막았다.

'이 역한 냄새는 뭐지?'

안쪽으로 들어가 방문을 두드렸다. 스탠드 불빛은 그곳에서 새어 나왔지만 아무 대답도 없었다.

"계십니까?"

창호지에 흐릿한 검은 물체가 비쳤다. 앉아서 자고 있는 듯한 포
즈로 움직임은 없다. 문을 열자, 60대 중후반으로 보이는 남자가 앉
아 있었다. 회색 티에 반바지 차림으로 눈은 허옇게 까뒤집고 혀를
길게 뺀, 류 씨였다. 한 발짝 가까이 가 보았다. 목에는 전신주 끈이
걸려 검푸른 빛이 돌았다. 그 옆에는 밀짚모자가 덩그러니 놓여 있
었다. 이상한 냄새의 정체는, 노인의 시체가 39도의 더위에 부패한
냄새였다. 주변에는 파리, 모기 들이 우글거렸다.

사람이 죽었다. 나는 112인가, 119인가를 3분 정도 고민하다가
119를 눌렀다. 나의 호들갑에 안내원은 피곤한 말투로 주소를 물어
왔다. 주소를 얘기해 주고 전화를 끊었다.

이곳에서 한시라도 빨리 벗어나고 싶은 마음이 굴뚝같았지만, 발
이 떨어지지 않았다. 누렇게 빛바랜 벽지, 거기에 여자 사진. 출장
마사지의 명함들, 시간이 3월에 멈춘 채 오그라들어 변색된 달력.
그 밑으로 서랍 위 파리와 곰팡이 낀 냉커피가 보였고, 그 옆에 시
선을 사로잡는 그것. 라이터였다.

어린 시절, 용 두 마리가 서로를 타고 올라가는 독특한 무늬로 올
록볼록한 촉감이 신기해서 만지고 놀기도 했던 아버지의 라이터.
그러고 보니 아버지가 총 맞을 당시 소지품에 담배는 있었지만 라
이터가 없었다. 그렇다면 아버지는 아저씨를 만난 적이 있다는 추
측이 가능하다. 그것도 최근에.

혹시 아버지가 류 씨 아저씨에게 수첩을 맡긴 것은 아닐까? 벽시

계는 저녁 6시 10분. 구급대원이 도착하기 전까지 5분의 시간이 있
다. 나도 모르게 손을 뻗어 방을 뒤지기 시작했다.

<u>4</u>

'헤븐스도어'는 명동 골목길 지하에 있었다. 미국식으로 만든 'BAR'였는데, 지저분한 입구와 달리 문을 지나고 나면 다른 세계처럼 깔끔했다. 문 안쪽 계단을 밟고 아래로 내려서면 은은한 회색빛이 감도는 내부가 드러났다. 바텐더를 포위하고 있는 니은 자 모양의 바와 모서리가 낡은 소파와 다섯 개의 테이블 세트, 바 중앙에 있는 레코드플레이어, 앰프가 양쪽으로 붙은 콘솔형으로 딱 봐도 고급임을 알 수 있다. 이 모든 게 조화롭게 어울려 헤븐스도어만의 분위기를 풍긴다. 디제이는 따로 없으나, 유난히 손톱 손질이 늘잘되어 있는 과묵한 바텐더가 음악을 틀어 주었다. 주로 재즈나 피아노 연주곡, 가끔 비틀스와 밥 딜런, 비치보이스 정도였다. 월출은늘 앉는 자리, 그러니까 바텐더가 보이는 대각선 자리에 앉아, 항시 주문하는 싸구려 '캘틴큐'를 시킨다. 향이 독하지만 나쁘지 않았

다. '캪틴큐 그 한 잔에 어느덧 사나이가 된다!'라는 이 문구가 마음에 들었다. 이 정도 고급술이라면 여자들의 경계도 풀어진다. 코냑에 와인이라면 앞으로의 만남을 기대할 수 있다. 캪틴큐 정도의 위스키가 적당하다. 게다가 위스키를 3분의 1 따르고 물과 얼음을 꽉 채우면 맛도 괜찮다. 월출은 이곳에 두 달에 한 번 정도 들렀다. 손님이 오든 말든 마른 수건으로 잔만 닦는 입 무거운 바텐더와 음악이 마음에 들었기 때문이다. 여자들이 이런 곳에서 결혼 상대를 찾지 않는다는 점도.

월출은 여자와 깊은 사이는 만들지 않았다. 주 3일은 얼굴을 보고, 가끔 밤을 지새운다 하더라도 그랬다. 깊은 사이란 서로를 이해하는 것을 말한다. 이해하지 않으려면? 아무것도 묻지 않으면 된다. 월출은 여자에게 아무것도 묻지 않고, 여자가 물어도 입을 다문다. 그러면 여자는 제풀에 지쳐 먼저 이별을 고한다. 이건 불변의 법칙이다.

월출에게 여자란, 함께 술은 마시지만, 함께 밥은 먹지 않는 존재였다.

그중 가장 길게 만난 여자는 2개월. 순정이라는 여공이다. 그녀도 헤븐스도어에서 만났다. 그녀는 월출과의 첫 만남에서 자신을 금성상회 경리라고 소개했다. 고급스러운 옷차림에 말투, 곤란할 때도 웃는 여자였다. 사장님 때문에 직장 생활이 힘들고, 대학 시절엔 친구를 많이 못 사귀었다고 푸념도 늘어놓았다. 순정과 사귄 지 2개월째 되던 날, 월출은 청색 작업복 차림과 머릿수건을 두른 순정과 성냥 공장 뒷골목에서 맞닥뜨렸다. 그녀는 월출을 만날 때와는 전혀 다른 종류의 여자 같았다. 하얀 공장 배기가스 사이에서 동료들과 담배를 문 채 서 있었다. 월출을 본 양 갈래 머리의 그녀는 "뭘 봐, 개새끼야."라며 소리를 빽 질렀다. 웃음기 없이. 뒤따라 여공들의 리드미컬한 상소리가 들려왔다. 그녀들의 작업복과 머리에는 하나같이 실밥이 붙어 있었다.

다음 날, 다방에서 월출과 마주 보고 앉은 순정은 고급스러운 투피스 차림으로 돌아와 있었다. 머리도 여배우처럼 부풀려 올리고 벨벳 장갑도 끼었다. 물론 실밥도 없었다.

"결국엔 이런 날이 왔네."

순정은 오랜 도주 끝에 잡힌 죄수처럼 입을 열었다. 장갑의 열 손가락을 검지 엄지로 우아하게 잡아당기곤 설탕과 크림을 넣은 커피를 휘휘 저었다. 월출은 다리를 꼬아 보였다. 그 제스처가 순정의 눈엔 자신의 거짓말 때문에 화난 얼굴로 보였다. 순정은 분홍 립스틱을 짙게 바른 입술을 일그러뜨리며 울었다.

"자기는 가게도 가지고 있잖아……. 우린 너무 차이가 나는 것 같아서 사실대로 말하지 못했어. 계속…… 불안했는데 오히려 들키니까 편하네."

월출은 뭐든 숨기는 사람은 질색이다. 그건 다른 마음을 품고 있다는 뜻이니까. 그리고 일이 복잡해질 수 있다는 걸 의미하기도 했다. 월출은 말없이 손수건을 건넸지만, 그녀는 이별을 고하곤 뒤도 돌아보지 않고 걸어 나갔다. 복잡해질 참이었는데 일이 순조롭게 끝났다.

벌써 그녀의 얼굴이 생각나지 않는다.

순정과 헤어지고 돌아오는 길에 종로에 들렀다. 춘식의 선거 사무
실은 종로에 있었다. 월출은 걸어갈까 하다가 눈발이 흩날리기 시
작해서 버스를 탔다. 곳곳에 성탄절 트리 장식과 화려한 조명등이
빛났다. 거리는 사람들로 북적였지만 버스 안은 한산했다. 단발머리
의 통통한 버스 안내양은 손잡이를 잡고 제법 굳건하게 서 있다가
가끔씩 월출을 몰래 엿보았다. 창문 틈 사이로 차가운 바람이 스며
들었다. 춘식과는 몇 년 전 미도파 앞에서 묘령의 여인과 함께 있던
걸 본 후로도 거리에서 몇 번 더 목격했다. 그도 그럴 것이 그는 의
사 일을 그만두고 국회의원 선거에 나섰기 때문이다.

춘식이 인파 속에서 셔츠 소매를 걷어 올린 양팔을 들고 연설을
뽑아내면 물개박수가 터져 나왔다. 잠시 듣고 있으면 자동적으로
손바닥과 손바닥을 마주치지 않고는 못 배겼다. 그만큼 머리가 좋
고 언변이 뛰어났다.

선거 사무실이라고 현수막이 붙은 3층 건물이 보였다. 가기 전에
혹시나 의심을 살까, 구두닦이에게 구두를 닦고 옷매무새를 정리하
니, 제법 인텔리로 보였기에 사무실에 들어갈 때 누구 하나 붙잡는
이 없었다. 춘식의 널찍한 사무실에 도착하니 일하는 여직원 하나
가 사무를 보고 있었다. 카펫이 깔려 있어 발소리가 나지 않았다.

"강춘식 의원님 뵈러 왔습니다."

"약속하셨어요?"

"아니요."

"점심 약속 있으셔서 나가셨어요. 언제 오실지도 모르는데……."

여직원의 말에 월출은 기다리겠노라며 딱딱한 나무 의자에 앉았

다. 이곳에 온 이유는 몇 가지 확인해 보고 싶은 게 있었기 때문이다.

두 시간쯤 기다리니 어깨와 머리에 쌓인 눈을 털며 춘식이 들어왔다. 전보다 살이 쪄서 인상이 좋아 보였고, 머리는 짧게 깎아서 활동적인 느낌이었다. 그는 사무실 입구에서 월출을 보더니 멈칫했다. 흔들리는 표정도 잠시, 춘식은 또렷한 눈동자로 이쪽을 봤다. 어떻게 나올지 몰라 잠자코 있었다.

"식사했나? 나가자."

월출은 일어나 코트에 주머니를 찔러 넣고 따라나섰다. 춘식은 걸었고, 월출은 말없이 그 뒤를 따랐다. 어디론가 향하는 차들과 붉은 등. 앙상한 나무를 열다섯 그루 지나 춘식은 경복궁으로 들어갔다.

경회루 앞에 서자 춘식이 담배를 물었다.

"무슨 생각으로 거길 온 거냐?"

"사무실 좋던데요. 딱 북향이고."

"오늘 행동은 다분히 경솔했다."

"기다렸습니다. 3년 동안."

월출의 대꾸에 춘식은 기가 차는지 말을 삼키다 두어 번 담배 연기를 내뿜고 입을 열었다.

"3년이든 10년이든 변하는 건 없어. 지시가 있을 때까지 주어진 일을 다 한다."

"……."

"나도 내 위, 아래, 그 둘밖에는 몰라. 그 위에 누가 있는지, 또 그 위에 누가 있는지 모른단 소리야. 개인적인 호기심으로 일을 망치고 싶은 건가? 책방 나부랭이가 왜 의원 사무실에 들르는지, 둘의 관계가 뭔지, 다 까발려지고 싶은 거냐?"

"이대로 괜찮은 겁니까?"

춘식이 입을 다물고 매서운 눈빛으로 쏘아봤다. 살기 어린 행동이었다.

"괜찮지 않아도 버텨. 진짜 남조선인들처럼 지내."

춘식은 지갑에서 지폐 몇 장을 꺼내 월출의 주머니에 찔러 넣더니 삥이라도 뜯긴 사람처럼 언덕길 아래로 황급히 사라졌다. 그가 서 있던 자리에 또렷하게 '불조심, 담뱃불 조심.'이라는 푯말이 보였다. 월출은 꺼지지 않은 춘식의 담배 불씨를 밟았다. 그 또한 안 하던 짓을 하고 있었다.

가게로 돌아오자, 문틈으로 네모나게 접은 쪽지가 끼워져 있었다.

오늘 저녁 8시, 장미 다방에서 기다리겠습니다, 오실 때까지.

—당신을 사모하는 운명의 여인으로부터.

5
둘째 날 오후 2시

책방으로 돌아오자 전화벨 소리가 요란하게 울렸다. 나는 두리번대다가 소리의 근원을 찾았다. 그것은 고대 화석처럼 누렇게 바랜 전화기였다.

"여보세요?"

나는 전화기를 낚아챘다.

"최희도 씨 댁이오?"

걸걸한 목소리의 남자.

"누구신데요?"

"여기 세탁손데. 옷을 한참 안 찾아가셔서 전화 드렸소. 양복 찾아가요."

짜증이 확 솟구쳤다. 지금 옷 찾는 게 중요한가? 3억이랑 내 목숨이랑 가족의 평화와 딸과의 화해가 주렁주렁 달렸는데!

"여기 주인 어디 갔습니다!"

전화기를 끊으려는 순간, 상대편의 목소리가 경고처럼 끼어들었다.

"꼭 찾아가슈. 안 그럼 이쪽서 처리하겠수다."

"아 글쎄 맘대로 하……."

그 순간, 문득 그와 관련된 모든 것을 하나라도 지나쳐선 안 된다는 생각이 들었다. 아버지, 최희도란 인간에 대해 모든 것을 알아야 했다.

"아, 아저씨! 찾으러 갈게요. 세탁소 위치가 어딥니까?"

나는 잽싸게 주소를 받아 적었다.

30분 후, 나는 낯익은 골목에 서 있었다. 담과 담이 맞닿은 낡은 주택 골목. 콘크리트가 부식되어 깨진 바닥, 버려진 전기장판이 늘어져 있던 곳. 바로 내가 살던 동네다. 세탁소는 불행히도 내가 살던 집 근처였다. 골목 한 귀퉁이의 작은 놀이터에선 동네 아이들이 삼삼오오 모여 고무딱지치기에 열중이었다. 멀지 않은 곳에서 개 짖는 소리가 들렸다. 누군가 서툰 솜씨로 두드리는 피아노 소리도 들려왔다. 쌍둥이 형제가 살던 낡은 주택을 지나 이웃과 매일 싸우는 할머니와, 고추를 말리던 파란 지붕 집을 지나면 내가 살던 집이 나온다. 회색 담벼락의 2층 주택. 변한 거라곤, 대문에 '세 놓습니다'라고 적힌 종이가 붙어 있는 것 정도다. 여섯 살 때부터 스무 살 때까지 여기에 살았고, 스무 살 때부터는 친구 집을 전전했으며, 그 이후에는 도장에서 먹고 잤다. 대학교 때는 동아리 방에서 지냈으며, 군대를 갔고, 제대 후에 잠깐 집에 들어갔다가, 취직을 하자 나왔다. 집이 남의 집 같았고, 남의 집이 내 집 같았다. 친구 집에선 늦잠을 자고 변기 뚜껑도 올리지 않은 채 서서 오줌을 싸고, 손끝에 물 한 방울 안 묻힌다. 물론 샤워하고도 털을 줍는 행동은 안 한다. 집에선 술 먹고 늦게 들어가고 일찍 일어나며 설거지도 도맡아 하고 청소도 꼭 하고 내 옷은 내가 빨았다. 저녁이 되면 하릴없이 거리를 돌아다니다가 식구들이 잠들면 들어왔다. 지독한 변비에 걸렸고, 잠이 오지 않았다.

벨을 누르니, 초등학생쯤으로 보이는 아이가 나왔다. 아이는 내 허리만 한 키에 눈동자가 검고 입매가 다부졌다. 헤어스타일은 철 지난 맥가이버. 태정이가 하는 미용실은 장사가 안 될 거라고 추측해 본다. 어쨌든 은비의 유일한 사촌동생이기도 한 아이다. 둘은 한 번도 본 적 없다는 점이 안타깝긴 하지만.

"엄마 있냐."

"미용실 가셨는데. 아저씬 누구세요?"

빙고. 이 시간에 없을 게 뻔했다.

동네에서 작은 미용실을 한다는 나의 여동생. 내 연락처엔 아직도 핸드폰 앞자리 017로 저장되어 있고, 한 번도 먼저 전화를 건 적 없다. 그러니 내가 이혼했다는 것도 전한 적 없다. 태정이가 얼마 전 전처에게 돈을 빌려 달라고 얘길 꺼냈다가 한소리 들은 모양이었다. 태정이의 남편은 개인택시업자였는데 돈벌이가 시원치 않았다. 진즉에 이혼한 게 아닐까 하는 생각도 든다. 그럼에도 태정이는 여전히 이곳에서 살고 있다.

"삼촌이잖아. 기억 안 나냐. 민수야?"

"경순데요."

"그래, 경수. 많이 컸네."

경수는 날 기억해 낼 리 없다. 태정이가 7년 전 아들을 낳았을 때가 보지 못했고, 그보다 한 해 전 태정이가 결혼할 때는 사정이 있어 늦었다. 조카와는 첫 만남인 것이다.

"삼촌, 할아버지 심부름 왔거든. 뭣 좀 찾아오래서."

내가 경수의 머리를 쓰다듬고 안으로 들어가려 하자 안에서 문을 닫아 버렸다.

"야, 문 안 열어?"

"아저씨가 삼촌인지 어뜩케 알아요. 낯선 사람 집에 절대로 들이지 말라고 했어요."

"네 엄마 목 뒤에 점 있잖아. 큰 점."

"그거야 누구든 볼 수 있잖아요."

"집 안에 2층으로 올라가는 나무 계단 숫자가 여덟 개잖아."

"안 세어 봐서 몰라요. 난."

"삼촌 이름이 뭐야."

"몰라요. 엄마한테 전화해서 물어볼게요."

"아냐, 아냐. 전화, 절대로 하지 마. 엄마랑 삼촌하고 싸워서 사이가 별로 안 좋아. 삼촌이 엄마한테 잘못한 게 많거든. 삼촌 이름은 최대국이야. 너희 엄마가 최태정이니까. 같은 최씨 맞지?"

"최대국? 들어 본 거 같아요."

"그래그래! 자, 확인해 봐."

나는 이를 악물고 최대국이란 이름이 적힌 운전면허증을 문 사이로 밀어 넣었다.

잠시 후 문이 열렸다.

"미안해요, 삼촌."

의심이 많은 것이 제 엄마를 쏙 빼닮았다. 경수는 잘못을 만회라도 하려는 듯 나를 안내했다. 작은 시멘트 마당엔 이끼가 끼었고, 펌프는 녹슨 채 그대로였다. 집 안에는 낡은 집 특유의 나무 썩는 냄새가 풍겼다. 전기 스위치를 켜자 형광등이 두 번 깜빡거리다 켜졌다. 통풍이 안 된 벽지는 곰팡으로 얼룩졌다. 거실에는 텔레비전이 틀어진 채고, 장난감이 어질러져 있었다.

"저 장난감, 할아버지가 사 준 거예요."

"혹시 할아버지가 뭐 놔두고 가신 거나, 엄마한테 뭘 맡기거나 하는 거 못 봤니?"

"못 봤는데요."

"수첩인데……."

나는 뒤집어진 최신형 장난감 차를 발로 툭툭 건드렸다.

"몰라요."

"네 엄마 아빠 몇 시에 오냐?"

"아빠는 안 와요. 멀리 갔어요."

"어디?"

"돈 벌러 멀리 갔대요. 다른 나라. 사우…… 사우……"

"사우디아라비아?"

"네."

언제 적 사우디아라비아고 언제 적 뺑인가. 태정인 부모가 되기엔 창의력도 없고 성의도 없다.

"으응, 그 얘기 삼촌도 들었어. 엄마는 언제 오니?"

"8시쯤요."

시계는 7시를 가리켰다. 나는 돈 3만 원을 꺼내 주었다.

"삼촌 왔었다고 얘기하지 말고, 나가서 뭐 사 먹고 늦기 전에 돌아와."

경수는 돈을 받아 들고 망설였다.

"장난감 치워야 되는데……."

"이건 내가 치워 놓을 테니까."

"삼촌 저랑 놀다 가면 안 돼요?"

"바빠. 삼촌 진짜 바빠."

경수는 심드렁한 표정으로 나를 바라봤다.

"경수야. 남자는 혼자 씩씩하게 지낼 줄 알아야 돼. 네가 엄마도 지키고 아까처럼 집도 지키고 해야지."

"알았어요."

"얼른 가서 놀다 와."

더 이상 졸라도 소용없다는 것을 아는지 경수는 밖으로 나갔다.

나는 잠시 책장 위에 놓인 경수의 어릴 적 사진을 보다가 혹시나 아버지가 숨겼을지도 모르는 수첩을 찾기 시작했다. 식구도 얼마 없는데 복잡한 살림살이였다. 집 가운데 2층으로 통하는 나무 계단은 책과 잡동사니로 막아 놓았다. 2층에 다른 가구가 세 들어 사는 모양이었다. 20년 전까진, 저 2층엔 나와 태정이 방이 있었다. 아주 먼 동화 속 이야기 같다.

창고에는 내가 땄던 메달과 트로피가 밀수품처럼 쌀자루에 담겨 있다. 나는 그중 하나를 집어 먼지를 후 불었다. '최대국'이란 이름이 새겨진 빨간 수술 장식이 달린 트로피였다. 누구에게나 찬란한 시절은 있다. 나도 예외는 아니다. 한때 태권도 유망주였으니까. 태권도를 시작한 계기는 우연이었다. 사춘기 시절 아버지와 어머니는 별거하듯 지냈다. 아버지가 집에 띄엄띄엄 들어와 내게 하는 말이라는 게 고작, "평범하게 살아라."였다. 나는 평범하게 살기 싫어서 발악하는 소년이었다. 침을 뱉고, 턱을 쳐들고, 눈을 부라리며 난동을 부리고 다녔다. 그날도 동급생 중 한 놈을 패 주려 쫓아갔다. 그놈이 태권도장 안으로 도망쳤다. 도장 구석에서 헉헉거리며 나를 노려봤고 태권도장 안에 있던 도복 입은 학생들은 그놈 편을 들며 나를 에워쌌다. 그들은 나보고 나가라고 했고 나는 싫다고 했다. 어쩌다 보니 홍콩 영화에 많이 나온 장면을 연출하고 있었다. 소란에 관장실에서 추리닝 차림의 대머리 아저씨가 나왔다.

"야, 쓰레기!"

처음에 나를 부르는 건지도 몰랐다.

"인간쓰레기 같은 놈아. 귓구멍 막혔어?"

"아저씨가 죽고 싶나."

관장은 글러브 두 개를 던졌다.

눈빛은 이곳에 왔으니 이곳 스타일로 하라는 거였다. 도망치던 동급생 놈은 나가서 나에게 맞아 죽는 거보단 여기서 글러브 끼고 맞는 게 낫다고 생각했는지, 기어가서 냉큼 글러브를 꼈다.

"쓰레기 넌?"

나도 글러브를 꼈다.

그놈을 두 방 만에 케이오시켰다. 링 밖을 벗어나려 하자, 도복 입은 그다음 놈이 들어왔다. 나는 또 휘둘렀다. 그 도복 입은 놈도 5분 만에 넘어졌다. 숨이 차올랐는데, 관장은 또 다른 놈을 들여보냈다. 내가 거의 30분 만에 그놈을 기진맥진한 상태로 이기자, 아이들의 눈이 커졌다. 적막이 흘렀다. 그제야 나는 이 체육관의 최고 실력자를 이긴 걸 알았다.

지쳐서 바닥에 떨어지는 내 침을 쳐다보고 있을 때, 관장이 링 안으로 들어왔다.

"싸움 좀 하는 거 같지? 네가. 넌 그냥 쓰레기야, 인마."

나는 글러브를 휘둘렀지만, 관장의 손끝 하나도 건드릴 수 없었다. 대신 정신도 못 차릴 만큼 얻어맞았다. 신선한 충격이었다.

"뭐가 그렇게 분하냐."

그러고 나서 한 달 후부터 나는 그 태권도장에 다니게 되었다. 혹독한 연습이 이어졌다. 분노를 다스리는 법을 배우자, 나의 에너지는 고갈되기 시작했다. 이상하게 몸이 정돈되면서부터는 생각이 많아졌다. 상대방의 머리통을 휘갈기고, 타액과 피, 땀이 섞인 오물로 서로의 몸은 뒤범벅되어 젖는다. 시간이 지나면 눈두덩은 돌연변이 판정을 받은 물고기 눈알처럼 부어오른다. 혼자 남겨져 그 모습을 보며 샤워를 할 때면 온몸이 떨렸다. 더 이상 싸울 이유가 없었다.

하지만 하루아침에 태권도 유망주로 변모한 나를 바라보는 선생들의 시선과 태도가 바뀌었다. 그러자 으쓱한 기분도 들었다. 나는 결국 태권도를 시작한 지 1년 만에 전국체전에서 메달을 땄다. 기대를 품고, 묵직한 메달을 아버지에게 내밀었다. 이제까지 살면서 처음 자랑할 만한 일이었다. 메달을 본 아버지의 반응은 싸늘했다. 밑도 끝도 없이, 이유도 논리도 없이 다짜고짜 당장 때려치우라고 했다.

"사람은 너무 튀면 안 좋은 일을 당하기 마련이다. 있는 듯 없는 듯 그렇게 평범하게 살면 된다."

어이가 없다 못해 물고기가 땅을 파는 소리였다. 국가대표가 돼서 전 세계를 누비고 전파를 타고 유명해지고 연금을 받고 국민의 사랑을 받는 게 행복한 게 아니고 무엇이냔 말인가. 책방에 처박혀 있더니 머리가 어떻게 된 게 아닐까 싶었다. '나에 대한 질투심일까.' 그럴 수도 있었다. 아버지는 다리를 절었다. 언제부터인지는 몰라도 내 기억 속의 아버지는 늘상 다리를 절었다. 게다가 제대로 된 직장도 없었고 친구도 없었다. 여행도 안 가 봤고 그 흔한 취미도 없었다. 시쳇말로 '루저'였다. 그 이후부터는 어떤 메달을 따 와도 아버지에겐 자랑하지 않았다. 그러던 어느 날 이 집에서 그 일이 벌어졌다.

국가대표 선발전을 3일 앞두고 친구들과 술을 퍼붓고 집으로 돌아온 날이었다. 달빛도 구름에 가려 유난히 어두운 밤이었는데, 눅진한 공기에 싸여 불쾌한 잠자리였다. 잠자던 내 얼굴 위로 누군가의 그림자가 드리워졌다. 쌉쌀한 담배 냄새, 퀴퀴한 종이 냄새가 났다. 눈을 떴을 때, 비명 소리가 들리고 방향, 시간, 감각을 잃었다. 어둠 속, 창가에서 들어온 한줄기 달빛이 그를 뒤에서 비춘다. 그의 그림자가 커다랗다. 달빛을 받은 얼굴은 붉게 타올랐으며 짧게 깎은 머리는 삐죽 솟아 악마의 뿔 같았다. 어둠 속에서 회색 눈이 짐승처럼 빛난다. 그의 두 손에 들린 무언가가 움직인다. 크고 두꺼운 몽둥이다. 그는 춤을 춘다. 몽둥이를 들고 춤을 춘다. 그는 죽음의 망나니다. 그의 입꼬리는 올라가고 송곳니는 날카롭고 길게 뻗는다. 내 왼쪽 정강이가 엄청난 고통에 휩싸인다. 어둑한 달빛 아래, 춤추듯 흔들리던 그림자는 분명 아버지였다. 그날 내 정강이는 부러졌고 내 미래는 죽어 버렸다.

그때의 기억이 떠올라 트로피를 다시 쌀자루 속에 쑤셔 넣었다. 물론 그 뒤로도 태권도는 계속했지만 예전만큼의 성적은 나오지 않았다. 그때부터였을까. 아버지라는 이름을 내 인생에서 지우게 된 게.

서랍장. 장판 뒤. 텔레비전 밑. 신발장. 바퀴벌레 알과 쥐똥까지 구경할 정도로 꼼꼼히 살폈지만 아무것도 없다. 대신 안방, 장롱 위에서 먼지 묻은 앨범을 발견했다. 앨범은 크고 무거웠다. 누렇게 변색까지 돼 있어서 끈적끈적한 게 손끝에 닿았다.

쩍.

엿 떨어지는 소리와 함께 첫 장이 떨어져 나왔다. 옆으로 째진 눈과 통통한 볼살, 그 아래로 분홍색 옷. 태정이는 색동 한복을 입고 웃고 있었다. 백일 사진이다. 아기 돼지 같은 투실한 태정을 안고 찍은 엄마의 사진, 꽃을 배경으로 한 엄마와 외할머니 사진까지 10여 장을 넘기자 그제야 눈을 위로 치켜뜬 남자아이가 나왔다. 내 초등학교 졸업사진이다. 나는 노란 꽃다발을 들고 깡마른 다리를 모으고 손은 브이를 그렸다. 태정이와 내가 골목에서 보자기를 두르고 서 있는 사진, 외할머니 생신 잔치 사진, 재빨리 뒷장을 넘겼고, 마지막 장까지 넘겼을 때 오도독 소름이 돋았다. 아버지의 사진은 어디에도 없었다.

사진을 찍지 않는 사람들의 심리는 무엇일지 궁금하다. 얼굴이나 몸에 결점이 있어서, 그 시절이 싫어서, 기억하는 게 싫어서, 기억되는 게 싫어서? 아버지는 그중 어느 쪽일까?

"야. 박경수. 어머, 너 이 돈 어디서 났어? 엄마한테 바른대로 얘기 안 해?"

칼칼한 목소리가 들렸다. 태정이다. 나는 얼른 내 어릴 적 사진을 한 장 꺼내 주머니에 쑤셔 넣으며 일어섰다.

"사아앙촘…… 삼촌. 삼촌!"

"삼촌? 네가 용돈 줄 삼촌이 어디 있어? 바른대로 말 안 해?"

여기 있다. 어느새 8시였다. 현관으로 누군가 들어오는 소리가 났다. 나는 운동화를 낚아채 발소리를 내지 않고 뒷문으로 나갔다.

"너 큰일 나려고 응, 엄마가 낯선 사람한테 절대 문 열어 주지 말랬지?"

"아냐! 삼촌 맞아. 신분증 확인도 했단 말이야."

나는 뒷문을 나와 담을 넘어 집을 빠져나왔다. 등짝은 땀으로 흥건했다.

주소에 적힌 세탁소에 도착한 건 오후 8시 반이 다 되어서였다. 30년도 지난 놀이터 자리에는 유치원이 들어섰다. 그 앞에 서서 주변을 둘러보자 2시 방향에 세탁소 간판이 보였다. 세탁소 주인은 안에서 문을 닫으려 하고 있었다.

"잠깐만요! 옷 찾으러 왔습니다. 아까 통화했었잖아요. 최희도 씨 양복."

"아들이 맞소?"

"네."

내가 고개를 끄덕이자 아저씨는 다시 안으로 들어가더니 손에 사진을 쥐고 나왔다. 돋보기를 코에 걸친 채, 나와 사진을 비교했다

"맞구먼."

"그 사진은 어디서 나셨습니까?"

"그 양반이 혹시 자기 대신 아들이 오면 내주라고 아주 신신당부를 했지. 혹시 다른 사람이 오게 되면 절대 내주지 말라고 웃돈에 사진까지 맡겼어."

내 결혼식 사진이었다. 이걸 어떻게 손에 넣었지? 이런 내 의문은 안중에 없는지, 세탁소 주인은 얇은 비닐에 싸인 회색 양복을 내밀었다.

"여기 있소. 이런 양복은 오랜만에 만져 봤다니까. 최고급 순모에다가 바느질 솜씨하며. 세월이 지나도 그대로잖아. 손맛이 들어간 최고급 맞춤 양복. 종로 최고 양복점. 알리샤 거야. 알리샤!"

"알리샤건 뭐건 좋아 봤자 옛날 옷이잖아요."

"모르는 소리! 자네 알리샤 모르나? 이 정도 맞추려면 지금 돈으로 따지면 아마…… 이삼천쯤 하지 않았을까 싶은데."

주인은 옷감을 손등으로 쓸며 말했다.

"이삼천?"

"내 짐작엔 자네 아버님은 대단했던 분이 틀림없네."

아저씨 짐작 따윈 애초에 틀렸다고, 아버지는 절름발이 루저일 뿐이라고 얘기하고 싶었다. 대신 대답 없이 양복과 내 결혼식 사진을 낚아채 세탁소를 나왔다. 더 이상 논할 가치도 없는 문제다.

밤엔 류 씨 아저씨 사망 사건의 참고인 자격으로 서대문 경찰서에 들렀다. 입술 위에 부스럼이 나 있는 남자가 담당 형사였다. 문득 아버지 총격 사건으로 만났던 형사가 떠올랐다. 7월 15일 자 뉴스, 인터넷을 아무리 뒤져 봐도 서대문에서 노인네가 총 맞은 사건은 단 한 줄도 나오지 않았다. 형사 드라마에서 나오는 것처럼 정말 오프더레코드로 진행하는 걸까?

형사는 어쩌다 전파사엔 가게 됐냐는 둥, 평소에 전파사 아저씨를 알았냐는 둥, 여러 가지를 물었다.

'몇 년 만에 아버지 책방을 정리하기 위해 들렀는데, 안부도 물을 겸 문이 열려서 안으로 들어가 보았다. 그랬더니 그 상태가 되어 죽어 있었다. 다른 것은 모른다.' 수첩과 라이터 이야기는 뺐다. 형사는 내 얘기를 듣더니 수긍하는 눈치였다. 창밖으론 날이 잔뜩 흐렸다. 목 망가진 선풍기는 제자리에서 미적지근한 바람만 뱉어 내는 통에 습기 먹은 셔츠가 몸에 들러붙었다.

경찰의 말에 의하면 류 씨의 아내는 2년 전 집을 나갔고 혼자 살아왔다고 했다. 자식에게 전화했더니 아예 모르겠다고 화를 내고 끊어 버리고 전화도 안 받는단다. 주변 왕래는 거의 없는 편으로 가끔 근처 중국집에서 밥을 시켜 먹거나 했고, 한 달에 한 번 사회복지사가 와서 들여다보는 정도라고…….

큰 빚이나 특별한 원한 관계가 있는 사람도 없다고 했다. 주변 상가는 책방을 제외하고는 모두 철거를 앞두고 있어 사람들의 발길이 뜸했다. 사망 시간은 어젯밤으로 추정, 사인은 목 졸림에 의한 질식사. 다만 날씨가 너무 덥고 창문도 닫혀 있어서 빠른 시간에 부패가 일어났으리라. 없어진 현금이나 물건도 물론 없었다.

"자살입니까?"

가장 궁금했던 부분을 넌지시 물었다.

형사는 이마까지 쌓인 서류철을 볼펜 끝으로 툭툭 쳤다.

"노인 자살률이 OECD 국가 중 1위예요. 10만 명당 116명이 자살로 죽어요. 다른 선진국에 비하면 최대 스무 배 차이죠. 제 말뜻 아시겠죠?"

잘 안다. 가난하고 버림받은 노인이 죽었으니 더 이상 쓸데없는 의문을 갖지 말라는 소리다.

"형사님. 마지막으로 아저씨 시신 한 번만 봐도 되겠습니까?"

말귀를 못 알아듣는다는 눈으로 형사가 쳐다봤다.

"그래도 어릴 때 용돈도 쥐여 준 아저씨예요. 제 아버지와도 친했고요. 보호자도 없는데 기도라도 해 드리고 싶습니다."

자신의 아버지라도 떠오르는지, 승낙.

안치실은 푸른 불빛이 맴돌았다. 관리인을 따라 들어가자 주문한 메뉴처럼 전파사 류 씨가 나왔다. 건조하지만 묵직한 시체 냄새는 소독약으로 인해 희미하게만 풍겼다. 머리는 올백으로 넘기고 피부는 깔끔하기까지 한 류 씨는 살아 있을 때보다 나은 모습이었다. 이대로만 하고 다녔다면, 마누라가 떠날 일도 없었을 텐데. 주름진 목을 둘러 검고 푸른 상처가 뚜렷하게 보였고, 곳곳에 주먹만 한 크기로 피가 뭉친 흔적이 있었다. 귀 뒤에 좁쌀만 한 갈색 점. 푸른 혈관이 도드라진 팔, 다리, 몸통 부분을 살펴보았다. 양쪽 다리의 굵기에 크게 차이가 없었다. 아저씨가 보조금을 받기 위해 어떤 편법을 저질렀는지 더 이상 생각하지 않기로 했다. 이런 식으로 생각하면 끝이 없으니까. 하지만 왜 하필 자살 시점이 아버지의 사고와 비슷한 시점이란 말인가. 이상한 교집합이 가슴속에 남았다.

"수고하십쇼."라는 말이 나오려는 순간, 한 가지 생각이 뒤통수를 잡아끌었다. 다시 류 씨에게 몸을 돌려 다가가는 동안 관리인은 다행히도 자신의 모니터와 스마트폰을 번갈아 바라봤다. 나는 스마트폰의 카메라 앱으로 류 씨의 몸을 몇 장 찍었다. 최근 은비에게 배운 찰칵 소리가 나지 않는 앱이었다.

안치실에서 나와 철재에게 전화를 걸었다. 철재는 귀찮은 목소리였으나, 의논할 일이 있다고 하자 나오겠다고 했다. 남자들은 나이먹으면 레벨에 따라 전화를 받는다. 받아도 괜찮은 놈인지, 받아야할 놈인지, 받으면 똥 밟는 놈인지.

대부분 돌잔치, 결혼, 보험 권유, 돈 빌려 달라는 일일 테니까. 철재는 내가 절박할 때 돈 오백을 갚은 놈이었다. 나도 철재가 제 몸집만 한 돌덩이를 안고 강물로 뛰어들 때 구해 줬다. 서로가 서로에게 생명의 은인인 묘한 사이다. 지금 내 주변엔 이상한 사무실을 차려 놓고 시간을 보내는 이놈 정도 빼고는 아무도 연락을 받지 않는다. 철재는 플레이스테이션 게임, 고양이, SNS에 대해 말할 때 가장 생기를 띤다. 걷기를 싫어하는 철재가 등산복의 사각사각 스치는 소리를 내며 내게로 걸어왔다.

"삼실로 오지. 그냥."

그가 일하는 사무실 미스터리 연구소는 이 건물 5층에 있다. 이 건물은 엘리베이터가 없고 실제 사무실로 사용하는 사람은 철재뿐이다. 1층 배달 전문집을 빼면 거의 다 가정집으로 이용한다. 미스터리 연구소는 정확히 무슨 일을 하는지는 모른다. 음모론을 파헤치고 떠도는 미스터리를 규명하고, 팟캐스트를 운영한다. 한마디로 별로 쓸데없는 일을 한다. 수입은 이 낡은 사무실을 운용할 정도인 모양이다.

내가 고무 튜브처럼 삐져나온 그의 허리 살을 붙잡고 근처 한우 고깃집에 들어갔다. 1인분에 2만 5000원이나 한다. 나는 호기롭게 4인분과 밥 두 개, 된장찌개를 시켰다.

"철재야 너 인생이 뭐라고 생각하냐."

고기가 알맞게 구워지기도 전에 철재는 입속으로 옮겼다.

"인생? 사는 거지. 들어도 못 들은 척, 보고도 못 본 척, 알고도 모르는 척. 이게 편하게 인생 사는 법이야. 나처럼 살면 인생 겁나 불편해진다."

"차 좀 빌려줘라."

철재가 먹던 밥을 도로 뱉으려 한다.

"엄마 보러 대구에 좀 다녀오려고."

"죽을병 걸렸냐. 철들게. 진짜 뭔 일인데?"

"빌려 주면 얘기할게."

"알았어."

그러곤 차 키를 내놓았다.

"명함도 몇 장 줘 봐."

철재는 마지못해 명함을 내밀었다.

"자, 뭔 일이야. 얘기해 봐."

나는 그간의 일을 대충 설명해 주었다. 아버지의 총격 사건과 류 씨 아저씨의 자살, 김 부장의 출현 등. 물론 선금 이야기는 뺀 채로. 이야기를 다 들은 철재는 고기를 입에 넣으며 흥미로운 표정을 지었다.

"아버님이 큰일 나실 뻔했네. 그 정도로 다행이다."

"뭐. 응."

나는 정말 다행이라고 생각했을까? 핸드폰을 뒤져 류 씨의 사진을 철재에게 보여 주었다.

"아까 말한 류 씨 아저씨 사진이야. 네가 보긴 어떠냐."

철재는 고기를 입에 넣고 오물거리면서도 내가 내민 류 씨의 시신 사진을 확대까지 하며 유심히 보았다.

"어디 이상해 보이는 데 있어?"

"이 아저씨가 예전부터 다리가 아팠거든. 그래서 늘 보조 장치를 하고 다녔어. 근데 내가 발견했을 때는 앉아서 목을 매단 채 죽어 있었어."

"다리가 아프니까 그랬겠지. 다리 한쪽 아픈 사람이 서서 자살하면 그게 더 이상한 거 아니냐."

"이거 보라니까. 이 아저씨. 시체 보니까 다리가 멀쩡하더라고. 양쪽 근육량엔 조금 차이가 있지만 실생활하는 데엔 아무 이상이 없을 정도래."

"그럼 보조금 때문에 다리 아픈 행세를 했다?"

"그렇지……. 근데 너도 나도 자살에 일가견이 있잖냐. 서서 죽는 것도 죽을 맛인데…… 굳이 다리 아픈 행세를 하며 앉아서 죽는 걸 선택할까. 자살하면서까지?"

"으음……. 듣고 보니 그러네. 그럼, 앉아서 죽을 수밖에 없는 이유가 있다는 거? 그게 뭔데?"

"그거야…… 모르지."

나는 머리를 북북 긁었다.

"잘나가다 막히냐. 골목 근처 CCTV는 확인해 봤어? 요새 천지가 CCTV인데."

"거긴 하도 오래된 골목이라, 완전 사각지대야. 일흔여섯 먹은 할아버지 자살에 그렇게 관심 갖지도 않고."

"이 사진 파일 나한테 보내 봐. 나도 좀 더 알아볼게."

나는 계산을 하고 고깃집을 나섰다. 철재는 사무실로 다시 들어가 봐야 한다고 했다. 철재의 등산복이 스치는 소리가 멀어진다.

6

오늘 저녁 8시, 장미다방에서 기다리겠습니다, 오실 때까지.

—당신을 사모하는 운명의 여인으로부터.

월출은 도무지 누가 이런 쪽지를 남긴 건지 추측할 수 없었다. 헤븐스도어에서 만났던 여자들을 떠올려 봤지만 이내 고개를 저었다. 글씨는 나름 반듯하지만 감상적인 문구다. 그가 알고 있던 여자 중 이런 감상적인 문구를 남길 만한 사람은 없다. 책방 손님의 절반은 여자고 대부분은 젊지만 그들과 사적인 대화를 나눈 적은 없다. 그들 중에서 누군가 남긴 걸까?

그때, 문이 열리고 손님이 들어왔다.

월출도 인사가 없고 손님도 인사가 없다. 산뜻한 다이알 비누 냄새가 난다. 사람을 주목시키는 향이다. 월출은 상대를 재빨리 훑어

봤다. 언제부터인가 책방에 드나드는 손님을 관찰하는 버릇이 생겼다. 책을 몰래 찢고 값을 깎아 달라는 학생들을 잡아내려는 이유도 있었지만 관찰은 여러모로 쓸모가 있다. 손님들의 말투, 행동, 지갑의 모양, 옷차림 등을 통해 그들의 직업이나 살아온 환경 등을 맞혀 본다. 상대는 여자였고 청바지와 남색 울 코트를 입고 목도리를 둘렀다. 그녀는 늘 혼자 온다. 키는 보통이고 마른 체형이다. 걸을 때마다 마룻바닥에 삐거덕 삐거덕 소리 대신 통통 소리가 난다. 피부가 희나 눈동자가 충혈되어 있는 것으로 보아 최근 큰 고민이 있다. 낡았지만 고급 소재에 실밥 한 올 용납하지 않는 옷차림은 한때 부유했지만 현재는 좋지 않음을 의미했다. 꺼내 들고 읽는 책은 소설보단 인문서 쪽이며 음악에 관한 게 다수다. 시선을 옮길 땐 고개를 돌리지 않고 눈동자만 굴렸다. 시원한 눈매에 어울리지 않는 불안한 움직임이다. 혹시 쪽지를 남긴 게 그녀일까?

월출이 어떤 추측을 하는지 알 리 없는 그녀는 책장 한쪽에 꽂혀 있던 책 한 권을 집어 들었다. 『쥐며느리의 겨울』이라는 곤충 도서였다. 월출이 틈날 때마다 보는 책이지만, 책방 3년 동안 그 외에 집어 든 사람은 없었다.

"아저씨…… 이 책 얼마죠?"

"아, 죄송합니다. 그거 파는 게 아닌데요……."

"파는 게 아닌데 왜 진열되어 있어요?"

"어떤 손님이 놓고 가신 거예요. 아마 찾으러 오실 겁니다."

"며칠째 저 자리에 계속 꽂혀 있던데요."

관찰력이 만만찮다.

"대신 다른 책 반값으로 드리겠습니다."

월출은 숨을 토해 내며 대꾸했다.

"그럼 배달되나요? 책이 많이 필요하거든요."

"네, 해 드리겠습니다."

월출은 왜 그때 그녀의 부탁을 들어줬을까. 나중에, 한참의 시간이 지나서 스스로 돌이켜 봐도 월출은 자신이 왜 그랬는지 알 수 없었다. 비싼 울 코트를 입고, 헌책방을 오는 그녀의 사연이 궁금해서였을까? 아니면 책방 공기를 단숨에 바꿔 놓는 다이알 비누 향기 때문일까? 그도 아니면 목소리 끝에서 느껴지는 알 수 없는 이끌림이었을까? 어쨌든 월출은 그녀의 목소리에 따라 그녀가 고른 책을 여러 권 집어 들기 시작했다. 금세 턱 밑까지 책이 차올랐다.

"이거 다 주세요."

그녀는 카운터 쪽으로 와선, 꽃병에 꽂혀 있는 아카시아를 발견하곤 잠시 거기에서 시선을 거두지 못했다. 무언가 추억에 젖은 듯, 그녀의 눈 속이 물결쳤다.

"손님. 댁이 어디십니까?"

월출이 뒤에서 책을 다 박스로 포장하곤 묶으며 물었다.

"이 근처예요. 은성상회 바로 뒤요."

그녀는 주소와 이름을 적어 주었다. '김해경.' 그녀의 집은 멀었다. 결론적으로 말하자면, 왕복 한 시간이 넘게 걸리는 거리였다. 이렇게 멀다는 걸 알았다면 자전거를 손보아 뒤에 책을 실었을 것이다. 여자의 거짓말은 용서해 주는 게 남자라고 누가 그랬던가.

그녀에게 배달을 약속하고, 책방 문을 잠시 닫았다. 월출은 두 묶음을 장갑 낀 손으로 나눠 들고 해경을 따라 눈이 쌓인 언덕길을 올랐다. 꽤 미끄러웠기에 중심을 잡으려고 신경 썼다. 그가 두어 번 미끄러져 뇌진탕에 걸릴 뻔했지만, 그녀는 아랑곳 않고 앞서 걸었다. 월출은 뒤도 안 돌아보고 앞서가는 그녀의 뒷모습을 보며 살짝 서운함을 느꼈다. 하지만 이내 그의 시선은 어둑한 골목길에 내리비치는 달빛과 그녀의 그림자에 머물렀다. 자그마한 그녀가 달을 따라 걷는다. 그녀의 길게 늘어진 그림자가 월출의 발치에 닿았다 멀어졌다 한다.

그녀가 후익후익 휘파람을 불었다. 월출은 아버지가 불었던 휘파람이 생각이 나서 듣기가 좋았다. 이 휘파람만 아니었어도 월출은 중간에 책을 놓고 도망 왔을지도 모른다.

휘파람 사이사이 "다 왔어요.", "저기 모퉁이만 돌면 돼요."를 반복하던 해경의 집은 언덕 위에서 다시 골목으로 들어가 가파른 계단을 거의 엉금엉금 기는 자세로 한참 올라가야 했다.

"하아, 여기예요."

이번에도 더 가야 한다고 말하면 그냥 책을 두고 돌아서려던 찰나, 파란 대문 앞에서 그녀가 발걸음을 멈췄다. 월출은 여기다 내려놓아야 할지 집 안까지 들여 놓아야 할지 망설였다. 그의 마음을 눈치라도 챘는지 여자가 문을 열고 몸을 비켜 주었다. 월출은 그녀에게서 최대한 거리를 두고 안으로 들어갔다. 그러나 워낙 골목이 좁아 그의 턱밑으로 그녀의 정수리가 스쳤다.

그는 좁은 골목 안, 담장 사이로 옆집이 보이는 두 번째 문 앞에 섰다.

"밖에 두세요."

해경이 말했다.

월출은 둘 만한 곳을 못 찾고 똥 마려운 개처럼 빙빙 돌았다. 바닥 어디도 눈이 있거나 녹아서 젖은 곳뿐이었다. 책을 젖게 할 순 없었다.

"눈 녹으면 젖을 겁니다. 그럼 얼 수도 있고요."

"제가 여자라서 그래요?"

해경은 월출의 눈동자를 쏘아본다.

"대답이 궁금해서 묻는 거 같진 않고, 중요한 건 이대로라면 책이 상한다는 겁니다."

해경은 월출을 머리 꼭대기부터 발끝까지 훑어보더니 "그럼. 안으로 들여놔 주세요."라고 말했다. 그러곤 열쇠 꾸러미를 꺼내 세 개나 되는 자물쇠를 차례대로 열었다. 해경의 지시대로 월출은 방 입구에 책 묶음을 내려놓았다. 해경은 월출을 도와 책을 날랐다. 열쇠 세 개나 필요할 만큼 근사한 물건이라곤 하나도 없는 방이었다. 한 평의 방에 그보다 좁은 부엌이 딸려 있다. 연탄과 녹슨 쥐덫, 펼쳐진 교자상과 모서리가 부서진 서랍장 하나가 살림살이의 전부였다. 조금 특이하게도 벽 한쪽에 붙은 미국 여가수의 포스터와 그 아래 먼지 하나 안 묻게 잘 간수해 둔 트로피가 눈에 띄었다. 그 뒤 벽면으로는 책을 찢어 벽에 붙이고 있던 모양인지 책들이 낱장으로 덕지덕지 붙어 있었다. 월출은 입을 벌리고 그것들을 보았다. 벽은 반 정도 그렇게 도배되어 있었다.

"저래 놓으면 방 온도가 훨씬 올라간대요."

해경이 더운 숨을 토해 내며 목도리를 풀었다.

'차라리 난로를 사지.'

월출은 속으로 중얼거렸다.

"저 가수 알아요?"

월출은 '누군지' 단번에 알았다.

"셜리 베시라고, 목소리가 예술이죠."

그의 대답에 해경의 눈빛이 반짝거렸다. 월출은 다시 트로피 쪽을 흘끔 보았다. 조잡하게 만든 금색 트로피에 '노래자랑 대상 김해경'이라고 박혀 있었다. 그리고 트로피 아래엔 야구방망이가 굴러다녔다. 야구를 할 리는 없고, 호신용인가? 알 수 없는 여자였다. 월출은 눈썹을 손끝으로 쓸어내렸다. 문득 이 여자는 쪽지를 두고 간 게 아니라 자신을 감시하는 게 아닐까 하는 의구심이 들었다. 혹시 당의 심부름꾼이나 감시자? 그러고 보니 접근 방법이 수상하기 짝이 없다.

"그럼, 가 보겠습니다."

월출이 몸을 돌리기도 전에 해경의 목소리가 들렸다.

"아, 아저씨."

그는 못 들은 척했다. 스물일곱에 아저씨라 불리긴 적당하지 않다고 생각했으므로.

"아저씨, 아저씨!"

해경이 외쳤다. 사실 그때까지 그녀는 모든 남자들에게 아저씨라 불렀다. 학교 선배들에도 본가 집에서 일하는 사람들에게도 아저씨라 불렀다. 정원사는 이제 겨우 스물다섯이지만 아저씨라 부른다.

월출은 그와 비슷해 보이니 아저씨가 맞다. 월출은 심통이 났음을 드러내지 않으려고 노력하며 뒤돌아보았다. 해경이 주머니에서 껌을 내밀었다. 커피 껌이었다.

"고마워요."

그녀가 수굿이 웃었다. 사람이라면 누구라도 반하게 하는 해맑은 미소. 월출은 그녀의 찬란함에 압도당해 한동안 미동하지 못했다. 석양, 눈, 그녀, 목소리, 미소, 이 모든 게 완벽한 한 조가 되어 월출의 언 심장을 녹였다. 자기방어가 삶의 균형이었다면 한순간에 그는 균형을 잃어버렸다.

그는 내려오는 길에 주머니에서 은하수 담배를 꺼냈다. 커피 껌이 눈치 없이 딸려 나왔다. 어쩔 수 없이 껌 포장지를 벗기고 입에 넣었다. 껌은 금세 말랑해졌고, 달콤 쌉쌀한 커피 향이 입안에 퍼졌다. 월출은 어디선가 들려오는 성탄절 노랫소리를 따라 불렀다. 내려가는 길은 생각보다 그리 멀지 않았다. 김해경, 김해경.

의지와 상관없이 기억해 버린 이름. 소설 여주인공 이름으로 괜찮았다.

지금껏 월출의 인생에 연결된 '여자'를 꼽으라면, 단 세 명이었다. 누이, 어머니, 미스 박.

병약했던 누이는 하루에 열 시간은 누워 있었다. 핏기 없는 얼굴로 미소를 지으며 월출의 구멍 난 양말을 꿰맸다. 월출이 하는 우스운 농담에 잘 웃기도 했다. 어머니는 반대였다. 월출은 열여섯 살 때 처음 연락소에 들어갔는데 1년에 한 번씩 최고급 음식을 싸 가지고 고향에 내려갔다. 그때마다 낡고 해진 옷을 입은 채 피곤과 빈곤에

허덕이던 어머니는 하염없이 울기만 했다. 한참을 운 후에야 아들이 어머니를 조용히 안아 주자, 그녀는 미소를 되찾았다.

미스 박은 춘식을 제외하고 남한에선 유일하게 서로 얼굴을 아는 동료다. 적당히 동글동글한 인상. 선이 약하고 흐릿하여 화장하는 법에 따라 엄청난 미인도 될 수 있고, 누구도 돌아보지 않는 평범한 여인도 될 수 있었다. 그녀가 맡은 일을 하기엔 안성맞춤형 얼굴이다. 그녀는 걷기 시작할 때부터 모신나강 소총을 둘러멨다고 하고, 전성기 때에는 조준경을 떼고도 백발백중이었다고 한다. 모두 전설 같은 이야기다. 월출이 미스 박에 대해 아는 것은 그 정도뿐이었다. 길거리에서도 한 번도 마주친 적이 없고, 있다 해도 알아채지 못할 것이다. 이름도 성도 모르지만 같은 일을 하고 있다는 것에서 오는 동질감이 있다. 그가 잠을 이루지 못할 때 어쩌면 그녀도 잠을 이루지 못하겠구나 하는 생각을 한다. 그녀 역시 월출이 훈련소 시절부터 한 번도 1등을 놓친 적 없는 실력자라는 걸 알고 있다. 물론 그녀에겐 그게 전부일 테지만. 그러나 월출의 인생에서 여성은 해경을 만나는 순간부터 그녀 하나만으로 이루어지게 됨을, 월출 스스로도 그때는 바로 알아차리지 못했다.

해경의 집까지 책을 배달해 주고 일주일쯤 뒤였다. 월출은 은성상회에서 다이알 비누를 샀다. 대폿집의 구성진 노랫소리가 멈춘 한적한 골목을 따라 걷고 있을 때, 매캐한 냄새가 코를 파고들었다. 책방까지 얼마 남지 않은 곳이었다. 병 속에서 진동하는 듯한 외침과 코끝으로 확 밀려오는 매운 느낌. 최루탄이다. 비실대던 동네 개들은 꽁지를 말고 깨진 담장 안으로 도망쳤다. 시위대가 근처에 있었다. 월출은 걸음을 빨리했다.

그때 앞 골목 사이에서 여자 하나가 튀어나왔다. 청바지에 남색 코트, 어깨까지 오는 밤색 머리, 뽀얀 피부, 그리고 낯익은 눈빛. 김해경이었다. 그녀는 땅을 보며 비틀거리며 뛰었다. 그녀를 책방이 아닌 밖에서 보기는 그날 이후 처음이었다. 월출은 반가운 마음에 하마터면 손을 들어 알은척할 뻔했다가 급히 몸을 숨겼다. 옆 골목 담장 위로 비죽이 솟은 남자 둘의 머리통이 빠르게 가까워졌다. 그녀는 숨을 고르는지, 서서 어깨를 오르락내리락했다. 시위대로 쫓기는 거라면…… 저런 상태라면 곧 잡히고 말 텐데.

시위 중에 혹여 저들에게 끌려간다면 연탄집 외동아들 영수처럼 독방에 갇혀 정신이 이상해질 수도 있고, 함께 참가한 시위대 동료 이름을 불라고 몇 날 며칠 수치스러운 고문을 당할 수도 있다. 갑자기 그런 생각이 들자 정신이 번뜩 들었다. 이내 두 사내가 그녀 앞을 막아섰다. 월출은 잠깐 갈등했으나 눈을 질끈 감고 돌아섰다. 주머니에 넣은 손으로 다이알 비누를 꾹 쥐었다.

그때 뒤에서 "악!" 하는 비명과 실랑이, 욕설이 터져 나왔다. 월출은 잠시 멈춰 서서 귀를 기울였다. 그 순간, 탕탕 두 발의 총성이 들렸다. 월출이 깜짝 놀라 보니 사내 하나가 허벅지를 부여잡고 뒹굴었고, 다른 사내가 저항하지 않겠다는 듯이 손바닥을 들어 보이고 섰다. 총을 쏜 것은 놀랍게도 김해경 쪽이었다. 툭 부러질 듯한 가는 팔뚝으로 이어진 손끝에 총을 쥐고 있었다. 사내의 총을 어떻게 그녀가 쥐고 있는지는 알 수 없으나, 해경은 뒷걸음질 치다가 이내 모둥이를 돌아 총을 버리고 도망쳤다.

"야! 잡아!"

사내들이 급박하게 소리쳤다.

붉은 피가 그녀의 손끝을 타고 바닥으로 떨어지고 있었다. 월출은 주춤했다.

'그래, 못 본 거다. 무시하자. 휘말려서 좋을 거 없다.'

뒤돌아서려 고개를 돌리는 순간 그녀의 목소리가 월출의 뒤통수에 내리꽂혔다.

"아저씨……?"

월출은 어쩔 수 없다는 듯 뒤돌아보았다. 그녀와 눈이 마주치고, 커다란 그녀의 눈이 마음을 흔들었다. 해경은 그를 알아본 것이다. 예감이 좋지 않다. 그녀는 마치 제 할 일을 마친 모양처럼 바닥으로 픽 쓰러졌다. 갈등할 새가 없었다. 나중에 그를 원망할 수도 있고, 찾아와서 따질 수도 있다. 화가 나서 괜히 그를 시위 주동자라고 형사들에게 일러바칠지도 모른다! 선택권이 없어진 월출은 바닥에 쓰러진 해경을 끌어 건물 안으로 몸을 붙였다. 심하게 무겁다. 간발의 차이로 형사 둘이 그 옆을 지나쳐 뛰어갔다.

까마귀가 깍 소리를 내며 날아간다.

책방에 도착했을 때, 형사들이 멀리서 상가 문을 돌아가며 두드리는 고함이 들렸다. 월출은 셔터를 내리고 문을 잠갔다. 쓰러져 있는 그녀의 뺨을 몇 차례 때려 보았지만 움직임이 없었다.

"이봐요. 정신 차려 보라니까."

다행히 맥박은 뛴다. 왜 이곳으로 데려왔을까. 어쩌자고! 가까운 병원 앞에 놔두고 올걸.

그는 금세 경솔한 행동을 후회했다. 구시렁거리며 축 늘어진 해경을 들쳐 업고 지하로 옮겼다. 가게 바닥에 떨어진 해경의 가방도 함께 숨겼다. 바닥에 흩날리는 긴 머리카락을 낚아채 주머니에 쑤셔 넣었다. 입안이 마르고 등짝이 젖었다.

쾅쾅! 쾅쾅!

셔터를 내리치는 소리가 울렸다.

"책방! 문 열어!"

창밖으로 동태를 살피니, 오 형사가 벌게진 얼굴로 셔터를 발로 찼다.

그가 시위하던 해경을 이리로 데려온 것을 알 리가 없다. 월출은 머리를 쓸어 올리고 몸에 묻은 핏자국이 있는지 체크하고 나서야 문을 열고 셔터를 올렸다.

"형님."

월출은 눈을 비볐다.

"어제 과음했냐? 그래도 가게 문은 열어야지."

형사가 그의 가슴팍을 밀고 들어왔다. 오 형사는 둥근 얼굴에 푸근한 몸매지만 웃지 않으면 미간의 사마귀 때문인지 인상이 험악했다. 김환과 아는 사이로 구해 달라는 양주와 코끼리밥통, 일제 크림을 전달해 준 적이 있었다. 그는 시장 입구에서 미용실을 하는 아내를 위한 사치품이라면 지갑을 잘 열지만 정작 본인은 "발 냄새가 나지 않으면 남자가 아니지!"라고 믿는 말 많은 사내였다.

월출의 눈에 멀찌감치 떨어진 그녀의 흰 운동화가 보였다. 치우기도 전에 월출의 얼굴에 쏟아지는 오 형사의 시선이 느껴졌다. 눈치챘을까? 그는 조심스럽게 카운터 위 볼펜을 움켜쥐었다. 만약 일이 이상하게 돌아간다면, 이 볼펜은 오 형사의 관자놀이에 박혀야 한다. 손바닥이 축축해졌다. 그러나 오 형사는 그대로 화장실로 돌진하더니 요란한 소리를 냈다. 잠시 후 마당에서 펌프질을 하며 손을 씻는 소리가 들렸다. 그가 화장실에서 나올 때쯤에 월출은 그녀의 운동화를 재빨리 숨기고선 벨보이처럼 우뚝 서 있었다.

"어우, 죽을 뻔했다 야. 그나저나 단발머리 계집애 하나 도망갔는데 못 봤지?"

"못 봤는데요."

"아, 하여간 이 쌍년 때문에 난리야. 형사한테 총을 쐈다네. 잡히면 뒈진 거지."

"총을요? 여자가요?"

"그렇다니까. 지금 발칵 뒤집혔어!"

오 형사는 더 말하고 싶은 눈치였지만 입을 다물었다. 열린 문 사이로 다른 형사가 들어왔기 때문이다.

"뭐 해, 여기서?"

그는 방 구경 온 사람처럼 뒷짐을 지며 안을 살폈다. 책방을 그의 투시경으로 하나하나 비춰 보는 느낌이었다. 말랐지만 단단한 몸을 가지고 있었다. 운동화 끈도 끝까지 조이고, 남방의 단추도 턱 끝까지 잠갔다. 점퍼도 얼굴 바로 밑까지 끌어 올린 채였으며 장갑의 손목 단추도 완벽히 끼워져 있다. 얼굴엔 콧등을 가로로 지나는 흉터가 있어 기이한 인상을 주었다.

"아, 인사해. 새로 온 서중태 형사. 우리 서 실력 남바원!"

오 형사는 오버스럽게 큰 소리로 손바닥까지 보여 가며 소개를 했다.

"얼굴이나 익히면 되지 통성명은 무슨……."

서중태는 대수롭지 않다는 톤으로 말했다.

"필요한 것 있으면 최대한 조달하겠습니다. 서 형사님."

월출이 대답했다. 서중태는 구석구석을 뚫어져라 직시했다.

"뭔가 향이 좋네."

"얘가 예전에 밀수품 좀 만져서 좋은 게 많아. 책방, 또 들를게. 담배 한 개비만."

월출은 은하수 한 개비를 내밀었다.

"아이고……. 어딜 간 거야. 이 계집애."

오 형사는 담배를 받아 입에 물었다. 뒤로 슬쩍 서 형사의 눈치를 보았다. 월출이 자신의 어깨에 묻은 긴 머리카락을 발견하고 몰래 털어 낼 무렵. 두 형사는 책방에서 나갔다. 그들이 나가자 바로 다시 셔터를 내렸다. 책방 안과 책방 밖은 단절되고 내부의 비밀 세계를 탄생시켰다. 두 남녀는 비밀 세계에 갇혔다.

해경의 맥박은 희미하게 뛰었다. 남색 코트와 목도리를 벗긴 그녀의 몸은 차가웠다. 월출은 혈관을 찾아 영양주사를 놓고, 팔에 5센티미터 정도 찢어진 곳도 신경 써서 꿰맸다. 입술 사이로 진통제를 넣고, 이불을 덮어 주었다. 해경은 죽은 듯 잤다. 월출은 오후 늦게 책방의 문을 열었다. 오늘은 그냥 문을 닫을까 고민했지만, 어쩐지 조금 전 본 서중태 형사의 눈빛이 걸렸다. 분명히 의심을 살 것이다. 하지만 책방 일이 손에 잡히지 않았다. 후회와 걱정이 몰려왔다. 그의 신경은 온통 발밑에 가 있었다. 해경이 가져온 배낭 안에는 '척결하라. 정권 물러가라. 민중의 나라여, 민중의 권력이여!'라는 문구가 적힌 전단지와 커피 맛 껌이 들어 있었다. 예상대로 시위하다가 쫓긴 게 틀림없었다. 머리가 지끈거렸다. 서 형사와 오 형사는 수시로 주변을 순찰했기 때문에 조심해야 했다. 특히 월출은 서중태의 무신경한 듯한 눈빛에서 위험을 읽었다. 물렁한 상대가 아니다.

오후 8시경이나 되어 일을 마치고 비밀의 방으로 내려갔다. 음식 접시는 그대로였다. 그녀가 누운 자리는 텅 비어 있었다. 그때, 철컥하고 장전하는 소리가 그의 등에서 났다. 사람이 당황할 땐 아무 소리도 내지 못한다. 그는 권총을 넣어 두었던 서랍이 열려 있는 걸 보았다. 해경은 붕대 감은 왼손으로 오른손목을 받치고 38구경의 총구는 그의 인중을 향했다.

"내가 왜 여기 있죠?"

"형사들은 지금 밖에 안 보이니까 돌아가요."

"왜 여기 있냐고요."

권총을 든 그녀의 손목에 힘이 갔다.

"그쪽이 골목에서 쓰러진 거 업고 왔고 팔은 꿰매고 소독했으니 일주일 정도 지나고 실밥 풀면 될 거요. 심심하면 총 겨누는 게 버릇인가 봐요. 그 버릇 때문에 형사들이 해경 씨를 잡겠다고 다 뒤지고 난리요. 일단 그거 좀 내려놓고 얘기하죠."

그의 머릿속에 오만가지 생각이 스쳤다. 모른 척했어야 한다.

"아저씨, 사복형사예요?"

"아니!"

그녀가 방아쇠를 곧 당기려고 했다.

"그럼 왜 총을 가지고 있어요?"

월출은 뛰어들어 그녀의 총을 뺏었다. 엎치락덮치락 두 사람은 바닥을 뒹굴었다. 그의 손에 총이 들어왔고 그녀의 관자놀이에 총구를 댔다. 두 사람의 눈빛이 공중에 부딪쳤다. 순간, 그녀는 자신의 물음에 답을 낸 표정으로 눈을 감았다.

그 시각, 서중태는 책방에서의 일을 떠올렸다. 분명 책방에서 여인네의 향이 났다. 게다가 책방 안은 군대 내무반보다 더 깔끔한 게 오히려 더 이상해 보였다. 그리고 그놈의 눈빛은 무겁고 흔들림이 없었다.

"책방. 걔 뭐 하던 놈이라고?"

서 형사는 거울을 보며 신중한 얼굴을 하고 코털을 뽑는 오 형사에게 넌지시 물었다.

"구두닦이 좀 하다, 부산이랑 동대문서 밀수품 장사해서 돈 좀 벌고 조용히 살고 파서 책방 차렸대. 얘, 빠릿빠릿하고 괜찮아. 입도 무겁고. 시킬 거 있음 시켜."

오 형사는 시키지도 않은 말을 계속 이어 나갔다.

구두닦이, 밀수. 일정한 직장이 없다. 뒤를 캐기 가장 안 좋은 인물이다. 책방 이름은 최희도. 27세, 경남 서천 출생. 서중태는 책상

위의 몽블랑 펜으로 그의 이름을 적고 서천에서부터 시작해야겠다
고 생각했다.

7

셋째 날 오전 9시

아버지의 양복은 최상의 상태로 보관되어 있었다. 양복의 원단은 부드럽고 매끄럽고 촘촘하다. 상의, 하의는 낡은 기색도 없이 몸에 착 감겼다. 슈트의 깃은 살아 있고, 바지선과 허리선은 갑옷처럼 딱 떨어진다. 양복 목덜미 부분에는 '알리샤'란 상표와 이니셜 'H. W.' 가 새겨져 있다.

허리 획획, 권투 폼을 잡고 팔다리를 움직여 보았지만 불편함이 없었다. 품이 약간 작아서 단추를 채우긴 힘들었지만 큰 문제가 아니다. 손을 씻고 남은 물기로 머리를 쓸어 올렸다. 복싱 폼을 잡아 봤다. 뿌연 거울 속에 비친 나는 맞선을 봐도 될 정도로 꽤 멀끔해 보였다. 물론 와이셔츠는 없어 흰 티를 그대로 받쳐 입었다. 퍼펙트.

휴게소 화장실에서 양복으로 옷을 갈아입고선 한 시간 정도 달리니 대구가 나왔다.

대구 중심부에서 30분 정도 달리면 가창이 나온다. 더 들어가면 청도. 가창과 청도 가운데쯤에 엄마가 있다.

"엄마."

입 밖으로 내뱉어 본다. 엄마란 단어와 눈물샘은 연결돼 있는 게 분명하다. 우리 모자의 관계가 끈끈하지 않았지만, 엄마란 존재는 나에게 늘 숙제처럼 마음속에 남아 있었다.

대구는 엄마의 고향이었고, 나이 들면 고향으로 내려가 형제자매들과 살고 싶다고 입버릇처럼 말했더랬다. 그러나 엄마가 요양원에 입원할 때는 물론이고 그 이후로도 8남매 중 단 한 분만이 얼굴을 비쳤을 뿐이다. 나에게 이곳은 외가댁이 있는 곳이 아니라 여름철 푹푹 찌는 더위 뉴스가 가장 먼저 나오는 지역 경북, 그곳에서도 전국 여섯 개의 광역시 중 하나일 뿐이었다.

차창 밖으론 포도밭과 미술관 같은 커피숍, 간판만 달아 놓고 장사는 안 할 것 같은 낡은 식당들이 휙휙 달아났다. 비가 온다고 했건만 쨍쨍하고 맑았다. 하여간 기상청 새끼들. 철재에게 빌린 차는 주행 거리가 30만 킬로미터가 넘어 있었다. 달리는 데 문제없다던 차는 다른 문제가 있었다. 에어컨 고장. 한 손으로 핸들을 쥐고, 다른 손으로는 에어컨 실행 버튼을 향해 계속 잽을 날렸지만 무반응. 창문을 여니 다이너마이트 같은 열기가 훅 하고 들어왔다. 이런, 대구답게 바람 한 줌까지 뜨거웠다.

근처 꽃집에 내려 아카시아 한 다발을 샀다. 10분 정도 더 달리자 내비게이션이 목적지에 도착했다고 알려 왔다. '노인보호구역'이라고 쓴 가드라인을 지나자 어울리지 않게 거대한 골프장이 나왔다.

그 앞으로 덕산 요양원의 이정표가 보였다. 요양원은 금속 간판이 달린 백회색 건물이었다. 먹구름처럼 큰 골프장 그물이 드리워졌다. 그물만 빼면 뷰가 괜찮았다.

요양원 주차장에 주차를 한 후, 본관의 커다란 자동문을 지났다.

입구에 들어서자 큰 화분 사이로 안내 데스크가 보였다. 여자 셋이 보라색 유니폼을 입고 앉아 커피를 마시고 있었다. 짧은 파마를 한 40대 여자가 훈련된 미소를 지으며 일어섰다. 엄마 이름과 내 이름을 댔다. 안내원은 컴퓨터로 마지막 방문 기록과 나의 얼굴을 번갈아 바라보곤 내 손에 들린 꽃다발로 시선을 돌렸다. 이내 승낙하듯 자신을 따라오라고 했다.

요양원의 누런 벽에는 '생신 잔치'나 '자원봉사 프로그램'이라고 소제목을 붙인 노인들의 사진이 찍혀 있었다. 그 안에선 짠 듯이 모두 행복한 미소를 짓고 있었다. 복도에는 엉덩이를 끌고 다니는 할머니, 아랫도리를 그대로 드러내며 고래고래 소리 지르는 할아버지가 보였다. 그들의 메마른 고함 사이로 「알뜰한 당신」이라는 노래가 구슬프게 들렸다. 알뜰하게 살아 봤자 죽기밖에 더 하나?

"그간 다녀간 사람이 있습니까?"

"저번 주에 아버님이 한 번 다녀가셨어요."

내 발목이 멋대로 꺾였다.

느낌이 좋다. 수첩을 맡겼을 가능성이 있다.

긴 복도를 지나고 폭이 넓고 높이가 낮은 중앙 계단을 걸어 올라갔다. 양복 끝단을 쭉쭉 폈다. 호흡을 가다듬기도 전에 여자가 노크를 해 댔다.

"어머님. 아드님 오셨어요."

여자는 미소를 지으면서 변색된 커튼을 활짝 열었다. 병실 안은 유난히 큰 텔레비전이 눈에 들어왔다. 햇살 아래 엄마가 무방비 상태로 노출되어 있었다. 가녀린 몸, 머리는 짧게 잘라 아무렇게나 넘겨 있었다. 엄마는 마늘을 까고 있었다.

"필요한 것 있으시면 버튼 누르세요."

안내인은 의례적인 미소로 녹색 버튼을 가리키곤 방에서 나갔다. 한동안 녹색 버튼에 내 시선이 머물렀다. 엄마는 미동 없이 마늘을 깠고, 어느덧 시침은 12시를 가리켰다. 둘 사이에 정적이 흘렀다.

"엄마. 나왔어."

간신히 내가 입을 열자, 엄마는 마늘을 까다 말고 양복 입은 날 올려다보았다. 빤히. 그 두 눈이 아니었으면 뒤돌아 나갈 뻔했다.

"오늘 날이 좋아."

엄마는 병원복에 손을 닦고 숱 없는 머리를 쓸어 올렸다. 분주한 제자리걸음이다. 눈빛이 집요했다.

"내가 꽃 사 왔어."

아카시아를 꽃병에 꽂았다. 엄마는 꽃은 쳐다보지도 않았다. 나는 화분 밑, 매트리스 밑, 달력 뒤, 서랍들을 흘쩍흘쩍 뒤지며 말을 건 냈다. 아무것도 없다. 꽃병 옆에 빨간 매니큐어가 눈에 들어왔다.

나는 엄마의 손을 잡고 손톱 위에 매니큐어를 발랐다. 엄마의 시선이 내 손등의 흉터로 옮겨졌다. 다이아몬드 모양의 깊게 찢긴 상처였다. 어릴 적 넘어져서 생긴 흉터라고 했지만 나는 기억이 없었다. 40년을 살았는데 기억하는 어린 시절 장면은 마흔 개 정도밖에

되지 않는다. 그 밖의 기억들과 사실들은 내 머릿속에 없는 것이 어쩌면 당연할지 몰랐다. 엄마의 손은 크고 거칠고 기름기가 하나도 없었으며 손톱은 군데군데 썩었다. 젊었을 때 엄마의 손에도 이렇게 늘 매니큐어가 발려 있었다. 그렇다고 샵에서 전문적으로 받은 건 아니다. 엄마가 취미로 발라서 색감은 과하게 진하기만 했고, 며칠이 지나지 않아 금세 벗겨졌다. 그러면 덧칠을 하곤 했다.

병원에서는 엄마가 치매라고 했다. 휴대폰을 어디 놓았는지 잊어버리고, 음식 맛이 이상해지더니, 급기야 태정이의 냄비와 커튼을 태워 먹고 나서야 요양원에 오게 되었다. 아버지에겐 통보만 했다.

엄마와 아버지는 20년 넘게 따로 살았다. 나의 기억으로 아버지의 수입은 고서점이 전부였다. 다리를 절고 배운 것 없는 남자가 대한민국에서 할 수 있는 일은 별로 없다. 그 인간이 고서점에만 처박혀 있으니 엄마는 안 해 본 일이 없다. 엄마는 일수금을 받는 날 내 용돈을 빳빳한 만 원짜리 신권으로 주었고, 게스 같은 메이커 옷도 사 줬다. 학년이 시작되고 끝날 땐 적당한 금액의 촌지도 선생에게 건네는 걸 잊지 않았다.

그런 엄마이지만 뇌리에서 잊히지 않는 인상적인 모습이 하나 있다. 불 꺼진 부엌에서 넋이 나간 사람처럼 혼자 노래를 흥얼거리던 뒷모습. 어둠이 삼켜 희미하게 보이는 굽은 등 위로 흥얼거리던 노랫소리, 부은 얼굴, 처진 눈가, 틀어 올린 머리 밑으로 나온 푸석한 목덜미. 그런 순간을 목도할 때마다 낯설게 느껴져 엄마에게 말도 걸지 못했다. 엄마는 늘 노래하면서도 흐느꼈다. 어둠 속에서 "불쌍해, 불쌍해." 하고 울먹이는 소리와 탄식을 연신 내뱉곤 했다. 어둠이 엄마를 집어삼키고, 무거운 공기는 고정됐다. 그러나 다음 날이 되면 어김없이 아무 일도 없던 것처럼 밥을 먹고 일을 했다. 나도 덩달아 아무 일도 없는 것처럼 지냈다. 불문율처럼.

"아버지 왔었다며."

엄마는 내 질문에 대답이 없었다. 일부러인지 아닌지, 입술을 아래위로 붙이고 입꼬리에 힘을 주었다. 고집스럽게.

"뭐 맡긴 거 없어요? 노트나 수첩이나 공책이나."

나는 요령껏 서랍 안, 침대 밑 등등 이곳저곳을 뒤져 보았지만 수첩 같은 건 어디에도 보이지 않았다. 그래, 엄마한테 줄 리가 있나. 아버지가 엄마에게 아무것도 해준 게 없는데. 아버지가 엄마에게 준 게 있다면, 임신과 출산의 고통 정도겠지. 뜨거운 게 울컥 치밀어 올랐다. 그래 놓고 아버지한테 양복 얻어 입은 꼴이라니. 나 자신이 한심하다.

"불쌍해."

엄마의 눈 속이 울렁였다. 내 어깨 너머 아카시아를 쏘아보더니 부들부들 떨었다. 증오에 가득 찬 저주가 눈에서 빛났다. 그러더니 곧 꽃병을 바닥으로 내리쳤다. 그리고 시선은 꽃에서 나로 옮겨졌다.

"주…… 죽어!"

엄마는 빨간 매니큐어 칠한 열 손가락에 힘을 꽉 주고 닭발처럼 구부리더니 나에게 달려들었다. 마치 적장의 숨통을 끊어야 사는 장수처럼, 손톱을 턱 밑에 박아 넣었다.

"주…… 죽어. 죽어! ……죽어."

분노에 갈라진 목소리, 입가엔 허연 침방울이 튀었고, 두 눈은 튀어나올 것처럼 벌겋게 팽창되었다. 이를 악물어 턱에서 으드득 소리가 났다. 열 개의 빨간 손톱은 내 피부를 금방이라도 뚫고 들어올 것 같았다. 무서운 기세에 눌려 몸부림을 치다가 간신히 녹색 버튼을 눌렀다. 그때까지도 엄마는 이를 뽀자작 갈며 줄곧 나에게서 떨어지지 않았다. 눈과 마음에 불꽃이 일어나 엄마를 잡은 손에 힘이 들어갔고 한 손가락 한 손가락 떼어 냈다. 손가락은 문어의 빨판처럼 강력했다. 으흐흐흑. 으흐흐흐흑. 엄마가 괴수 같은 울음을 터뜨린다. 불쌍해. 불쌍해. 불쌍해.

누군가 뛰어오는 발소리가 들렸다.

아 빌어먹을 두통이다.

＊＊＊

나는 서울 책방으로 돌아왔다. 또다시 책방을 뒤지는 일을 반복했다. 노동을 하면 잡생각이 사라진다. 영수증 뭉치를 뒤진 지 세 시간째, 허리가 아파 왔다. 영수증 안에는 공책, 컵라면, 휴지부터 가구 구입 내역서까지 있었지만 수첩과 관련될 만한 건 없었다. 겨우 거래처와 연락처가 적힌 수첩을 찾았다. 그러나 주소가 없으니 김 부장이 찾는 수첩은 아니다.

'김환.'

수첩 안에서 내가 유일하게 눈에 익은 이름이었다. 아주 어릴 적 삼촌이라 부르며 돈 몇 푼 받은 일도 있다. 그는 아버지의 유일한 친구였다. 아버지와 달리 늘 행동적이고 몸에 자신감이 차 있었다. 뭘 하는 사람인지는 몰랐지만, 일이 들어오면 하고 없으면 놀았다. 그럼에도 구두는 늘 반짝였고 동네에서 제일 좋은 차를 탔으며 나에게 용돈을 두둑하게 주었다. 내가 마지막으로 아저씨를 만난 건…… 10년 전쯤?

내가 일 없이 놀고 있을 때 아버지가 아저씨에게 일 부탁해 놨으니 찾아가 보라 했다. 그때만 해도 아저씨가 경기도에서 묘지 사업을 한다고 한창 바빴다. 아저씨는 자신이 아는 분 공장에서 단순 업무를 보는 자리를 봐 뒀다고 했지만, 그게 싫으면 묘지 사업하는 데 와서 일을 도와도 된다고 했다. 그러나 난 거절하기 위해 아저씨를 뵈러 갔기에 그와 더 연이 닿을 일은 없었다. 아저씨는 살아 있을까?

볼펜으로 연락처를 적어 메모한 후, 책방 전화기로 전화를 걸었다. 곧 지긋한 나이가 느껴지는 쉰 목소리의 사내가 응대했다.

"신세계 부동산입니다."

"실례지만 혹시…… 김환이란 어르신 아직 계십니까?"

"누구슈?"

"어르신 친구 아들입니다만. 최대국이라고 합니다."

"……아. 김 씨, 연락 닿는 대로 전화하라 하겠수다."

기분 탓인지 노인의 목소리가 날카롭게 느껴졌다. 내 전화번호를 남겨 두고 통화를 마쳤다. 다행히 아저씨는 살아 있었다. 아저씨의 전화를 기다리면서 상가 골목 안을 걸어 보았다. 시간도 풍화되어 버린 공간. 나는 그 아득함에 짓눌려 골목 끝으로 내달렸다.

8

총을 뺏긴 해경은 체념한 듯 눈을 감았다. 마치 이대로 죽어도 좋은 사람처럼. 그랬기에 월출은 아무것도 할 수 없었다. 실탄을 빼고 빈총을 서랍에 넣고 잠근 후 자리를 떴다. 그리고 그날 이후 그녀는 입을 닫았다.

월출은 해경을 돌려보낼 방법을 궁리했다. 그녀가 살던 집에 가보았으나 예상대로 형사들이 잠복해 있었다. 그냥 그녀를 돌려보냈다간 형사들에게 붙잡혀 이곳에 대해 발설할지도 몰랐다. 그렇다고 한동안 어디 숨어 지낼 만한 곳도 마땅치 않았다. 어쩔 수 없이 불편한 동거가 시작되었다. 그날 이후로 둘은 침묵하며 각자의 일을 했다. 둘은 새 학기에 만난 룸메이트 같았다. 의식하지 않는 듯 서로를 의식했다.

해경은 이따금 가사를 쓰고, 책을 읽었다. 그러는 사이 팔의 상처는 점차 나아졌다. 보다 못한 월출이 붕대를 갈아 주려 하면 혼자 할 수 있다며 붕대와 씨름했다. 하지만 붕대는 몇 분도 안 돼서 스륵스륵 풀리기 일쑤였다. 어쩔 수 없이 월출이 다시 감았다. 그럴 때면 그녀는 입을 꾹 다물고 시선을 돌렸다.

월출은 세 개의 창문으로 바깥 동태를 살폈다. 사흘에 한 번씩, 서중태는 시장 입구에 차를 세워 놓고 이쪽을 주시하곤 했다. 책방 문을 두드리거나 엿보기 위해 다가오는 법도 없었다. 조용히 미끼를 던지고 물기만을 기다리는 낚시꾼처럼 지켜보기만 했다. 끈질기게. 언젠가 후환이 될 자였다. 얼마 후, 갑자기 오 형사가 목욕탕에 함께 가자고 했다.

'뒷조사를 한 게 분명하다.'

월출은 문득 그런 생각이 들었다. 아니나 다를까 다 벗은 공중목욕탕에서 서중태를 만났다. 그는 흘끔거리며 월출의 몸을 관찰했다. 월출의 왼쪽 어깨에 나 있는 화상 흉터를 보고선 입꼬리가 씩 올라가더니 말도 없이 나가 버렸다.

월출의 예상대로 서중태는 주말에 최희도의 고향, 서천에 들렀다. 어업 빼고는 아무것도 없는 곳이었다. 겨울이라 밭은 얼고 딱딱했다. 싸구려 백반을 하나 먹고, 마을회관에 들러 몇 가지를 물었다. 최희도의 아버지는 배 타다 죽고 최희도는 어릴 적 혼자 서울로 상경했다고 한다. 더 이상 추적이 불가능했다. 어디서 무엇을 하는지 아는 이가 없다. 물론 경찰이라는 것은 말하지 않았다. 소학교 졸업 앨범을 보았지만 아이들의 얼굴이란 거기서 거기라 알 수 없었다.

여러 군데를 돌아 겨우 그가 살던 집에 불이 났고, 그 일로 왼쪽 어깨에 흉터가 있다는 것을 알아낸 것이다.

월출은 목욕탕에 다녀오는 길에 아카시아를 샀다. 책방 카운터에 있는 꽃병은 투박한 유리병이었다. 김환이 던져 준 물건이다. 그를 떠올리니 미안한 마음이 불현듯 들었다. 혹여 언젠가 자신의 정체를 드러내야 할 때가 되면, 그때 뭐라고 해야 할까? 고민이 깊어진다. 석유난로 위에 올린 주전자에서 김이 나기 시작했다. 뒷마당에서 우당탕 천둥소리가 들렸다. 뒷문을 열자 해경이 머리를 숙이고 물을 뚝뚝 흘리고 있었다. 바닥에는 세숫대야가 김을 모락모락 풍기며 나뒹굴었다.

"좀 씻으려고……."

묻지도 않았는데 대답부터 한다. 이곳에 온 지 일주일째, 해경의 왼손은 여전히 붕대 신세다. 월출은 아무 말 없이 다시 세숫대야에 물을 부었다. 그녀의 얼굴을 살피니 눈이 퉁퉁 부어 있었다.

"앉아 봐."

그녀는 쭈그려 앉아 눈을 꾹 감고 머리를 숙였다. 월출은 그녀의 정수리에 물을 붓고 단단한 비누를 비벼 거품을 냈다. 머리카락은 부드럽게 손안에서 왔다 갔다 했다. 몸을 움츠리고 있던 그녀가 서서히 긴장을 풀었다.

"어, 우리 비누 같은 거 쓰네."

그리고 그 말을 시작으로 해경은 다시 이야기를 건네기 시작했다. 처음엔 자신의 어릴 적 이야기였다. 그녀의 친부가 『쥐며느리의 겨울』을 쓴 학자라는 사실을 털어놓았다. 그리고 백혈병으로 돌아가신 후, 홀어머니가 그녀를 먹여 살렸다. 다섯 살의 여자아이를 둔 스물네 살의 미망인. 해경의 어머니는 돈이 필요할 때마다 재혼을 결심했다. 두 번째는 공장장, 세 번째는 동네 유지. 이번 아버지는 술집을 몇 개 운영하는데 틈만 나면 엄마에게 주먹을 휘두른다고 했다. 얼마 전엔 코뼈가 주저앉았다고 그에게 악을 쓰다가 혼절할 정도로 두들겨 맞기도 했다. 해경이 제발 그런 사람과 헤어지라고 말하면 그녀는 해경이 시집가기 전까진 참아서 결혼 비용이라도 만들어야 한다고 세상모르는 소리 말라고 했다. 오래지 않아 엄마는 명문대 의대생을 해경의 약혼자로 정해 주었다. 엄마의 강요로 몇 번 만나지 않았지만 해경은 그의 음흉한 눈빛과 가늘고 흰 손이 마음에 안 든다고 했다. 월출은 해경의 말에 자기도 모르게 안도감을 느꼈다. 그녀에겐 아픔을 아무렇지 않게 내뱉는 특기가 있다.

어째서 그녀에게 끌리는 걸까? 왜 그녀를 도와줬을까? 무엇 때문에 그녀를 그냥 두지 않았을까? 도대체 왜 자신의 세계에 멋대로 들어오게 허락했을까? 무엇보다도 왜 그녀 앞에서만 서면 압도당하고 마는가.

월출은 긴 시간 이런 물음에 대한 답을 내기 위해 고민했다. 그리고 월출은 해경과 지내면서 그 이유를 차츰 깨닫게 되었다. 두 사람은 정반대의 성격이었지만, 내면의 세계는 거울을 보는 것처럼 닮아 있었다. 상처 입은 동물들끼리는 본능적으로 안다. 월출은 그녀를 보면 자신을 보는 것 같았고, 그녀가 웃으면, 이제껏 한 번도 느껴 보지 못한 충족감에 부풀었다. 둘은 서로 다른 성질의 존재였지만, 그래서 하나가 되려고 서로를 끌어당기는 운명이었던 것이다.

월출이 어둠이라면 해경은 밝음이었고, 월출이 시니컬하다면 해경은 유머가 있었다. 두 사람 사이에는 기쁨과 슬픔, 아픔과 행복의 경계가 없었다. 웃으면서 울고, 울면서 웃었다. 둘이 함께여서 그저 완벽했다.

하지만 쉽게 월출은 벽을 허물지 못했다. 월출은 아직까지 속내를 털어놓을 자신이 없었다. 해경이 아무리 깊은 이야기를 해도 월출은 고개만 끄덕이고 침묵했다. 자신의 출신과 임무, 북에 두고 온 가족과 현재 상황, 자신을 내려놓기에는 너무 많은 것들이 그를 붙잡고 있었다. 하지만 해경은 더욱 집요하게 그의 마음속으로 스며들었다. 그리고 참다못한 해경의 말에 월출의 철통같은 벽이 무너져 내렸다.

"그러는 거 힘들지 않아? 아닌 척, 괜찮은 척."

그녀의 말이 그에게 마법을 건 것처럼, 월출은 갑자기 모든 것이 힘겹게 느껴졌다. 그리고 힘겹게 유지하던 해경에 대한 벽도 허물어졌다. 월출은 그제야 자신의 이야기를 풀어낼 수 있었다. 그리고 처음으로 남한에 온 지 3년 만에 푹 잠들 수 있었다. 불면증이 무색하게.

* * *

'오늘 하루 쉽니다.'라고 쓴 종이를 유리창에 붙였다. 그러곤 월출이 조용히 먼저 골목을 빠져나갔다. 해경이 뒤따라 책방을 나섰다. 잘 훈련된 한 조처럼 두 사람은 민첩하게 움직였다. 모자를 고쳐 쓴 월출이 밖을 살폈다. 해경은 헐렁한 티셔츠와 바지, 모자 달린 검은 점퍼를 입었다. 얼핏 보기엔 남자아이로 보였다. 월출의 신호를 놓치지 않고 따라왔다. 진부한 사랑 이야기의 주인공이 되는 건 싫은데, 그런 코스대로 밟아 가는 것 같다. 남대문으로 향하는 길은 해가 내리쬐고 있었다. 며칠째 날이 풀려 눈은 도로의 가장자리를 빼고는 바싹 말라서 걷기가 편했다. 남대문엔 가족들, 상인들, 연인들 외에도 온갖 종류의 사람들로 붐볐다. 장이 들어선 거리는 풍물패까지 와서 흥겨운 분위기가 떠다녔다. 월출은 그 와중에도 유리창이나 백미러가 나올 때마다 미행을 체크했다. 책방에서 나온 지 30분째, 뒤따라오는 이도 없었고, 월출이 걱정했던 서중태 형사도 별다른 움직임이 없었다. 반보 앞서가던 해경이 쪼그리고 앉아 시장 가판에 내놓은 병아리를 구경했다. 그녀는 병아리를, 그는 그녀를 보았다. 주말 아침 이 시간이라면 책방에 앉아서 새로 들어온 책을 정리하거나 읽거나 하는 것이지 여자와 단둘이 시장에 오는 게 아니었다.

간첩과 여대생이라니. 깡패와 술집 아가씨 다음으로 진부하다.

간첩. 커다란 세계 속 하나의 대체품. 그는 스스로를 잘 알고 있었다. 그가 아니면 또 누군가 이 자리에 올 것이다. 새로운 신분을 전달하고 자금을 나르고 혁명이 성공하길 바랄 것이다. 자리만 있을 뿐, 사람은 없는 것. 사람이 아닌 공간이 멜로 영화의 주인공이 될 수 있을까. 해경이 자전거를 피해서 그의 곁에 붙는다. 다이알 비누 향이 났다. 월출은 그녀의 손을 잡아 보고 싶었다. 그를 움직이는 세계가 어디까지 반응하고 관여할지 처음으로 궁금해졌다. 손을 잡은 두 사람은 생선가게, 국숫집, 정육점, 나물을 들고 나온 할머니 앞, 여관, 슈퍼를 지났다. 늘 보던 풍경이지만 예전과는 다른 풍경.

상가 텔레비전에서 남자 가수가 깃과 머리를 한껏 세운 모습으로 한쪽 다리를 떨고 맛깔나게 노래를 부르자, 여자들이 화면 앞으로 몰렸다.

"나는 좋아 나는 좋아 님과 함께면."

월출은 마지막 후렴구를 따라 중얼거려 보았다. 간지럽기 그지없는 남조선 가요.

"남진. 이름도 죽이지 않아? 진짜 남자, 줄임말 같잖아. 멋지지?"

해경이 재미있다는 듯 웃었다가 월출을 물끄러미 바라보았다. 세상의 소음은 무음이 되고, 그녀의 소리만 들려온다. 풍경이란 무대 위에 핀 조명을 받고 혼자 해경이 서 있는 듯했다. 월출로선 태어나서 처음으로 겪는 느낌, 그의 몸속 어딘가에서 강력한 무언가가 소용돌이쳤다. 그것은 한 여자에 대한 사랑이란 감정이었다. 그녀와 눈이 마주치면 아득해지고, 울컥, 기쁨이 차올라서 주체할 수 없었다. 그럴 땐 월출은 그녀의 작고 하얀 손을 꾹 움켜쥐었다.

시장 구경을 한 다음 날, 책방 창문으로 누군가 돌을 던졌다. 창문은 깨졌고, 사람 머리만 한 돌덩이에 신문지가 말려 있었다. 월출이 골목 밖으로 뛰어나가 보았지만 범인을 잡을 순 없었다. 신문지에는 '범법자들! 벌을 받게 될 거다!'라는 글자가 큼지막하게 쓰여 있었다. 피같이 붉은색이었다. 해경이 보기 전에 얼른 구겨 버렸다. 모든 걸 아는 이라면 이렇게 경고 따윈 하지 않을 것이다. 체포조가 뜨거나 피격이 됐겠지. 이건 누군가의 장난이다. 아주 고약한 목적을 가진 장난. 하지만 해경은 깨진 창문만으로도 불안해했다. 월출은 찌푸렸던 미간을 펴고, 애들 장난일 거라고 미소 지으며 둘러댔다. 깨진 유리 조각을 손으로 들어 신문지에 싸서 치우려던 해경이 그만 손가락을 베였다. 나쁜 일이 벌어질 징조다. 월출은 해경의 상처 부위를 밴드로 감싸며 이 흔한 복선마저 잊어버리고 말았다.

***

날이 잔뜩 흐린 토요일 오후, 월출은 춘식과 시장을 걸었다. 춘식의 갑작스러운 부름 때문이었다. 장터 멸치국숫집에서 둘은 사이좋은 삼촌과 조카처럼 나란히 앉았다. 이례적인 일이었다.

"여자 생겼다며."

한참을 말없이 국수만 먹던 춘식이 무심한 듯 말을 꺼냈다. 월출은 무심코 양념간장 한 숟갈을 더 넣어 버렸지만 그냥 휘휘 저었다. 손이 가늘게 떨리고 있었다. 심장이 쿵쾅거렸다. 감정을 들킬까 봐 말을 삼켰다.

춘식은 월출에겐 눈길도 주지 않은 채 국수를 입속으로 밀어 넣곤 김치를 우적우적 씹었다. 춘식이 단골이었는지 국숫집 아줌마가 살갑게 사리를 챙겨 주었다. 그러자 "아이쿠, 뭘 또 이렇게. 잘 먹겠습니다!"라며 사람 좋은 답인사를 했다. 자리가 사람 만든다더니 춘식의 남조선 생활 연기는 늘어 갔고 의사일 때와 지금은 성격도 바뀐 것 같았다.

월출이 남조선에 와서 처음 얼마간은 그의 말이 곧 진리였다. 처음 남조선 땅을 밟았을 때를 아직도 기억한다. 온몸이 차갑게 굳었던 새벽, 잠수복을 벗어 던지고 챙겨 간 양복으로 갈아입곤 택시를 잡아탔다. 북조선 사투리를 들키지 않으려 천 번도 넘게 연습한 문장, "동백여관으로 가 주시오."를 어투에 신경 쓰며 기사에게 말했다. 그러고도 혹시라도 의심 살까 시선을 창밖에 고정한 채 미동도 하지 않았다. 그렇게 무사히 도착한 동백여관 앞에서 첫 접선자와 암호를 나눈 긴장감 넘치던 순간과 떠오르던 새벽 해, 그리고 단정한 모습의 접선자 춘식을 따라 뱅글뱅글 돌았던 낡고 좁은 골목들이 기억났다. 붉은 벽돌로 지어진 한양 하숙집과 굴뚝에서 피어오르던 연기, 그리고 미모의 하숙집 주인이 춘식에게 인사하던 모습, 허겁지겁 쇠고기뭇국을 입속으로 끌어당기던 순간 춘식의 월출을 향한 첫마디는 "너 알랭드롱을 닮았다."였다. 그러곤 팔뚝에 영양주사 바늘을 망설임 없이 찔러 넣었다. 석유난로의 냄새와 차갑고 두꺼운 커튼, 유리창에 서린 김을 느끼며 무겁게 내려앉는 눈꺼풀에 저항하지 않았다. 남조선의 모든 것을 가르쳐 줬던 사람. 춘식은 스승 같던 사람이었다. 벌써 수년 전 일이다.

월출도 표정 관리를 하고 젓가락 사이에 국수를 끼워 넣었다.

"무슨 말을 하고 싶으신 겁니까?"

"형사 쏘고 도망간 여대생, 네 집에 있다며."

생각보다 파악이 빨랐다.

"일과 상관없는 여잡니다."

"서중태란 이름 들어 봤나?"

"……."

"그놈, 별명이 서 박사야. 수사면 수사, 고문이면 고문. 치밀하고 끈질기게 한다고 해서 붙은 별명이다. 고문 도구도 직접 만든 것들로만 가지고 다녀, 한 명 걸렸다 하면 끝까지 추적해 잡아서 죄를 불게 한다는 거지. 그자는 잡아들일 때까지 차곡차곡 정보를 쌓아. 뭘 중요하게 여기는지, 소중한 것은 무엇인지, 비밀은 무엇인지, 무엇에 공포를 느끼는지. 그래서 탁 하고 꼬리를 잡았을 때 절대 빠져나갈 수 없게 만든다더군."

서중태의 눈빛에서 어느 정도 짐작은 하고 있었다. 그의 몸은 독기를 내뿜고 있었다.

"그놈이 여자 때문에 네 꼬리를 쫓고 있다."

월출은 아무 말도 할 수가 없었다.

"조심해라."

춘식이 물을 입에 머금어 헹구고 국수 그릇에 부었다. 기름이 둥둥 떴다. 그가 돈을 지불하고 일어서자 아주머니가 남긴 국수를 건져 쓰레기통에 버렸다. 월출은 오늘따라 유난히 긴 그림자를 남기며 걸어가는 그를 한참 바라보았다.

9

넷째 날 오전 11시

다음 날 아침 김환 아저씨로부터 연락이 왔다. 파고다 공원으로 오라기에 그가 설명한 곳으로 가 기다렸다. 주변엔 대부분 육칠십 대 노인들이어서, 이리 봐도 저리 봐도 모두 김환 아저씨 같았다. 삼삼오오 햇살 아래 모여 시간과 공간을 죽이고 있다. 노인들 주변은 신기하게도 노인들밖에 없다. 사는 건, 어쩌면 죽는 것보다 한 뼘 정도 나은 걸지 모른다.

뒤에서 누군가 툭, 허리를 쳤다. 뒤돌아보니 혈색이 좋지 않은 노인이 서 있었다.

"오랜만이다."

김환 아저씨였다. 10년 전쯤의 그는 살이 붙은 얼굴에 선글라스에 양복을 빼입고 있었다. 지금은 해진 야구모자, 낡은 셔츠, 구겨진 면바지 차림이다.

우리는 파고다 주변을 걸었다. 나는 뭔가 맛있는 것이라도 사 드릴 요량으로 주위를 둘러보았다. 그사이, 아저씨가 먼저 국숫집으로 들어갔다. '노인 할인 잔치국수 2000원'이란 종이가 붙어 있었다. 7월의 여름낮에 에어컨 대신 선풍기를 틀어 놓은 곳이다. 모든 먼지는 이 식당으로 들어왔다 나갔다. 아저씨는 호기롭게 잔치국수 두 개를 주문했다.

"그 연락처는 어찌 안 거냐?"

"아버지 수첩에 적혀 있었습니다."

"아버지…… 잘 계시나?"

"몸이 좀 안 좋으십니다."

사실대로 말할 수는 없었다.

"경과를 지켜보고 있습니다."

잠시 둘 사이 정적이 흘렀다.

"아버지 최근에 만나신 적 있습니까?"

"못 본 지 꽤 됐다. 한 육칠 년은 됐을 게야……."

그는 아무 말이 없이 소주를 들이켰다. 아버지와 연락이 끊긴 지 수년이었다. 수첩은 아저씨에게 없는 게 분명하다. 아저씨는 말없이 소주를 삼켰다.

"혹시, 아버지가 수첩에 대해서 말씀하신 거 없습니까?"

"수첩? 무슨 수첩?"

"거래처 장부 같은 수첩인데 아버지가 어디 맡겨 놓거나 한 거 같습니다. 도통 찾을 수가 없어서요."

아저씨는 고개를 저었다.

"처음 들어 보는데."

"네……."

"네가 모르면 누가 알겠냐. 희도한테는 너밖에 없었다. 그 수첩이 중요한 거라면 찾아낼 사람도 너밖에 없는 게지."

나는 김이 샜다. 또다시 원점이다. 아저씨는 손을 뻗어 중국산 김치를 집는데 그대로 내 품에 쏟아졌다.

"아이쿠! 세상이 내 맘대로 되는 기는 포기했지만, 내 몸뚱이가 내 맘대로 안 되는 기는 돌아 뿌는 일이다."

나는 상관없었지만 하도 난리 법석을 떠는 바람에 일어나 화장실로 향했다. 묻은 곳을 씻고 거울 보는 데 몇 분 걸리지 않았는데, 그 사이 아저씨는 사라지고 없었다.

"여기 있던 분 어디 가셨어요?"

"네, 그분이 계산하고 가셨어요."

아줌마는 언제 일어날 거냐고 묻는 듯한 눈길로 날 바라보았다.

아무런 소득 없이 책방으로 돌아왔다. 또 도돌이표다.

눈이 무겁다. 아버지의 친척도 친구도 만난 적이 없다. 김환, 류씨, 엄마……. 누구도 아버지를 자세히 아는 사람이 없다. 더 이상 누굴 만나는 것조차 불가능하다. 어쩌면 수첩 따윈 처음부터 없는 건 아닐까. 영원히 찾지 못할 수도 있다는 생각이 들었다.

깜빡 졸고 일어나니 출출했다. 책방 카운터에 앉아 컵라면을 먹었다. 여전히 정신은 수첩에 가 있다 보니 그만 손에 힘이 빠져 바닥에 국물을 쏟고 말았다. 주황색 라면 국물이 깔개를 물들이며 번져 갔다. 욕지기를 내뱉으며 면을 주워 담고, 급히 깔개를 들어 개수대에 넣었다. 두루마리 휴지를 집어 들고 국물 뒤처리를 하려는데 배수구라도 있는 양 물이 다 어딘가로 스며든 후였다. 국물을 다 닦아 내고 자세히 살펴보니 미세한 바람이 손끝으로 와 닿았다. 손가락을 더듬어 틈새를 찾아 안에 넣어 보니 뭔가 걸쇠 같은 게 만져졌다. 이리저리 그걸 움직여 보고 잡아당기다 보니 살짝 위로 들렸다. 힘을 주어 당겨 보니 마치 비밀의 문처럼 마룻바닥이 덜컹 열렸고, 나 역시 힘을 주체하지 못하고 뒤로 엉덩방아를 찧었다. 나는 허리를 주무르며 기다시피 해서 마룻바닥 밑을 내려다봤다. 서늘하고 퀴퀴한 냄새가 올라왔다. 어둠 속에 먼지 낀 나무 계단이 보였다.

'이런 곳에 지하 창고가 있었던가.'

입구 쪽에 달린 전기 스위치를 켜자, 안쪽에 있던 알전구에 불이 들어왔다. 천장이 낮은 다섯 평 정도의 공간. 내 머리가 겨우 닿지 않을 정도의 높이다. 먼저 흔들의자가 눈에 들어왔다. 캐러멜색의 두툼한 의자로 꽤 고급스러워 보였다. 그 왼쪽에는 4단짜리 미닫이 서랍과 그 위에 크지 않은 이동식 금고가 있었다.

고급 흔들의자, 금고, 저 앞에 보이는 근사한 레코드플레이어와 앰프까지. 모두 평소의 아버지와 연관 짓기 힘든 물건투성이다.

'그 양반이 무언가를 숨겨 두었다면, 이곳이 분명해.'

나는 뛰는 가슴을 진정시키며 천천히 살펴보았다.

일단 내 가슴께까지 오는 반들반들한 고동색 4단 서랍장을 열었다. 맨 위쪽 서랍에는 '헤븐스도어'라고 한글로 새겨진 빛바랜 성냥이 보였다. 금박으로 주소까지 새겨진 눈에 띄는 성냥이었다. 옆에는 커피 껌 한 박스. 오래되었는지 박스가 습기에 젖어 물렁거렸다. 두 번째 서랍에는 구급상자와 주사기, 의료용 실과 바늘, 소독약, 그리고 대일밴드까지 알차게 채워져 있었다. 그 옆에는 붉은 공단 주머니가 보였는데, 안을 보니 말린 식물이 함께 들어 있었다. 검은 자줏빛이다. 검지와 엄지로 문질러 보니 부드럽다. 가루를 혀에 대어 보니 혀끝이 아릿했다. 일단 주머니에 쑤셔 넣었다. 마지막 서랍까지 뒤졌다.

자연스럽게 시선은 금고로 옮겨 갔다. 갈색에 옛날 텔레비전 브라운관만 한 가정용 금고였다. 손잡이가 위에 달린 칠팔십 년대식으로, 양쪽으로 번호를 맞추는 동그란 게 달려 있고, 가운데에는 영어로 'SUNG BO CASH BOX'라는 로고가 새겨져 있었다. 20킬로그램은 족히 나갈 법한 무게다. 이리저리 양쪽으로 번호를 맞춰 봤다. 딸깍딸깍 소리를 내며 돌려 보아도 금고는 열리지 않았다. 품에서 맥가이버 칼을 꺼내 틈에 쑤셔 넣고 열어 보려 해도 소용없었고, 바닥으로 쿵쿵 찧고 떨어뜨려 봐도 안 열렸다. 결국 바닥에 뻗어 숨을 골랐다.

레코드플레이어 밑으로 레코드판이 보였다. 비틀스, 모차르트, 윤숙희? 윤숙희, 이 가수만 다섯 장이었다.

「윤숙희 가요앨범」, 「골든 앨범」.

이런 취미가 있었나? 하긴 내가 소싯적에 핑클에 열광하던 것과 같다고 생각하니 이해가 갔다. 레코드판은 한가위 보름달처럼 빛났다. 애지중지 관리되고 있던 앨범이란 뜻이다. 레코드판 안과 사이사이를 꼼꼼히 뒤지고 스피커 안쪽까지 들여다보았지만 수첩은 없었다.

나는 반신반의한 마음으로 벽을 돌아가면서 손등으로 두들겨 보았다. 서랍장 뒤 벽에서 다른 곳보다 가벼운 소리가 났다. 서랍장을 옆으로 옮기자, 그 뒤로 성인 남자가 통과할 만한 통로가 나왔다. 나는 고개를 집어넣어 보았다. 우웅, 바람 소리가 났다. 나는 몸을 구겨 넣고 기어갔다. 중간에 통로가 기역 자로 구부러져서 몸을 꺾는 데 애를 먹었지만, 5미터의 통로 끝은 철창으로 막혀 있었다. 철창은 손으로 밀자 간단히 떨어져 나갔다. 일어서 앞을 보자 거대한 '알루미늄 담장과 고철 삽니다.'라는 푯말이 보였다. 이곳은 시장 뒤편으로 통행하는 사람들은 얼마 없었다.

이곳에서 큰 사거리까지는 1분 정도 걸리지만, 시장을 통과해 이곳으로 오면 7분 정도는 더 걸린다. 즉, 6분을 단축할 수 있단 설명이고 다른 사람 몰래 들락날락할 수 있는 비밀 통로다. 비밀 통로. 책방 주인에게 이딴 게 왜 필요한 걸까?

아버지의 얼굴은 늘 회색빛이었다. 그늘진 표정, 조금 큰 귀, 두 눈은 검고 깊은데, 시선은 늘 불안하게 흔들렸다. 좀처럼 꽉 다문 입으로는 말이 건네지는 법이 없다. 침묵은 알 수 없는 불안감을 발산한다. 아무도 알아채지 못했지만 나는 본능적으로 느꼈다. 그는 고요해서 위험한 사내라는 사실을. 굽은 등, 절뚝이며 흔들리는 몸. 불안정하고 위태로운 몸. 아버지는 벌레처럼 책방 속에서 끊임없이 꿈지럭거렸다. 이제 와 생각해 보니 그것은 비밀 있는 남자의 몸짓이었다. 고개를 들어 보니 낯익은 주택가가 나왔다. 그곳 입구에 'since 40년 중원장'이라고 적힌 중국집이 보였다. 먼지 낀 빨간 등이 무수히 달려 있었다. 정문 쪽으로 가서 안을 들여다보았지만 문이 닫혀 있었다. 유리 도어에는 '임대문의'란 종이가 붙어 있었다.

금고를 들고 청계천으로 향했다. 금고장이에게 아버지의 금고를 맡겼다. 다섯 평 정도 되는 좁은 가게 안에서 나는 다리를 떨며 노인의 등을 주시했다. 20여 분이 지나자, 노인의 어깨 너머로 뚜껑 열린 금고가 보였다.

"따는 맛이 있어. 뭐든 그래, 요샌 죄다 번호 키잖아. 그건 오히려 맛이 없지."

노인은 만족감에 담배를 피웠다.

"7만 원."

노인은 5000원도 깎아 주지 않으면서 내용물을 힐끔거렸다. 나는 얼른 금고 안에 들었던 물건들을 검은 비닐봉지에 쑤셔 넣었다. 밖에 나오니 비가 쏟아질 듯 흐렸다. 행인이 없는 걸 확인한 후 가까운 벤치에 앉아 내용물을 확인했다. 먼저 신문 스크랩. 주로 윤숙희라는 70년대 여가수의 사건에 대한 기사였다. 윤숙희 실종 사건. 뒤로 갈수록 그 사건에 관련된 인물들의 기사가 다수를 차지했다. 윤숙희란 여자의 지독한 팬이었던 모양이다. 레코드판도 그 여자의 것이 많았다. 또 한 장은 반바지에 흰 티셔츠를 입고 브이 자를 한 10대 소녀의 사진이었다. 혹시 첫사랑이나 헤어진 여동생이라도 되는 걸까. 소녀의 뒤로 보이는 한옥과 그 앞의 하얀 꽃들이 인상적이다. 뒷면에는 '강원도 영월 김해경(1966년)', 이렇게 쓰여 있었다.

그리고 금고 안에 들었던 마지막 물건은, 어디 있는지 몰랐던 나의 전국체전 금메달이었다. 휙, 신경질이 났다. 7만 원이나 들였는데 수첩도 금괴도 없었다. 이건 반칙이다. 그런데 그보다 아버지는 왜 이딴 것들을 금고 안에까지 넣어 보관했는지 의문이 들었다.

10

화신 백화점의 바닥은 마치 거울 같았다. 월출의 낡은 운동화의 밑창까지 들여다보이는 바닥, 반짝이는 조명. 마치 동화 속 나라에 온 것 같았다. 월출은 여성 의류 매장으로 향했다. 그리고 가장 먼저 눈에 들어온 옷을 재 보지 않고 그냥 샀다. 그녀에게 어울릴 만한 노란색 원피스였기 때문이다. 처음이 어렵다고 여자 옷을 사고 나니 이제 못 할 게 없었다. 백화점을 집 안처럼 거닐며 노트와 펜, 헤어드라이기와 거울, 여자용 빗, 콜드크림과 루주, 크리스찬 디올의 향수까지 샀다. 그는 한 손에 가득 물건을 들고 버스에 올랐다. 입가에 점이 있는 단발머리 안내양이 버스를 세차게 두드리며 "오라이!"를 외쳤다. 버스는 '한일 당구장', '아무레 스탠드빠', '서일 다방', '아이엘 싸롱' 등이 늘어선 길을 지났다. 벽과 전봇대마다 강춘식의 선거 전단지가 붙어 있었다. 춘식이 의원이 된다니. 왠지 통일이 앞당겨 오는 기분이 들었다. 월출은 버스 좌석에서 일어나, 물건을 가득 든 채 버스에서 내렸다. 해경에게 이것들을 전해 줄 생각에 발걸음이 빨라졌다. 해경의 몸이 다 나으면 함께 떠나리라.

책방을 정리하고 새로운 신분을 받아 다른 곳으로 가는 것도 좋겠다. 아무리 서중태라도 그곳까지 따라오지는 않을 것이다.

가게 근처에 다가가자 매캐한 냄새가 바람을 타고 흘러왔다. 눈도 따끔했다. 어디선가 뭘 태우는 냄새가 났다. 화재? 그의 발걸음이 빨라졌다. 상가 골목 끝에서 모여 있는 사람들의 모습이 보였다. 오 형사도, 김환도 책방 앞에 서 있었다. 그들의 얼굴이 번들번들 화마에 빛이 났고 검은 연기 기둥이 치솟았다.

"뭐 하고 서 있나. 퍼뜩 물 양동이들 가져온나!"

김환의 지시로 사람들은 양동이를 날라 물을 부었다. 책방은 시뻘건 화염으로 뒤덮여 있었다. 앞에 내놓은 책들이 타들어가고 안쪽에선 검은 연기가 틈새로 몰아쳐 나왔다. 소방차가 소리를 내며 상가 근처에 도달했다. 진입을 해 보려 했지만 길이 좁아 들어오지 못하고 버둥거렸다. 소방관들이 굵은 호스와 씨름했다.

월출의 심장이 고동쳤다. 사 온 물건들을 내팽개치고, 책방 건물을 돌아 뒤편으로 달려가 비밀의 방으로 통하는 다른 입구에 도달했다. 그곳에서도 검은 연기가 흘러나왔다. 위에서 까마귀 한 마리가 울었다. 환풍기를 발로 차 떼어 내고 기어들었다. 다리가 후들거렸다. 매캐한 연기가 입과 코에 쏟아져 들어왔다. 팔꿈치로 기다시피 앞으로 전진했다. 서랍장이 그를 가로막고 있었다. 어두워서 아무엇도 보이질 않았다.

"해경아! 해경아!"

서너 번 차자 앞에 버티고 있던 서랍장이 쿵 하고 쓰러졌다. 지하에는 불길은 번지지 않았다. 연기만이 꽉 차 있었다. 그의 머리 위에서 잿물이 뚝뚝 떨어졌다.

어둠 속에 라이터를 켰다. 그곳엔 아무도 없었다.

불은 한 시간 만에 꺼졌다. 다행히도 카운터와 뒤쪽의 방, 비밀 방은 그을음만 생기고 장판이 녹아들진 않았다. 주먹코 이 순경은 발화점이 난로라고 했다가 월출이 그을린 소주병을 발견하고 나자 방화라고 정정했다. 월출은 해경이 살았던 집에 가 보았다. 녹슨 파란 대문은 그대로였지만, 그곳엔 해경 대신 두툼한 안경 낀 남자가 살고 있었다. 마당 앞에 전리품처럼 진열된 빈 소주병만 보였을 뿐 그녀는 없었다. 이상하다고 느낀 점은 해경이 학교에도 나오지 않았다는 것이다. 해경이 다녔던 Y 대학교에선 수업을 거부한 시위대들이 바닥에 앉아 마이크를 잡고 침을 튀기며 유신 반대 시위 중이었다. 최루탄 가스는 어디서도 맡을 수 있었지만 해경은 그중에도 모습을 드러내지 않았다.

그녀가 말했던 약혼자도 찾아냈다. 동그란 안경을 쓴 마른 체격으로 양복 차림이었다. 어린 술집 작부의 가느다란 허리를 하얀 손으로 끌어안고 있었다. 그는 술을 연거푸 들이마시고 작부가 밀어넣는 안주를 받아먹었다. 그가 일어서서 지퍼를 먼저 내리곤 화장실로 들어섰을 때, 월출은 그를 따라 들어가 양동이에 담긴 걸레 빤

물을 부어 버렸다. "악!" 하는 비명이 변소에 퍼졌다.

월출은 재정비를 했다. 물바다가 되었던 집 안을 선풍기를 틀어 말리고, 돌아다니며 다시 헌책을 사들였고, 재단된 나무를 사 와 책장을 만들었다. 아카시아를 매일 사다 꽂았고 책머리의 간격과 높이를 맞추고 청소를 했다. 3개월이 지나자 책방은 점차 원래 모습을 갖춰 갔다. 그러나 해경에게선 여전히 연락이 없었다.

안 좋은 사건에 휘말렸다고 생각했던 월출은 시간이 지나자 그녀가 집으로 돌아간 게 아닌가 하는 추측을 했다. 그 이유는 슬리퍼와 신문 때문이었다. 그녀가 신던 슬리퍼가 없어졌다. 또 그날 자 신문의 일부분이 없어졌는데, 나중에 그 부분을 도서관에서 찾아보았더니 해경의 집에서 그녀를 찾는다는 광고가 나와 있었다. 그녀는 불이 나기 전에, 광고를 보고 급히 슬리퍼를 신은 채 집으로 돌아갔다고 추측해 볼 수 있다. 차라리 그쪽이 마음이 편했다. 그녀는 원래 있던 곳으로 돌아간 것뿐이다. 월출도 그녀가 없는 생활에 적응하려 했다.

그는 새로운 지령을 받아 미스 박의 저격을 돕고 도망갈 안전한 퇴로를 계획했다. 평소대로 38선을 넘어온 이들에게 신분과 공작금을 부여했다. 골목길에서 해경과 비슷한 목도리를 한 여자에게 시선을 뺏기다 그만 교통사고가 날 뻔한 일도 있었다. 주전자를 태워 먹거나 손님이 부르는 소리를 못 들어서 욕을 먹기도 했다. 그럴 때마다 월출은 다이알 비누로 빨래를 하고 젖은 빨래를 코에 처박고 한참 동안 가만히 있곤 했다. 경찰은 방화범을 잡지 못했다.

딱. 딱. 딱. 딱.

열고, 닫고, 열고, 닫고.

그는 애꿎은 지포라이터만 못살게 굴고 커피 껌을 씹어 댔다.

잠이 오지 않던 어느 날 밤, 비어홀에 갔다. 그 비어홀은 해경의
양아버지가 운영하는 곳이다. 그는 현재 폭력 혐의로 수배 중이었
기에, 해경의 어머니가 대신 비어홀을 관리하고 있었다. 어둠 속에
서도 한눈에 알아볼 수 있는 진분홍색 투피스 차림이었다. 짙은 화
장을 지우면 해경과 닮았을 수도 있겠다고 월출은 생각했다. 해경
어머니의 차를 미행해 그녀의 집으로 가보았다. 잠금장치는 간단하
게 해체 할 수 있었다. 집은 영화 세트장 같았다. 1층엔 고급풍의 소
파가 하얀 천으로 뒤덮여 있었다. 현관에서 안방으로 이어지는 곳
빼고는 집안 곳곳에 먼지가 쌓여 있었다.

2층으로 올라가자 바로 방문이 보였다. 해경의 향기가 희미하게
났다. 방문을 열고 들어가자 그녀의 취향과는 다른 공주풍의 가구
가 덩그러니 서 있었다. 철조망으로 막힌 창문만이 이곳에 그녀가
있었음을 말해 주었다. 화장대 위엔 화장품이, 옷장 안엔 옷이 그대
로였고 피아노는 덮개가 닫혀 있었다. 서랍 안에는 딱지 모양으로 접
은 신문이 보였다. 펴 보니 '사람을 찾습니다. 이름 김해경. 사례금
20만 원.'이라고 적혀 있었고 그 위엔 흑백사진이 인쇄되어 있었다.

월출은 커피 껌을 입에 밀어 넣었다. 그러곤 핑크빛 코튼시트가
깔린 침대를 만졌다. 희미하게 그녀가 남아 있다. 천장에는 야광별
이 붙어 있었다. 눈꺼풀을 닫았다. 해경은 이 땅에서 사라졌다. 닫힌
망막에서 그녀가 떠오른다. 그녀가 배를 방바닥에 붙이고 유행하는
노래를 흥얼거린다. 그 노랫소리만 귓가에 오랫동안 맴돌았다.

Why does the sun go on shining
태양은 왜 계속 빛나는 걸까요,
Why does the sea rush to shore
파도는 왜 계속 밀려오나요,
Don't they know it's the end of the world
그들은 이 세상이 끝났다는 것을 모르나요,
Cause you don't love me anymore
당신이 날 더 이상 사랑하지 않기 때문에.
Why do the birds go on singing
새들은 왜 계속 노래하는 걸까요,
Why do the stars glow above
별들은 왜 계속 반짝이나요,
Don't they know it's the end of the world
그들은 세상이 끝났다는 것을 모르나요,
It ended when I lost your love.
내가 당신의 사랑을 잃어버렸을 때 끝났다는 걸.

I wake up in the morning and I wonder
아침에 일어나서 놀랐답니다,
Why everything's the same as it was
모든 것이 변함없다는 것을,
I can't understand no I can't understand
정말 이해할 수 없어요,
How life goes on the way it does.
어떻게 인생이 예전처럼 계속되는지를……

Don't they know it's the end of the world
그들은 세상이 끝났다는 것을 모르나요,
It ended when you said goodbye.
당신이 안녕이라고 말했을 때 세상이 끝났다는 것을.

2부

실종
사건

1

넷째 날 오후 6시

종로에 위치한 낡은 레코드 가게는 대중가요 문화원 수준이었다. 천장까지 높이가 3미터는 될 가게가 레코드로 꽉 차 있다. 추리닝 바지를 허벅지까지 턱턱 말아 올렸지만 땀은 팬티까지 적시는 날씨였다. 나는 가게의 대형 에어컨 바람으로 땀을 식히며 윤숙희 판을 찾아 어슬렁거렸다. 가게 안은 한산했다. 하긴 요새는 인터넷으로 무료 음악을 들을 수 있는 시대니까.

"뭐 찾으시는 거 있소?"

혈색이 안 좋은 60대 주인이 나를 타깃으로 삼았는지 말을 걸었다.

내가 "윤숙희라고. 아십니까."라고 얼버무리니 레코드 가게 주인은 위치를 바로 기억하는 듯 사다리를 밟고 올라가 정확히 집어냈다.

"윤숙희. 요새는 이런 가수가 없지요."

주인이 하얀 의치를 내보이며 함께 내민 판은 무려 열세 장이었다. 한 장 한 장 다시 살펴보니 아버지가 가지고 있지 않은 판도 있었다. 그중 고개를 왼쪽으로 갸우뚱 기울이고 찍힌 전신사진에서 내 손이 멈췄다. 이 포즈가 어딘가 낯익다. 나는 지갑 안에서 소녀의 사진을 꺼냈다. 기분 탓일까. 사진은 뿌옇게 바랬지만, 그 포즈나 눈매 같은 게 비슷해 보였다. 인터넷으로 검색해 보지 않고, 바로 이곳으로 온 것도 이런 상황을 기대했기 때문이었으리라.

"아고, 다들 같은 목소리에 삐금대는 애들하고는 질적으로 다릅니다. 가격도 이 정도면 괜찮으신 거요."

주인이 다가오며 흥정을 하려 했다.

"인기가 많았습니까?"

"말도 마쇼. 김추자 아시죠? 아주 막상막하였어요. 그런 일만 없었어도. 삼사십 년은 거뜬했을 텐데."

"그런 일이라뇨?"

팬인데 그것도 모르냐는 책망의 눈빛으로 주인이 내 얼굴을 살폈다.

"죽었잖습니까."

주인은 눈썹을 내려뜨렸다.

"살해당했지요."

나는 입을 다물 수 없었다. 더 묻고 싶었지만 다른 손님이 저쪽에서 계산할 준비를 했다. 주인은 획 그쪽으로 뛰어갔다. 레코드 가게에서 나와 가까운 자판기에서 캔커피를 뽑아 마셨다. 윤숙희는 죽은 인물이다. 그것도 살해당해서. 그런데도 아버지는 그녀의 사건에 관한 기사 스크랩을 꽤 오랜 기간 모으고 있었다.

"아저씨."

뒤에 선 여드름 난 학생이 툭툭 나를 쳤기 때문에 나는 자판기 앞에서 자리를 옮겼다. 공용 와이파이가 간신히 잡혀 핸드폰 검색창에 윤숙희의 이름을 넣었다. 가수 윤숙희, 윤숙희 실종, 윤숙희 사망, 납치…… 등 연관 검색어가 떴다.

윤숙희 실종 사건.

1978년 12월 10일 최고의 인기가수 윤숙희, 미국 공연 중에 사라지다.

와이파이가 꺼졌다 켜졌다 했다. 인내심의 한계를 느꼈다. 두리번거리며 PC방을 찾았다. '시간당 500원!'이라고 적힌 삭을 대로 삭은 현수막이 걸린 곳이다. 담배 냄새와 방향제 냄새가 뒤섞인 임대한 지 오래되어 보이는 곳이었다. 주인은 누가 들어오든 말든 알은체도 안 하고 오락과 흡연에 열중했다. 나는 적당한 곳에 자리를 잡았다. 어둠 속에서 파란 불빛에 얼굴을 묻어 가며 검색을 했다.

레코드 가게 주인의 말대로 윤숙희는 그야말로 레전드였다. 윤숙희, 52년생으로 Y 대학교 영문과를 다녔다. 1학년인 74년도 교내 가요 콩쿠르에서 수상했다. 그 후 그녀는 도쿄에서 그녀를 대학 시절부터 점찍었던 스타 제조기 황복준과 작곡가 김필모와 만났다. 그녀와 김필모가 같이 작업한 데뷔곡 「위대한 사랑」이 최고 판매량을 뒤집는 쾌거를 이뤘다. 데뷔하자마자 대한민국 최고의 여가수가 되었다. 최다 앨범 판매량. 텔레비전 최다 출연. 150여 편의 CF 출연. 밀려드는 영화 출연 제의. 미혼. 78년 12월 겨울 미국 공연 중에 돌연 실종.

이쯤에서 윤숙희 실종 사건에 대한 기사를 자세히 읽어 보기로
했다.

12월 10일 미국 로스앤젤레스 공연을 성황리에 마치고 가수 윤숙희는 오후 9
시경 리무진을 타고 귀가하던 중 실종된 것으로 추정된다. 매니저가 뒷일을 마
치고 밤 11시 오성급 호텔 J에 가 보니 아직 돌아오지 않아, 이를 이상하게 여겨
현지 경찰에 신고했다. 현지 행사 관계자에 따르면 윤숙희가 탄 리무진을 운전
한 미국인은 스티븐(29)으로 현재까지 자택으로 돌아오지 않고 잠적한 상태로
알려져 있다.

실종 당시 윤숙희는 보라색 스카프에 검은 코트 차림이었으며, 돈과 여권은
매니저가 가지고 있었다.

79년 2월 1일 한국 J군 낚시터에서 유명 여가수 변사체로 발견.

……옷차림은 실종 당시 입었던 검은 코트에 보라색 스카프였다. 처음에 경찰
은 윤숙희의 자살로 결론 내렸으나, 자살 정황이나 동기가 명확하지 않아 재수
사를 하였다. 경찰이 특수수사본부를 만든 지 열흘 만에 범인이 검거되었으며,
범인은 형사였다. 평소 윤숙희의 극성팬인 형사 오진복이 자신의 신분을 이용하
여 윤숙희를 외진 곳으로 끌어낸 후, 살해한 것으로 경찰은 판단하였다. 오진복
은 이를 모두 자백하고 1심에서 사형을 선고받았다. 그 후 자백한 점을 정상 참
작하여 무기징역을 선고받았다…….

검푸른 화면 속 윤숙희는 푸른 눈 화장에 붉은 립스틱을 칠하고

머리는 사자처럼 부풀렸다. 그 촌스러운 화장에도 불구하고 둥그런 눈매와 곧게 뺀은 콧날과 동그란 코, 도톰하게 다물어진 입술이 잘 어우러져 고상하고도 독특한 분위기를 풍겼다.

할 말이 있어요. 그대에게 묻고 싶은데
눈물이 쏟아질까 봐 고개를 돌리네.
우린 너무 사랑했는데. 우리는 둘뿐이었는데.
이렇게 밤비가 쏟아지는 날 당신은 어디로 가 버렸나요.
어찌 당신을 잊을 수 있겠어요. 어찌 추억을 잊을 수 있겠어요.

그녀의 노래 「여자의 눈물」.
무엇이 그녀를 이리도 애절한 가수로 만들었을까?

인터넷 검색 도중 최근에 윤숙희 사건을 다룬 다큐멘터리가 있는 걸 발견했다. 다큐멘터리의 내용은 여가수로서 윤숙희를 조명하는 내용이었지만 나는 제작한 감독을 만나 자세한 이야기를 듣고 싶었다. 장시간 검색해 겨우 메일 주소를 알아냈다. 그곳으로 메일을 보내고 답변을 기다리기로 했다. 망설이다 보내는 이는 소설가 최대국으로 적었다. 『처절한 무죄』를 검색하면 아직도 검색창에 도서와 함께 내 이름이 뜨긴 한다.

밖으로 나가니 빗방울이 바닥을 두들겼다. 흠뻑 젖은 땅 위로 이름 모를 꽃잎이 떨어지고 있었다.

2

그해 겨울은 눈이 많이 내렸다. 월출은 다시 불면증에 시달렸고, 일상에 젖어 생활하고 있었다. 그날 저녁, 해븐스도어 안은 뉴트롤스 음악이 흘렀다. 카운터에 앉은 미스 박은 손안에서 술잔을 돌렸다. 머리를 우아하게 부풀렸고, 가지런히 모은 무릎 위에 에나멜 핸드백을 올려놓고 있다. 화장품 향기 속에 희미하게 밥 냄새가 났다.

'어쩌면 그녀는 이제껏 누구의 평범한 아내였을지 모른다.'

월출은 그런 생각이 들었다.

"가끔 그런 생각해? '나중에…… 사람들이 우리를 기억해 줄까?' 라는 생각."

미스 박은 희미하게 웃었다.

"기억보단 추억이 좋겠지."

"나 곧 떠나."

그녀가 핸드백 안에서 빳빳한 여권을 꺼내 보여 준다. 어디로 무엇 때문에 떠나는지는 알 수 없다. 묻는 것도 금지다. 미스 박의 나이는 여권에 서른쯤으로 쓰여 있었지만 더 어릴 것이다. 그녀의 눈은 늘 핏발이 섰다. 의지가 아닌 명령으로 움직이는 자들의 공통점이다.

월출은 "사진 잘 나왔지?" 따위의 농담을 하는 미스 박의 입가가 떨리는 것을 보았다. 몇 마디 건네고 싶었지만 그럴 수 없다는 걸 안다.

"그가 왔어. 조심해."

그녀의 핏발 선 눈이 월출에게 한동안 머물렀다. 그가 질문할 타이밍은 음악에 묻혀 사라져 버렸고, 그녀는 남은 술을 원샷하고 일어섰다.

"박남옥. 이게 내 진짜 이름이야."

다음 날 오후 전화가 한 통 왔다.

"급한 일이야. 집으로 빨리 와 주게."

춘식이었다. 전화기 너머 목소리는 깊게 잠겨 있었다. 무언가 공포와 두려움에 눌린 신음에 가까운 소리였다. 알고 지낸 지난 8년간, 처음 들어 보는 목소리였다. 주위를 한 번 살피곤 소리 죽여 되물었다.

"무슨 일입니까?"

뚜뚜뚜뚜……. 월출이 뭐라고 더 묻기도 전에 통화는 거기서 끊겼다. 위험 신호다. 춘식이 위험하면 월출도 위험해진다. 둘은 거북선이란 이름의 배를 탄 동지였기 때문이다. 게다가 월출의 존재를 증명할 수 있는 사람은 춘식뿐이었다. 월출은 급히 춘식의 집으로 향했다.

춘식의 집은 아파트 단지가 끝나는 자락에 있었다. 구름에 닿을 듯이 보게 좋게 올라선 아파트지만 사람이 사는 곳처럼 보이진 않았다. 1960년대 후반부터 남조선에는 아파트라는 것이 하나둘씩 들어섰다. 산을 깎고 뿌리를 들어내고 판잣집을 짓밟고 그 위에 콘크리트로 건물을 지어 나눈 다음, 여러 명이 같은 위치에서 먹고 자고 하는 것인데 월출은 그게 왜 좋은지 도통 이해가 가질 않았다. 성냥갑 속 성냥개비처럼 답답하고 위태로워 보였다. 동네 식당 사장도 이번에 준공된 아파트에 입주한다고 좋아하더라만.

월출은 아파트 단지를 지나 10분 정도 더 걸었다. 넓고 고즈넉한 골목이 이어졌고, 높은 돌담장 뒤로 춘식의 집이 보였다. 마당 딸린 고급 단독주택이었다. 담장이 높고 수풀 속에 가려져 외부에선 안이 잘 보이지 않고, 지금은 조를 나눠 경찰들이 순찰을 돌았다. 월출은 주변을 의식하고 태연한 척하며 초인종을 눌렀다. 안에선 아무 반응이 없다. 산등성 뒤로 해가 저물면서 북풍이 불었다. 나뭇가지들이 일제히 기괴한 소리를 내뿜었다. 월출은 다시 초인종을 눌렀지만 대답이 없다. 오동나무 재질의 대문을 손끝으로 밀어 보았다. 차가운 문이 끼익 소리를 내며 한 뼘 정도 열렸다. 잔디는 폭신했고 마당엔 잘 조경된 나무들이 늘어서 있었다.

현관 입구에 붉은색 개집이 보였다. 개가 모로 누워 있었는데 움직임 없이 네 다리를 쭉 뻗었다. 이름이 복돌이던가? 월출은 온몸에 신경을 곤두세웠다. 2층 커튼이 흔들린다. 작은 텃밭과 공들여 관리했을 나무들 사이로 하얀색 뒷문이 열려 있는 게 보였다. 월출은 품 안에서 총을 꺼냈다.

최대한 발소리가 나지 않게 발끝에 신경을 집중시키며 안으로 들어갔다. 안은 어둡고 커튼까지 쳐져 있어 암흑이었다. 월출을 따라 들어온 한줄기 달빛만이 내부를 비췄지만, 문을 닫으니 그 빛마저 사라졌다. 눈앞이 컴컴했다가 조금 보이기 시작했다. 부엌에는 저녁 식사라도 준비했는지 식재료들이 어지럽게 널려 있다. 부엌을 통과하자, 검은색 고급 가죽 소파가 디귿 자로 있었다. 그 옆에 고급 양탄자가 깔린 거실이 나왔다. 화장실에도, 안방에도, 거실에도 아무도 없었다. 잠시 슈퍼나 밤 산책이라도 나가는 것처럼 그대로였다.

'늘 주변을 살펴라. 늘 의심해라. 아무도 믿지 마라.'

언제나 춘식이 입버릇처럼 한 말이었다. 실제로 그는 모든 행동에 신중했다. 평소 경비에도 엄청나게 신경을 썼을 텐데 오늘은 코빼기도 보이질 않았다.

주방을 지나 거실로 나왔다. 거실 가운데 2층으로 이어진 계단이 보였다. 삐거덕하고, 2층에서 인기척이 났다. 월출은 계단을 밟고 위로 올라갔다. 그가 한 발 한 발 디딜 때마다 계단이 삐걱거리며 신경을 긁었다. 계단 끝은 복도로 이어져 있었고 양쪽으로 난 방문들이 보였다. 첫 번째 방문 틈으로 그림자가 어른거렸다. 그는 총을 더 단단히 잡고 방문을 열었다. 침대 옆에 앉아 있는 두 사람의 형체가 보였다. 어둠에 적응한 그의 동공이 커지고, 홍채가 작아진다. 어둠에 적응한 월출의 눈에 춘식과 여자의 모습이 들어왔다. 앉은 자세로 뒤로 손과 발이 묶여 있었고, 입에는 양말로 만든 재갈이 물린 채였다. 춘식의 얼굴에 복잡함이 묻어났다. 그의 눈두덩은 커다랗게 부었고 터진 입술엔 핏물이 고여 있었다. 자그마한 체구의 여자는 온몸에 땀과 피가 번들거린 채 흐느꼈다. 그때보다 더 통통해 보였다. 춘식은 북에 아내가 있었다.

상념으로 젖어 들기도 전에 월출의 왼쪽으로 살기가 느껴졌다. 본능적으로 몸을 비틀었지만 총은 손에서 떨어져 공중으로 날아갔다. 초저녁이지만 내부는 한밤중 같았다. 한 남자가 어둠 속에서 그에게 주먹을 날렸다. 최소한의 움직임으로 목, 명치, 가슴, 급소만 공격해 왔다. 매섭고 빨랐다. 그는 갑작스러운 공격에 뒤로 밀렸고 빈틈을 몇 번 허용하면서 어깨와 허벅지에 통증이 느껴졌지만 몸을 용수철처럼 일으켰다. 집요하게 그림자를 공격했다. 서로의 숨통을 동일한 힘으로 누를 때쯤 상대방이 신음과 웃음을 동시에 터뜨렸다.

"여전하구먼."

다소 톤이 높은 목소리. 월출은 손에 힘을 풀었다.

짝짝짝.

손뼉 치는 소리와 함께 화려한 샹들리에에 불이 들어왔다. 조명 속에 20대 중반으로 보이는 사내가 목을 쓸어내리며 모습을 드러냈다. 동그란 얼굴에 고수머리, 살짝 나온 대문니가 소년 같았다. 옷차림은 가벼운 소풍이라도 온 듯했다. 손바닥과 주먹은 몸과 어울리지 않게 커서 마치 심벌즈를 든 소년 악사처럼 보였다.

'김동삼.'

입꼬리를 올리며 동료의 턱 밑에 칼을 박아 넣던 소년. 옛말에 화

날 일에도 웃는 사람을 조심하라고 했다.

'동삼이 이곳에 온 이유가 뭐지?'

월출은 어제 미스 박이 남긴 말을 떠올렸다.

춘식이 남조선 여자와 산다고 북에서 동삼을 내려보내진 않았을 것이다. 그렇다면 사랑이 변절로 이어졌다는 결론밖에 나지 않는다.

"그리 놀랄 거이 없어. 이제부터 내래 거북선의 상선이 된 기야. 강춘식이 저 반동분자 새끼래 그간 다섯 건의 지령을 행하지 않았디. 그뿐이간? 중정부와 교섭을 한 데다 망명도 신청했지 뭐이가. 개돼지보다 더러운 배신자 새끼."

배신. 그러고 보니 춘식은 북에 미련을 두지 않았다. 그럴 만했다. 부엌엔 세탁기와 대리석 식탁, 거실엔 대형 텔레비전과 긴 가죽 소파 그리고 폭신한 양탄자까지. 그뿐인가. 원목 계단에 고급 화분과 꽃, 초콜릿 빛깔을 띤 양주와 화려한 접시들, 거기다 아름다운 여자까지. 자본주의가 줄 수 있는 모든 것을 다 누리고 있잖은가. 그러니 춘식에게 북으로 돌아갈 이유 같은 건 어디에도 없었다.

월출은 뒤통수를 삽으로 얻어맞은 기분으로 꼼짝할 수 없었다. 동삼은 서재와 이어져 있는 방 안쪽에 있는 금고를 열었다. 뭉치로 정리된 돈다발이 보였다.

"작별 인사는 나중에 하고, 이거이 내래 혼자 옮길 방도가 있어야디."

동삼은 들뜬 얼굴로 가방에 돈을 던져 넣었다.

한양 하숙에서 처음 만났던 춘식의 모습이 머릿속을 스쳤다. 월출의 눈을 까뒤집고 미간에 총구를 겨눴던 남자, 얇은 입술로 크게 웃던 남자, 춘식의 또렷한 눈동자가 떠올랐다. 그에겐 하늘에서 둥실 떠다니는 연과 지상에서 연을 날리는 그를 유일하게 이어 주는 연실 같던 남자였다.

"처단하라우."

동삼은 명랑한 톤으로 총을 그에게 건넸다. 여자는 고개를 마구 흔들며 소리를 질렀지만 입 밖으로 소리가 새어 나오진 못했다.

"사실…… 입니까?"

입에 물린 재갈을 풀자마자 춘식은 애원했다.

"여자만 좀 살려줘라. 남조선이 아니어도 돼. 제3국으로 보내도 좋고 살려만 줘."

"할 말이 그것뿐입니까?"

"……담배 한 대만."

월출은 주머니에서 은하수를 꺼냈다. 담배를 한참 바라보다 결심한 듯 춘식이 불을 붙였다.

"나 하나 잘못하믄 가족들, 친척들까지 죄다 사라져 버리잖아. 우리를 움직이는 건 충성심이 아니라 두려움이야. 내가 공 세워서 북에 있는 마누라와 자식들, 그리고 부모님까지, 전부 잘 먹고 잘사는 거 그거 하나 바랐다. 딴거 욕심 없어. 하지만 이제 그런 거 아무 소용 없어졌다. 이 여자만 무사하면 돼. 내 아일 가졌어."

여자는 통통해진 게 아니라 임신을 한 거였다. 춘식은 처음 봤을 때의 단단한 어깨와 빈틈없는 동작들과 지적이고 냉철한 눈빛은 사라지고 정수리가 희끗한 동네 아저씨가 되어 앉아 있었다.

"배 속의 아이가 무슨 잘못이 있는가?"

"아비가 잘못한 건 그 후대가 벌을 받습니다."

"내 잘못이 아니야. 조국이 잘못된 길을 간다는 걸 늦게 안 거야."

"……."

"너라면 나를 조금 이해하지 않을까 생각했다. 너 아직도 김해경이 못 잊고 있는 거 안다."

해경의 이름이 나오자 월출은 본능적으로 총구를 여자의 정수리에 붙였다. 여자는 발작적으로 몸을 떨었다.

"……내 손으로 가게 해 주라."

춘식이 눈을 감고 고개를 들었다. 월출은 칼로 춘식의 손목을 풀어 줬다. 여자는 발버둥을 쳤고 춘식은 여자를 꼭 껴안아 힘을 주었다. 두 사람의 눈에서 눈물이 떨어졌다. 춘식의 아래턱이 꿈틀했고 여자는 축 늘어졌다.

사랑은 변하지 않는다. 그러나 그것 빼곤 모든 것이 변한다. 사람도, 방식도.

"월출아."

그의 본명을 처음으로 불렀다. 춘식에게선 늘 풍기던 샤워코롱 대신 피비린내가 풍겼다. 눈에서는 이미 초점이 사라졌다.

"리영희, 박예지. 죽은 지 1년도 넘었다는 소식을 들었다."

근 10년 만에 남의 입에서 들어 보는 어머니와 누나의 이름이었다. 머릿속에서 거대한 퓨즈가 툭 끊긴 기분이다.

월출의 고향은 길주였다. 원래는 아버지, 어머니, 누나, 월출, 이렇게 네 식구였다. 아버지는 일제 강점기 DK 서커스단 소속이었다. 주로 만주에서 공연을 했고, 해방과 분단을 북에서 보냈다. 고향은 남한 여수였지만 분단될 때 만주에 있던 탓에 다시는 돌아가지 못했다. 아버지는 서커스단 밥이 모자라면 그저 아카시아를 입속에 구겨 넣던 때, 어머니를 만주 공연장에서 만났다. 그곳에서 한약방 집 딸이었던 엄마는 서커스단, 공중에서 아슬아슬하게 날아다니던 아버지에게 반해 좁은 한약방을 떠났다. 그리고 평생 그 결정을 후회했다.

"월출아. 너는 무엇이 되고 싶니?"

월출이 기억하는 아버지는 늘 땀이 범벅이었고 잘 웃었다.

"아바디처럼 되고 싶습네다."

"그것도 좋디만은 네 꿈이 있어야디."

"그럼, 좋은 아바디가 되고 싶습네다."

"좋은 아바디라…… 하하하, 그거이 제일로 어려운 꿈이구나."

그의 아버지는 한 달 후 무대 위에서 추락했다. 목이 꺾여 즉사했으니 고통은 없었을 거라고 단원들은 월출을 위로했지만 뒤에선 모두가 의아해했다. 아버지는 지난 수십 년 동안 공중에서 손잡이를 놓친 적이 없다. 컨디션이 안 좋거나 실패할 것 같으면 아예 올라가지 않았다. 아버지와 한 팀이었던 남자는 일부러 손잡이를 놓친 것 같다고 했다. 또 다른 사람은 아버지가 어떤 전보를 받은 다음부터 행동이 영 불안했다고도 했다. 고향이 남조선인 아버지의 사상 의혹이 있었다는 사실도 뒤늦게 알았다.

고난은 그때부터였다. 어머니는 노동에 길들여지지 않은 여자였다. 부여받은 노동 시간을 버거워했다. 몸도 약했지만 아들의 건강을 우선으로 생각했다. 힘들게 번 임금으로 지렁이를 사 와 달였다. 집 안에는 지렁이 삶는 악취로 가득했다. 비위가 약해 쥐 한 마리도 잡지 못하는 어머니. 그는 불 앞에 쪼그리고 며칠 밤을 새웠을 어머니를 생각했다. 그것은 독기였다.

"우린 이제 너밖에 없다."

누나도 마찬가지였다. 먹을 것을 월출에게 양보하고 그의 옷을 바느질했다. 치마를 잘라 월출의 옷에 덧대어 주었다. 그는 혼자 글을 끼적거렸고 모래 위에 그림을 그렸다. 어머니와 누나는 그가 아버지처럼 되길 바라지 않았다. 나약하고 감수성이 젖어 있는 대신 칼과 총을 잡고 강해지며 출세하길 바랐다. 어머니는 월출에게 휘파람을 못 불게 했다. 노래는 남자를 나약하게 만들고 상상은 인생을 낭비하는 일이라고 가르쳤다. 하늘을 나는 사람 따윈 결국 떨어져 죽는 거라고 했다. 마지막으로 보였던 누이의 누렇게 뜬 얼굴. 어금니가 깊게 썩었지만 치료를 받지 못해 늘 얼굴을 찡그렸던 어머니.

"우린, 속고 있는 거야."

춘식은 월출에게 사형 선고를 내렸다. 혼돈. 월출의 머릿속은 태풍이 몰아쳤다. 단어 하나하나가 그 태풍을 뚫고 가슴속에 박힌다.

푸욱.

푸욱.

차갑고 가는 바람이 왼쪽 팔꿈치 옆을 지나갔다. 총알이 춘식의 미간 사이를 뚫었다. 마취 총이라도 맞은 듯 앞으로 폭 꼬꾸라졌다.

"볼일 마쳤으면 가자아."

동삼은 돈을 담은 가방을 하나 둘러멨다. 월출은 동삼 몰래 춘식의 부릅뜬 눈을 손바닥으로 쓸어내렸다. 북에 있는 춘식의 가족은 몰살당할 것이다. 벌써 다 죽었을지 모른다. 마당을 나서는데 동삼이 죽은 개를 발로 찼다. 20킬로그램은 나갈 법한 셰퍼드가 충격에 출렁거렸다.

"시작이 좋구나 야. 이제부터는 나만 믿으라우."

동삼은 월출의 어깨에 팔을 둘렀다. 다리가 휘청거렸다. 춘식이 죽기 직전에 내뱉은 말이 머릿속에 맴돌았다. 눈발이 휘날렸다. 겨울이 끝나려면 아직 멀었다.

그날 밤 강 의원이 자택에 침입한 괴한에 피살되었다는 뉴스가 대대적으로 보도되었다. 북한 간첩들의 소행으로 보인다는 말도 빼놓지 않았다. 당분간 검문이 강화될 듯했다.

이후 동삼은 한 달에 한두 번씩 월출의 서점에 들렀다. 이렇다 할 정보나 지시도 없이 그냥 눈인사만 하고 갔다. 점차 동삼의 행동에 의문이 가기 시작했다. 한번은 날을 잡아 그의 뒤를 밟았다. 상가 골목을 벗어난 동삼이 버스를 타자 월출은 번호를 확인하고 택시를 잡아탔다. 버스는 K 대 앞에서 멈췄고, 동삼이 뒷문으로 내렸다. 학교 주변은 동삼과 같은 재킷과 검정 바지 차림의 사람들이 많았고 그는 순식간에 인파에 묻혀 버렸다. 월출은 이곳저곳 두리번거렸다. 10분 정도 주변을 서성거렸지만 그의 모습은 없었다. 무리하다가는 이쪽이 먼저 들킬 수 있다. 얼굴이 마주치면 궁색한 변명이 튀어나올 터이니 월출은 책방으로 돌아왔다.

"그사이 어디 다녀오네?"

동삼이 어느샌가 책방으로 돌아와 있었다.

월출의 심장이 고동쳤다. 그가 미행을 알았을까? 그래서 돌아온 걸까? 언제 어떻게 눈치채고 이리로 돌아온 것인지 궁금했다. 월출은 대답을 하지 않고 문을 열었다.

"필요한 책이 생각나더라고."

그의 말은 사실일까. 이 저녁에 급하지도 않은 책 때문에 돌아왔다니. 월출은 책을 고르는 동삼의 모습을 관찰했다. 그는 정말로 책만 이것저것 고르고 월출에겐 별 관심이 없어 보였다. 그사이 다른 손님이 들어오고, 동삼은 별말 없이 책 두 권을 계산하고 나갔다. 월출은 고개를 내밀어 그가 골목 밖으로 사라지는 모습을 확인했다. 다시 미행할 엄두가 나지 않았다.

책을 사러 온 걸까, 아니면 경고일까?

월출이 미행을 재개해야겠다고 마음먹은 것은 그로부터 일주일 후였다. 알지 못하는 상대는 위험하니까. 동삼에 대한 정보를 알고 있어야 나중에 당하지 않는다. 정보의 양에 따라 죽을 수도 살 수도 있다. 이 바닥에선 특히 그렇다.

작전을 바꿔 동삼이 마지막 내렸던 곳, K 대 앞에서 진을 쳤다. 건너편 빵집 의자에 앉아 동삼이 사라졌던 그 시각, 그 자리에서 한 시간씩 주변을 지켜보았다. 그 뒤로 K 대 앞을 다섯 번째쯤 찾아갔을 때, 낯익은 얼굴이 나타났다. 키 크고 마른 체구의 동삼이 분명했다. 월출은 얼른 몸을 전봇대 뒤로 숨기고, 그를 관찰했다. 분위기는 전혀 달랐지만 확실했다. 갈색 코트에 정장 바지, 검은색 뿔테 안경,

유행인 일명 채권가방. 차는 포드. 동삼이 차에서 내렸다. 클래식하지만 고급 차였다. 월출은 손에 땀이 났다. 빵과 우유 값을 계산하고 재빨리 길 건너 동삼을 따라 학교로 들어갔다.

앙상한 나뭇가지 사이사이에 삼삼오오 모인 학생들이 토론 중이었다. 건물 곳곳에 '독재정권 타도! 물러가라!'라는 단어들이 시뻘겋게 칠해져 전시되었다. 동삼은 붉은색 벽돌 위로 담쟁이가 엉킨 본관 쪽으로 교정을 가로질렀다. 그도 학생들 사이에 자연스레 몸을 숨기며 간격을 벌렸다 좁혔다 하며 쫓았다. 동삼은 교정 길이 익숙해 보였다. 지나가는 학생 하나가 동삼에게 인사를 하자 맞인사를 했다. 동삼이 본관 건물 1층, 교수실로 들어갔다. 월출은 발걸음을 재촉해서 동삼이 들어간 교수실의 이름을 확인했다. 최수경. 동삼이 교수실에 들어간 시간 오후 2시. 문에 귀를 대고 소리를 들어보았지만 아무런 말소리도 나지 않았다. 복도에 지나가는 학생들 때문에 문 앞에서 멀어져야 했다. 동삼은 30분 정도 있다가 밖으로 나왔다. 입술을 손등으로 문질러 닦곤, 허리춤을 다시 올렸다. 안에서 무엇을 했을지 과시라도 하는 듯. 그는 화장실에 들러 볼일을 보고 손을 씻고 나왔다. "정호야!"라고 부르는 소리에 뒤돌아보았고 머리가 덥수룩한 남자들의 술자리 제안을 거절하고 5시가 되자 학교를 나섰다. 뒤로 멘 가방의 늘어짐으로 봤을 때 아까보다 묵직해 보였다. 이곳에선 '정호'라니 전혀 어울리지 않는다.

동삼은 세워 둔 포드를 타고 학교 주변을 벗어났다. 월출은 망설이다 길가에 세워 둔 자전거를 훔쳐 탔다. 동삼이 탄 차의 방향과 이동 거리를 계산하여 빠른 길로 달렸다. '하숙 방 있음' 등의 전단지가 골목마다 붙어 있었다. 익숙한 기분에 둘러보니 한양 하숙이 멀지 않은 곳에 있었다. 동삼이 차를 세우자 월출은 5미터 떨어진 골목 끝에 자전거를 세우고 뒤따랐다. 동삼은 마른 등을 편 채 성큼성큼 걸었다. 그가 들어간 곳은 허름한 4층 건물. 그곳 우편함에는 빈 곳도 많았다. 발소리는 계단을 울리며 멀어져 갔고, 시간상 3층 정도의 높이에서 찌르르 찌르르 벨이 울렸다. 우편함으로 시선을 옮긴 그는 302호에 '세상사 출판사'라고 작게 매직으로 갈겨 놓은 게 보였다. 동삼은 출판사 사무실로 들어가, 정확히 15분 머물다 나왔다. 다시 차를 타고, 같은 길을 두 번 정도 빙빙 돈 다음 골목으로 들어섰다. 해가 기울 때쯤 흰색 콘크리트 건물이 나타났다. 모던하고 쾌적한 신식 건물, 그곳의 201호가 동삼의 집이었다. 월출은 아내의 불륜 현장을 덮치기로 한 남편처럼 발걸음을 멈추고 심호흡을 했다.

남조선 사람들은 농촌에서 죄다 도시로 몰려들었다. 때문에 하숙집, 여관집 싼 곳들은 다 들어찼다. 2인용 방에서 여덟 명이 함께 자는 시대였다. 그에 반해 이 건물은 비싸 보였고 올라갈 때까지 아무도 마주치지 않았다. 우체통의 엽서엔 보내는 이가 주로 영어로 적혀 있었다. 월출이 계단을 튀어 올라가자 201호의 문이 스륵 닫히는 게 보였다. 우편물에서 201호를 뒤졌지만 신문 말곤 아무것도 없었다. 201호의 창문은 골목 틈으로 나 있었다. 위를 올려다보았지만 커튼으로 가려져 있어 안이 보이질 않았다.

근처에 숨어서 동태를 살피는 동안 날이 어두워졌고, 그제야 동삼이 다시 나왔다. 월출은 동삼이 다시 차에 오르는 모습을 확인하곤 계단으로 올라갔다. 그는 칼을 꺼내 잠겨 있는 문을 땄다. 예상대로 안으로 두 개의 자물쇠가 더 걸려 있었다. 한참 만에야 그것마저 해체하고 안으로 들어가 도로 문을 잠갔다. 손과 등에 땀이 배어 나왔다. 들키면 당의 새로운 숙청 대상에 오를 것이다. 그 전에 어떻게든 확인하고 싶었다. 춘식이 한 말이 진실인지.

두꺼운 커튼이 쳐져 있어 내부는 깜깜했다. 불을 켜자 어이없게도 가장 먼저 월출의 눈에 마릴린 먼로의 사진이 들어왔다. 온몸으로 수영복을 팽팽하게 떠받친 육감적 몸매의 그녀. 월출은 숨을 내쉬었다. 남한 대학생. 배역을 잘 골랐다. 모던한 인테리어의 거실과 소파, 책상 위에 가지런히 놓인 전공 서적, 냉장고 안에는 고급 맥주가 들어 있었다. 휴지통은 비었고 집 안은 깔끔했다. 부엌의 개수대도 음식 찌꺼기 한 톨 없었다. 옷장 안의 옷들도 드라이클리닝 된 모양 새로 깨끗했다. 환풍기를 열어 고개를 넣어 확인하고, 냉장고 안의 배치를 흐트러뜨리지 않는 내에서 집 안을 뒤졌다.

벽과 바닥을 두드렸다. 냉장고 뒤, 소파 밑, 옷장 안. 옷장은 붙박이장이었다. 붙박이장 안을 두드렸다. 안이 빈 소리가 났다. 나무판을 앞으로 떼어 내자 공간이 나왔다. 벽과 벽의 틈 사이 한 평 정도 되는 공간이었다. 그곳에 총 두 자루와 탄창 박스, 그리고 칼이 있었다. 또 손바닥 지도와 달러 뭉치, 무전기, 로프, 사제폭탄 같은 잡동사니도 찾았다. 하지만 춘식의 말을 증명해 줄 자료는 찾지 못했다. 문제는 그다음이었다. 월출이 이 좁은 공간이 지루해져 나가고 싶어질 때쯤 밖에서 문 따는 금속음이 들렸다. 월출은 숨을 멈추고 신경을 곤두세웠다. 연달아 신발 벗는 소리가 들렸다. 손목시계를 보니 벌써 한 시간이 넘었다. 이건 꼼짝없이 쥐덫에 갇힌 꼴이다. 윗선을 미행하고 집을 뒤지고, 이건 즉살감이다. 무기가 있다고 해도 이곳에서 총격전을 벌일 수는 없다. 모든 게 끝이 난다.

잠시 후 하이힐이 바닥에 구르는 소리가 들렸다. 동삼 혼자가 아니다.

"난 여기 오면 안정감이 들어. 어두워서 그런가."

다소 나이가 있는 여자의 목소리.

"그럼 자주 오시든가요."

동삼의 목소리는 어느 때보다 웃음기가 없다. 잠시 후 욕실에서 물 쏟아지는 소리가 들린다.

"들어오라니까."

여자의 고함 소리. 월출은 저 여자가 동삼 학교의 교수, 최수경이 아닐까 생각한다. 연이어 욕실 문 닫는 소리가 들린다. 월출은 물건을 정리하고 나무판을 밀고 밖으로 나왔다. 모든 것을 원상태로 돌려놓는 것도 잊지 않았다. 욕실에서 웃음 섞인 소리가 들렸다. 저 문을 열어젖히고 총을 발사해 버릴까. 엄마와 누나가 정말 잘못된 거냐고 목에 칼을 들이대고 물을까. 그러기엔 아직 모든 것이 일렀다. 월출은 발자국을 남기지 않고 거실을 가로질러 소리 없이 동삼의 집을 빠져나왔다.

<u>3</u>
넷째 날 오후 8시

은비의 학교 앞 1층 레스토랑에서 딸아이와 마주 보고 앉았다. 스파게티와 피자는 얼마 줄어들지 않은 채 굳고 있는데, 은비는 주스에 꽂힌 빨대를 오징어마냥 씹고 있을 뿐이었다. 영어가 적힌 줄무늬 티셔츠 밑에 받쳐 입은 짧은 반바지는 마른 다리 때문에 헐렁해 보였다. 이마와 눈을 가린 앞머리, 그 사이로 언뜻 보이는 까만 바둑알 같은 눈동자는 테이블 끝에 꽂혀 있다가 빠른 비트의 음악이 나오자 흥얼거리며 반응을 보였다. 어차피 엑스온가 엑스맨인가 하는 요상한 영어 이름을 붙인 아이돌 음악이겠지. 은비는 다음 주면 캐나다로 떠난다.

곰 인형을 내밀어도 은비는 표정의 변화가 없었다. 3년 전만 해도 인형이라면 사족을 못 쓰던 애였다. 아이는 그저 최신식 스마트폰을 만지작거리며 시큰둥하게 앉아 있다가 문득 내 눈을 마주 보며 물었다.

"아빠…… 나 그냥 아빠랑 여기서 살면 안 돼?"

내가 원했던 말이지만 그 순간엔 예상치 못했기에 3초간 정적이 흘렀다. 딸과 함께 지낼 곳도 마땅치 않다. 월세가 밀린 고시원에서 사춘기 딸과 살 수 있을까? 내가 뭐라고 대답하기도 전에 딸의 스마트폰이 울렸다.

"엄마가 바꿔 달래."

전화를 받자마자 미영의 딱딱거리는 소리가 들렸다.

"애 학원 가야 하는데 거기서 뭐 하는 거야!"

"아직 초등학생이야."

"내년이면 중학생이야. 조기교육이 얼마나 중요한데. 얼른 가게 앞으로 나오라 그래. 다 왔어."

"난 안 궁금하냐?"

나의 물음이 끝나기도 전에 또 전화가 끊겼다. 하나뿐인 딸내미는 먼 타지로 보내 놓고 지들끼리 시시덕 얼마나 재밌게 살려고! 은비에게도 입단속을 시켰는지 사는 곳도 알려 주지 않았다.

"아, 같이 사는 거 돼, 안 돼. 것만 얘기해."

딸은 고개를 숙이며 물었다.

"조금만 기다려. 아빠가……"

"엄마 말이 다 맞아. 아빠 같은 남자 만나지 않으려면 공부 열심히 하래. 아빠보고 루저에다가 실패자에다 대화가 안 통하는 사람이랬어."

기가 찼다. 뭐라고 변명을 하기도 전에 경적 소리가 들렸다. 고개를 돌려 보니 미영의 빨간 미니쿠페가 광채를 내며 커피숍 앞에 서 있었다. 미영은 학교를 그만두고 학원을 차려서 돈을 많이 버는 건 알고 있다. 정기적으로 미영의 페이스북과 SNS를 뒤져 보는 건 절대, 감시가 아니다. 딸아이의 보호 차원이다.

보조석엔 낯익은 면상의 재상이 보였다. 희멀건 얼굴에 반듯한 옷차림으로 날씨는 38도가 넘는데도 마지막 단추 하나까지 채워져 있었다. 아우. 숨 막혀.

계산을 마치고 은비와 밖에 나가자, 딸아이는 나를 한번 쳐다보곤 익숙하게 엄마의 쿠페 뒷좌석으로 가 탔다. 그러곤 이어폰을 귀에 꽂고 눈을 감은 채 눈길을 피했다. 운전석의 미영은 내가 양복을 차려입은 모습에 눈을 크게 뜨더니 헛웃음을 터뜨렸다. 고개를 절레절레 흔들면서. 그녀는 핑크 민소매 원피스를 입고 있었다. 처음 보는 옷에다가 나와 살 때보다 10년은 어려 보였다. 재상이 차에서 내려 가늘고 하얀 손을 내밀었다.

"선배님, 오랜만입니다. 보기 좋네요."

2년 전 완치했던 전립선이 욱신거렸다. 나는 재상의 손을 잡지 않았다.

'쓸데없는 말 하지 마.'

미영이 눈빛으로 텔레파시를 쐈다. 내가 또 어떤 헛소리를 지껄여 자신을 창피하게 만들까 걱정하는 거겠지. 재상은 내 대학교 후배이기도 하고, 나와 미영이 다녔던 신경정신과 의사이기도 하며, 노블리스 오블리주를 불륜으로 실천한 놈이다. 의사라는 새끼가 상담은 안 하고 남의 마누라나 꼬드겼으니!

"은비 너무 걱정하지 마세요. 똑똑한 아이라 캐나다에 가서도 잘할 겁니다."

내 핏줄, 내 아이를 왜 다른 인간이 이래라저래라 하게 놔둬야 하는지 잘 모르겠다. 재상의 웃음은 여유가 있었고, 날이 선 나와는 비교가 됐다. 좀팽이가 안경을 벗고 슈퍼맨으로 변신을 하듯 재상은 그럴싸해졌다. 보철기는 고물상에 팔아 버렸는지 치아는 매끈했고 비리비리한 우정이나 의리 따위 개무시하며 공부한 결과 잘나간다는 '사' 자 대열에 합류했다. 논리적으로 따지고 들면 정신적으로 분석하고 드니 게임이 될 리 만무했다. 나를 애정결핍과 사회부적응자로 몰며 어쩌고 얘기할 땐 주먹을 저 작은 입에 처박고 싶었다.

재상의 전화가 울렸다.

"어. 그래. 지금? 바쁜 일 아냐. 어. 곧 갈게."

재상이 운전석 쪽으로 허리를 굽혀 미영에게 가야 한다고 나지막이 말했다. 재상의 얇은 입술이 미영의 귓불에 닿는 게 보였다. 혈관이 팽창했다. 주먹을 꽉 쥐고 둘을 노려본다. 미영은 말 안 듣는 동물을 보는 숙련된 조련사의 눈빛으로 나를 쏘아봤고 나는 눈길을 피했다.

"선배님 약, 거르지 마세요."

재상이 결정타를 날렸다. 나는 참지 못하고 재상이 쥐고 있던 스마트폰을 낚아채 도로에 던져 버렸다. 마침 지나가던 트럭이 최신 스마트폰을 산산조각 내었다. 깍! 미영의 짧은 외마디 비명이 들렸다. 은비와 눈이 짝 마주치고 말았다. 딸은 학교 앞에서 버버리맨이라도 본 듯 고개를 돌렸다. 미영이 급하게 차에서 내려 다가왔다. 그 순간 재상은 미소를 지으며 어깨를 으쓱해 보였다.

"바꿀까 말까 고민 중이었는데. 여튼 고맙습니다."

저게 싫다. 재상은 화가 나면 소리 지르고 슬프면 술을 마시고 고함을 지르는 대신, 자기 자신을 숨길 줄 아는 놈이었다. 나와는 모든 것에 정반대인 녀석, 미영은 어쩌면 그것에 반했을지도 몰랐다.

"미쳤어. 제정신이 아냐."

미영이 고개를 흔들고 다시 차에 타려는데, 누군가를 보곤 놀라 인사를 건넸다.

"안녕하세요. 선생님."

미영이 시선을 둔 곳에 40대로 보이는 여인이 서 있었다. 은비의 담임. 여선생은 나와 재상, 미영과 은비를 보고 어느 쪽으로 고개를 먼저 숙여야 할지 당황한 눈치였다.

미영은 "이쪽은…… 은비 아빠예요."라고 소개했다.

나와 재상은 동시에 고개를 숙였다.

매미가 떼로 운다. 햇살이 눈부시다. 미영의 얼굴이 햇살에 뿌옇게 묻힌다.

'폼 나는 사랑을 하자. 「천장지구」 같은 뻑적지근한 사랑.'

대학 시절 나의 슬로건이었다. 대학 시절 만난 동갑내기였던 승아라는 이름의 아이가 딱 내게 있어서 우첸롄이었다. 나는 태권도 특기생으로 K 대학에 진학할 수 있었는데, 교양수업에서 그녀를 보았다. 동기들은 그녀가 강의실에 등장하면 등 위에 조명을 단 것처럼 홀로 후광이 비친다고 해서 별명이 팔광이었다. 팔광녀는 부터 나는 외모와는 달리 소녀 가장이었다. 가난한 형편에 어린 동생들만 줄줄이. 그녀는 장학금으로 겨우 생활했고 주말과 오후에는 불법 과외며 알바며 돈 버는 데 매진했다. 공부하기 위해 돈 버는 게 아니라, 돈 벌기 위하여 공부하는 학생이었다. 나는 승아에게 노트를 빌려 달라고 부탁했고, 그 핑계로 친해졌고 틈나면 승아의 돌쇠가되어 점수를 땄다.

어둑한 가로등 달동네, 첫눈이 내리던 날 나는 그녀의 집까지 데려다주었다. 그녀와 나 사이에 야릇한 눈빛이 오고 가던 그때, 허리만큼 오는 그녀의 어린 남동생이 굳어 버린 콧물 자국을 닦으며 뛰어왔다.

"누아아아!"

동생의 작은 손을 잡고 그녀는 부끄러운 듯 말했다.

"들어왔다 갈래?"

승아가 그 말을 묻기 전까진 모든 것이 좋았다. 그날따라 그녀의 낡은 운동화와 해진 가방끈이 눈에 들어와 가슴이 아팠다.

"다음에."

그것이 내 사랑의 마지막이었다. 그녀는 오래 기다렸을 남동생의 손을 잡고 빛은 한조각도 들지 않을 것 같은 지하 방으로 들어갔다. 저리로 따라 들어가면 내 인생도 영원히 암흑이 될 것 같았다. 결국 나는 그녀를 선택하지 못했다. 비극적 결말이 두려워 류더화가 되지 못했고 우첸렌을 포기해야 했다. 맑은 피로 인생과 맞짱 뜰 용기가 없었다. 특히나 누군가의 아버지가 될 생각은 더더욱 없었다. 반면 미영은 승아와 같은 수학과였고 임용고시를 준비하는 여학생이었다. 미영은 내가 부상을 입고 휴학하고 있을 때 가까워졌다. 시위대에서 맹활약을 했다는 소문이 돌아 부상 영웅이 되었지만 진실은 달랐다. 어쩌다 보니 맨 앞에 서게 되었고, 뒤에서 미는 힘 때문에 앞으로 넘어지다 전경 한 명을 쓰러뜨린 것뿐이었다. 시위대도 어쩌다 보니 끼인 것이었다. 내겐 신념도 이념도 없었다.

미영은 자그마한 체구지만 내가 설명한 만화책을 한 권도 틀리지 않게 양손 가득 빌려 왔고, 내 겨드랑이에 손을 쑥 집어넣고 화장실에 데려갔다. 목발 짚고 오줌을 누는 동안에도 표정 하나 변하지 않고 내 뒤에 서 있었다. 미영은 그렇게 내 삶의 일부가 되어 갔다. 미영은 공부를 하고 나는 무협지를 읽었다. 혈기왕성하던 시절이었다. 둘은 그렇게 자연스럽게 밤도 보냈다. 미영은 나의 보험이었다. 내 머릿속에도 계산이 없었다면 거짓말이었다. 미영이 교사가 되면 얼마나 좋을까. 월급 꼬박 나오고, 쉬는 날도 많다. 교사 아내를 둔다면 좋겠다! 미영은 나를 사랑했다. 사랑의 승자는 비난받을 일도 없고, 열등감에 휩싸일 필요도 없다. 승자는 늘 당당할 수 있었다. 미영은 최선을 다했다. 나를 사랑했고, 초라한 예식장에서 식을 올려 주었다. 나를 탐탁지 않아 하는 장인 장모에게 맞서 나만의 일류 변호사가 되어 주었다.

"내가 어떻게든 해 볼게."

입버릇 같던 미영의 말이었다. 나는 스물여섯에 만나 스물여섯에 결혼했고 서른여덟에 헤어졌다. 12년을 함께 살았고 우리 사이엔 딸도 있다. 그녀는 청춘의 계란 노른자 같은 시간을 고스란히 나에게 바쳤다. 교사 생활을 10년 넘게 하며 꼬박꼬박 적금과 펀드를 부었고, 청약주택으로 아파트도 마련했고, 내가 뜬구름 잡는 사람처럼 글을 쓸 때도 응원했다.

하루에 열두 시간 집에 들어박혀 있었다. 글 쓰는 데 방해되는 딸아이는 장모님이 봐 주었다. 말을 배우는 단계임에도 아빠보다 할머니를 더 자연스럽게 발음했다. 그 시절 살던 임대아파트 아줌마들은 나를 백수로 보았다. 그들이 미영이를 만나면 손을 잡고 측은해하는 걸 여러 번 목격했다. 그즈음에 완성한 소설을 인터넷에 올렸다. 제목은 「처절한 무죄」, 내용은 한 사건에 얽힌 각자의 자식을 지키기 위한 아버지들의 고군분투 이야기였다. 머릿속이 번뜩했고 생각나는 대로 글로 옮겼다. 밥도 안 먹고 잠도 안 잤다. 미영은 퇴근 후 아기를 업고서 고기반찬을 해 줬다. 소설 반응은 폭발적이었다. 팬도 생겼다. 운이 좋아 출판사에서 제의가 왔고 비록 초판도 넘기지 못할 만큼 적게 팔렸지만, 영화 판권까지 팔려서 꽤 두둑한 수입도 챙겼다. 그러자 미영은 웃는 일이 많아졌고, 우리 가족 셋이서 놀이동산도 가고 때때로 드라이브하며 외식도 했다. 단출하게 1박 2일 여행을 계획하기도 했다.

이제 됐다 싶었다. 이제 뭔가 이뤘다 싶었다. 그것도 잠시. 그 뒤로는 진짜 글이 안 써졌다. 한번 불타 버린 초. 그게 나였다. 그 후로 나는 백수로 돌아갔고, 미영은 가장이 되어야 했다. 거기다 소설을 영화로 만들겠다고 나선 작자에게 사기까지 당해 안 그래도 최악인 가계(家計)에 치명상을 안겼다.

미영은 사랑이란 이름의 보험 상품이었다. 12년 동안 그랬다. 나는 우리의 결혼 생활이 최악은 아니었다고 생각했지만 그녀는 아니었나 보다. 그녀가 이불을 뒤집어쓰고 자주 울었던 이유는, 나를 구박하던 장인 장모 때문이 아니라 한심한 나 때문이었음을, 그리고 한심한 나를 사랑한 자신 때문이었음을……

이혼 후 깨달았다. 그녀가 꽤 예뻤다는 사실을.

"우리 갈게."

미영이 시동을 걸며 조금 누그러진 말투로 말했다. 순간, 나는 김 부장에게 받은 돈뭉치를 꺼내 운전석 창문 틈 사이로 툭 던졌다. 미영의 허벅지 위에 착지한 돈이 봉투 속에서 창자처럼 흘러나왔다.

"은비 필요한 거 사 줘라."

미영은 나와 돈을 번갈아 보며 눈과 입이 크게 벌어졌다. 재상은 미영보고 빨리 가자는 제스처를 했다.

"이상한 돈 아니야. 받아."

미영은 대답하지 못했다.

"운전 조심해. 그리고 애 엄마가 치마 길이가 그게 뭐냐."

재상이 쿡, 미영의 옆구리를 찔렀다. 미영은 재빨리 시동을 걸었다. 미니쿠페는 좌회전 신호를 받고 다른 차들 사이로 사라졌다. 은비는 뒷좌석에서 고개를 숙인 채 뒤돌아보지 않았다. 미영의 눈이 잠시나마 촉촉해진 건 내 착각일까. 돌연 눈과 가슴이 뜨거웠다.

4

옷장을 보면 그 사람을 알 수 있다고 했다. 월출의 이동식 옷장 안에는 검은색 코트, 회색 스웨터, 잿빛 바지, 옷이 고작 세 벌뿐이었고, 그마저도 모두 무채색이었다. 월출은 매일 입는 갈색 스웨터와 검은 바지와 검은 코트를 입고 주름진 구두를 신고 책방을 나섰다. 바람이 쌀쌀했다. 주말이라 거리에는 손잡고 나온 가족들과 젊은 연인들로 북적였다. 미니스커트를 입은 여대생들은 총총걸음을 걸었고, 장발의 남학생들이 맥주집으로 우르르 들어갔다. 그들의 얼굴엔 불행 따윈 모르겠다는 미소가 걸려 있었다. 비어홀, 다방, 사진관, 극장, 야바위꾼들의 고함 소리 사이를 걸었다.

이런 사람 수상하니 신고합시다.

1. 자주 거주지를 옮기는 사람.

2. 일상생활품의 물가 시세에 어두운 사람.

3. 해방 전이나 6.25 때 없어졌다 갑자기 나타난 사람.

4. 지리나 남한 실정에 어두운 사람.

5. 밤 12시 이후에 이북 방송을 듣는 사람.

6. 은연중 정부 시책을 비난한 사람.

7. 곤궁에 빠진 사업가에게 자금을 대 주는 사람.

8. 출처가 확실치 않은 돈을 잘 쓰는 사람.

9. 거처나 연락이 없이, 갑자기 나타나는 친척.

10. 공원이나 공중변소, 산에서 갑자기 나타나는 사람.

간첩 신고자는 상금 200만 원, 희망에 의해 취업 알선.

간첩으로 신고했는데 아닐 경우 국가보안법 제10조에 의거 5년 이하의 징역에 처함.

1972년 남북공동선언 발표 후, 지금껏 그 기조를 유지한다지만 거리엔 거동 수상자를 신고하면 포상한다는 안내문이 계절마다 새롭게 나붙었다. 김치 백반이 30원 하던 시기에 상금 200만 원이면 상당한 액수였다. 게다가 기나긴 전쟁에서 미국을 주축으로 한 연합군이 두 손을 들고, 남베트남이 멸망하면서 한반도의 긴장감은 더 높아져만 갔다. 남한 사회에서도 베트남처럼 자신들도 공산 정권에 넘어갈까 하는 두려움이 들불처럼 번져 갔다. 때문에 간첩이나 용공세력에 대한 경계도 부쩍 강화되었다. 심지어 같이 오줌 누던 사람들끼리도 의심의 눈초리로 서로를 힐끗거릴 정도였다. 그러나 월출은 오히려 사람들에게 신뢰를 쌓아 갔다. 짖지 않는 개가 무는 법이다.

해경이 떠난 지 2년이나 되었다. 그동안 많은 일이 있었다. 빈민촌이던 동네 주변으로 거대 상권이 들어서고, 고급 음식점과 건물이 들어서기 시작했다. 동네가 개발되자 많은 이들이 그 이권을 먹기 위해 달려들었다. 특히 월출과 친한 김환이 가장 눈에 띄었다. 이소룡이 죽었다며 우울해 몇 날 며칠 술만 마실 정도로 철부지 같던 김환은, 지금은 반상회 반장을 거쳐 개발조합 위원장으로 화려하게 거듭났다. 건설 업체들에게서 뒷돈을 두둑이 받고 개발될 만한 곳의 주민을 설득했다. 대부분은 새마을운동에 적극 참여해야 한다는 미명하에 진행되었다. 지난 물난리 때에는 모금 활동도 했는데, 그 돈이 어디에 쓰였는지는 아무도 알지 못했다. 김환의 돋보이는 부분 중 하나는 방첩 활동이었다. 빨갱이를 잡아들이자며 모임을 만들어 활동했는데, 누군가 밤마다 수상하게 밖을 배회한다는 얘기를 듣고 조를 나눠 순찰을 돌았다. 그리고 잡아들인 건 베트남 전쟁에서 돌아온 명호였다. 전쟁터에서 뭘 겪었는지, 귀국 이후 정신이 반쯤 나가 있었다. 하지만 김환은 말리는 명호의 엄마를 뿌리치고 그를 경찰에 넘겨 상금을 받았다. 베트남에서 북괴에 포섭되었다는 명목이었다. 김환은 그 돈으로 솜 점퍼와 코듀로이 팬츠를 벗고 고급 양복을 사 입고, 방첩 모임의 회원들에게 보상을 두둑이 나누어 주었다. 이웃돕기 성금을 내면서 모범시민상도 타고 작게 신문에도 실렸다. 정작 진짜 간첩인 월출에게도 시간 날 때마다 그 돈으로 술을 샀다. 반면 자기 집도 잘 못 찾을 만큼 미쳐 있던 명호는 빨갱이까지 되어 모진 고문을 받았다.

월출은 김환과 약속한 장소 앞에 서 있었다. '당케'라는 독일식 이름을 흉내 낸 맥주집이다. 문을 열고 들어가자 자욱한 담배 연기 사이로 사람들이 북적였다. 테이블이 다 차 있었다. 어디선가 이글스의 「호텔 캘리포니아」가 흘러나왔다. 구석엔 머리에 포마드 기름을 바른 김환이 앉아 있었다. 그는 기또 구두에 남색 스프라이트 양복을 입고, 포시즌 시계를 걸쳐 멋을 냈다. 그가 입구에 서 있던 월출을 보곤 반갑게 손을 들었다. 얼마 전부터 평화시장 일을 때려치우고 아는 형님 밑에서 일을 돕고 있다고 했다. 동대문 시장 상가연합회장이었는데 이제 막 선거 출마 준비를 하는 인물이 바로 그 '형님'이었다. 그는 김환을 빠꼼하다며 차도 하나 마련해 주며 아꼈고, 얼마 전엔 지방도 함께 다녀왔다.

"아이고, 또 그 유니폼이냐."

김환은 붕대 감은 손을 들어 종업원을 불렀다. 보이가 맥주와 땅콩을 테이블 위로 날랐다. 그는 묵묵히 김환이 따라 주는 맥주를 홀짝거렸다.

"손은 왜 그러오?"

월출이 묻자 김환은 별거 아니라는 듯 답했다.

"일하다 쪼매 긁혔다. 약값은 받았으니 걱정 마라."

김환이 불룩하게 솟은 안주머니를 자랑스레 툭툭 쳤다. 그 일이 무엇이었는지 그로부터 30년이 지나서야 월출은 알게 되지만, 당장엔 그다지 중요하지 않았다.

"거 위험한 일 아니오?"

"돈 좀 받아다 주고, 땅 좋은 거 있나 보고 그러는 건데 뭐가 별일이냐. 이번에 형님께서 동대문에 건물도 올린다카는 거 들었제? 니 내 밑에서 일 배울 생각 없나. 많은 건 못해줘도, 내 국수 먹을 때 니도 국수 먹고, 내 소고기 먹을 때 니도 소고기 묵게 해주께."

뜻밖의 제안에 월출은 손사래를 쳤다.

"어휴 내 깜냥엔 책방이 딱이오. 그것도 형님 아니었으면 다시 문 열지도 못했소."

월출의 말에 김환은 고개를 끄덕이며 사람 좋게 웃었다. 가끔은 그가 친형 같다는 생각이 들었다. 책방에 불이 나고 거의 3개월 동안은 장사를 못 했다. 타 버린 책과 목재 들을 치우고, 허물어진 벽을 다시 세웠다. 나무판을 사서 책장도 직접 만들었다. 24시간 선풍기를 틀고 물에 젖은 책이며 가구를 말렸다. 김환은 필요한 자재와 일꾼, 그리고 통닭과 막걸리로 힘을 보탰다.

지난 2년간 월출이 어울린 사람이라곤 김환과 오 형사 정도다. 가끔 서중태와 길거리에서 마주치긴 했지만, 여전히 월출을 관찰하듯 주시하는 모습에서 월출은 안도했다. 적어도 해경은 서중태로부터는 안전하다는 뜻이니까.

"그래도 일은 재밌나 보오?"

"와 그라는지 아나. 내는 잡생각을 안 해서 그란다. 전쟁고아로 거리서 빌어먹을 때도 그런 복잡한 생각은 일체 안 했다. 뭐가 돈이 될까 뭐 해서 잘 먹고 잘살까. 그 생각으로 대가리가 이빠이였다. 니는 대가리가 들은 게 많은 기고."

"칭찬이요 그거?"

"내 말 단디 들어라."

그러더니 그는 상체를 테이블 위로 기울여 소곤거렸다.

"2년 전, 니 가게 불 지른 게 짭새들 짓이라꼬 소문이 이상하게 퍼졌드라. 그때 그 주변을 계속 어슬렁거리는 걸 봤다 카는 이도 있꼬."

김환의 말에 술잔을 든 월출의 손이 멈칫했다.

"지금 와서 그게 무슨 소리요?"

월출은 맥주를 단숨에 들이켰다.

"니, 가시나 하나 숨겨 주고 있었지? 그냥 가시나도 아니고, 데모하고 다니는 아로."

김환은 주위를 살피며 목소리를 낮춰 말을 이었다.

"네 책방 그짝 난 게, 가시나 때문이라꼬. 니가 데모하고 댕기는 여대생 숨겨 주고 연애하고 그케서 짭새들 미움 사고 그 사단이 난 기라꼬."

"⋯⋯."

"내가 요새 뭐 하고 다니는지 알재? 방첩 청년 모임 회장이다. 그때는 철없이 사랑에 눈멀어 그랬다 해도 앞으로는 데모 가시나들하고 상종하지 말아라. 죄다 빨갱이니까."

"만나는 여자는 무슨."

"아무튼, 행동 조금만 잘못해도 다 잡혀가는 판국 아니가. 여자 잘못 만나가 신세 조지지 말고 조심하라 그 말이다."

갑자기 춘식의 마지막 얼굴이 떠올랐다. 사랑하는 여자를 자기 손으로 죽여야 했던 비운의 사내.

"야. 나 원참 알겠소."

월출의 말에 김환의 눈빛에 자신감이 돌았다. 양손으로 짝, 박수를 치더니 비벼 댔다.

"자슥, 내는 니뿐이다. 자, 오늘은 맘껏 놀자. 내가 쏘마!"

그 순간 어디선가 환청처럼 귀에 익은 목소리가 들렸다. 낯익은 목소리. 해경이 사라진 지 벌써 2년이 넘었는데, 좁은 방 안에서 그녀가 불렀던 애절한 노랫말이 생시처럼 어디선가 들려왔다. 월출이 주위를 둘러보니 한쪽 코너 벽에 비치된 텔레비전에서 나오는 소리였다. 손님들이 볼륨을 키우라고 요청했다. 당케 안에 있던 손님들 모두 최면에 걸린 것처럼 텔레비전을 응시했다. 화면 속 여자는 백합 모양의 흰 드레스 위에 녹색 숄더를 걸치고 노래했다. 진한 화장에 부풀린 머리, 언밸런스한 무대 연출. 그럼에도 눈부시게 찬란하다. 틀림없는 해경이다.

"자. 요새 가장 인기 있는 신인 가수죠. 윤숙희 씨, 「여자의 눈물」을 들어 봤습니다."

노래가 끝나며 사회자의 목소리가 들리자 그제야 월출은 정신을 차렸다. 손에 쥐었던 맥주잔은 월출의 손안에서 빠져나가 손가락 끝에 겨우 걸려 있었다.

"어이, 야. 이기 봐라. 완전 맛이 가뿟네."

김환이 손을 들어 월출의 눈앞에 왔다 갔다 한다.

"저 여자 누구요?"

월출은 목소리를 쥐어짰다.

"어? 아, 것도 모르나? 요즘 최고 뜨는 가수 윤숙희. 저 여자 모름

간첩 아이가."

"윤숙희……."

김환은 어깨를 세우고 비밀스럽게 덧붙였다.

"줄 대주까? 어차피 부르면 와서 노래하는 영업용 가시나들인
데."

"저 여자 이름이…… 윤숙희라고요?"

그렇다면 해경이 아니라는 말인가. 이제 화면은 새로운 가수들의
무대로 넘어가 있었다. 김환은 넋 나간 듯 텔레비전에 빠진 월출의
어깨를 도닥였다.

"오늘 나오는 애들도 자 급은 아니어도 보기 괜않다."

그 순간 마치 기다렸다는 듯 여자 둘이 가게 안으로 들어왔다. 김
환이 재빨리 알은체를 했다.

"어이, 왔나."

입구에서 두리번거리며 서성대던 여자둘이 호프집 안으로 쪼르
르 들어왔다.

"아우, 세상이 미치니까 날씨도 미쳐 돌아가, 아으, 추워. 문자야
일루 와."

두 여자는 호프집을 둘러보더니 두 남자 앞에 나란히 앉았다. 미
선은 납작한 이마에 작은 눈으로, 초록색 스카프를 두르고 분홍 코
트에 빨간 치마를 입어 마치 공작새를 연상시켰다. 옆에 앉은 문자
는 블라우스에 스커트, 코르사주까지 달아 우스꽝스럽기까지 한 옷
차림이었다. 동그란 얼굴에 눈은 크지 않고 까무잡잡한 피부로 미
인은 아니라도 귀여운 이목구비다. 월출의 얼굴을 가끔 쏘아보듯

훔쳐보는 눈빛이 어딘가 도전적이다.

"이짝은 책방 하는 아우. 최희도. 자 여긴 미선 씨, 이짝은 문자 씨. 탕탕탕 오라이! 니 이 목소리 들은 적 있나."

"아이, 강요 마세요."

문자는 미소를 지으며 안주로 나온 오징어를 서슴없이 찢었다.

"이놈이 워낙 낯을 가리니까, 아마 술 두어 잔 드가믄 활발해질 끼다. 자, 건배!"

김환이 소리치차 미선이 따라 했다.

"야, 맥주 더 가져온나."

김환은 보이에게 맥주를 큰 소리로 더 시키며 월출의 옆구리를 쿡 찔렀다. 미선은 한마디라도 놓치지 않겠다는 듯 김환 쪽으로 상체를 기울였다. 그녀는 선글라스 낀 김환이 맥아더 장군 같다며 웃어 댔다.

'이 형한테 처자식이 있다는 사실을 알까?'

월출은 문득 그런 궁금증이 생겼다.

"어디가노?"

월출은 김환의 물음에 빈 은하수 담뱃갑을 들어보였다.

월출은 자리에서 일어섰다. 밖으로 나가서 시원한 공기를 마시자마자 허여멀건 맥주를 그대로 쏟았다. 그는 비틀거리며 골목 끝으로 걸어가 나무판 위에 걸터앉았다. 달이 밝다. 2년이라는 세월은 해경이 윤숙희가 되기엔 충분한 시간이다. 이름은 가명을 사용할 수도 있으니까 전혀 맞지 않는 추리도 아니다. 윤숙희가 해경이 맞다면, 한국에 있었으면서 그동안 연락하지 않은 이유는 무엇일까?

그가 구멍가게에서 담배를 한 갑 사서 나와 입에 무는데 낯익은 검은 세단이 앞을 지나쳤다. 단조로운 번호판이 순식간에 눈에 들어왔다. 바로 서중태가 타고 다니는 차였다. 가끔 월출의 주변을 맴돌던 서중태였기에 그의 차도 월출의 뇌리에 각인되어 있었다. 그러나 오늘은 월출을 감시하러 온 게 아니었다. 차는 월출을 지나쳐 도로 끝 쪽에서 꺾어 들어갔다. 궁금함에 골목 끝까지 뛰어가 동정을 살폈다. 서중태가 눈앞에 나타났다면, 그의 동태를 파악하는 건 필수였다.

골목을 돌아 몸을 숨긴 채 앞을 살피니 마침 세단에서 서중태가 내려서고 있었다. 그는 구두를 탈탈 털고, 바짓단과 코트 소매를 쓱쓱 쓸어내렸다. 그러곤 주변을 훑었는데, 월출은 황급히 몸을 숨겼다. 서중태는 이내 월출과 반대 방향 골목으로 사라졌는데, 곧 새소리 초인종 소리가 났다. 그리고 다시 5초 후, 삐거덕 소리가 들렸다. 누군가 그가 올 걸 알고 미리 문 앞에 대기하고 있었다는 얘기다. 월출은 문이 닫히는 소리까지 듣고 몸을 일으켜 뒤를 밟았다. 그러곤 그가 사라진 골목에서 다섯 걸음을 갔다. 그 앞에는 번지수도 없는 담 높은 주택이 있었다. 최근에 이 구역에 새로 주택들이 많이 들어서고 있었는데, 이곳도 최근 지어진 곳 같았다.

월출은 서중태가 들어간 주택 주변을 둘러보았다. 담이 높아 안이 보이질 않고 회색 대문은 튼튼하게 잠겨 있었다. 간판도 없고 주소도 볼펜으로 담벼락에 적혀 있을 뿐 감시카메라도 안 보였다. 동그란 초인종만 전선 끝에 덜렁 달려 있을 뿐이었다.

오 형사 말로는 서중태가 요즘 공안분실 실장에서 중앙정보부로 스카우트되었다고 했다. 그렇다면 어쩌면 이곳이 그들의 비밀 조사실일지도 모를 일이다. 월출은 주위를 살피고 서중태가 내린 검은 세단 안을 들여다보았다. 아무것도 없다. 서중태의 차 앞에는 또 다른 검은 차가 주차되어 있었다. 그 뒷좌석 안에 떨어진 녹색 체크무늬 숄더가 보였다. 여성용이다. 신경 탓인가. 아까 술집 텔레비전 화면에서 본 윤숙희가 했던 숄더와 같은데? 설마 같은 옷이 한두 개는 아니겠지. 그 여가수는 해경과 닮은 여자일 수도 있다. 여자들이 화장을 하면 전혀 다른 인물이 되듯, 윤숙희란 여자도 화장을 해서 해경과 닮아 보이는 걸지도 모른다.

월출은 기회가 될 때 다시 찾아와야겠다고 생각하곤 술집으로 몸을 돌렸다.

김환은 취한 듯 허공에 두 팔을 휘저으며 큰 소리로 떠들고 있었다. 두 여자는 그때마다 자지러지게 깔깔댔다. 월출도 입꼬리를 올리며 자리에 앉았다. 밀린 월급 이야기와 아는 공장장의 불륜 이야기 등 시답잖은 건으로 웃음이 오고 갔다. 분위기에 취해 낄낄거리며 맥주 일곱 병과 닭요리를 시켰고, 나와서 일식당에서 초밥 세 접시와 함께 사케 세 병을 마셨다. 월출은 술만 마셨을 뿐, 안주에 손도 대지 않았다. 김환과 미선이 어깨동무를 하며 비틀거렸다. 그들의 어깨 너머로 여관 골목이 다가왔고, 이내 둘은 사라졌다.

조금 있으면 곧 통금 시간이었다. 술을 꽤 마셨음에도 문자는 손가방을 두 손으로 모으고 귀 뒤에 머리카락을 넘긴 채 흔들림 없이 따라왔다. 취하지 않았다는 것을 증명하듯 눈이 녹은 거리에 문자의 구두 굽 소리가 일정하게 울렸다.

　문자는 차가운 바람에도 아랑곳 않고 차분한 표정을 유지하며 물었다.

　"저 진짜 본 적 없나요?"

　"……기억이 없네요."

　"몰라봐서 다행이에요. 저 일할 땐 진짜 별로거든요."

　월출은 문자의 얼굴을 본 순간부터 문가에 기대 졸던 버스 안내양을 기억해 냈지만 모른다고 거짓말을 했다. 말이 길어지고, 일이 복잡해지는 게 싫으니까. 볼록한 베레모를 쓰고 허리춤에 돈지갑을 꼭 쥐고 졸던 그녀. 한 치의 오차 없이 돈을 받아 내고 키보다 두 배나 큰 남자들의 등을 밀어 넣던 그녀.

　"서대문 시장 골목서 책방 하신다고 들었어요."

　김환이 쓸데없는 말까지 했다.

　"그다지 볼 거 없습니다. 재미도 없고."

　"책이 얼마나 재밌는데요. 다음엔 책 사러 갈게요."

　문자는 손을 들어 택시를 잡았다. 몸을 수그리고 고상하게 치맛단을 말아 뒷좌석에 무사히 착지했다. 문자는 월출이 그녀를 바라보는지 택시 백미러로 살펴보았다. 월출이 보이지 않자, 문자는 지갑을 꼭 쥐곤 기사에게 말했다.

　"여기 세워 주세요."

　월출은 돌아가는 길에 레코드 가게 앞에 섰다. 밖에는 화려하게 치장한 포스터들이 덕지덕지 붙어 있었다. 머리가 귀를 덮은 젊은 주인은 꾸벅꾸벅 졸고 있었다. 월출이 문을 열고 들어서자 머리를 쩔며 일어섰다. 자동적으로 "어서 오세요!"라고 한마디 하고 시계를 보았다. 문 닫을 시간이 가까워져 오는지 간판 전기를 내리기 시작했다. 월출은 가운데 11자 진열대와 벽면에 진열돼 있는 레코드를 살펴봤다.

"뭐 찾으십니까?"

"윤숙희요……."

"아하, 요새 제일 잘나가죠. 그 제일 앞에 있네요."

고개를 왼쪽으로 돌리자 레코드판이 정면으로 보였다. 화려한 머리와 화장을 한 윤숙희의 얼굴이 세 장 있었는데 서둘러 한 장을 사고 나왔다. 제목 「엇갈린 사랑」. 동그란 눈. 얼굴형. 코. 입술. 비록 화장을 했지만 틀림없는 해경이었다. 해경에게 쌍둥이가 있는 게 아니라면 말이다.

문득 아까부터 그를 향한 누군가의 시선이 느껴졌다. 길을 재빨리 건너고, 골목을 꺾자마자 빠르게 움직였다. 그리고 다음 골목에서 뒤따라오는 자를 기다렸다. 그러나 아무도 나타나지 않았다. 기분 탓인가. 다시 발걸음을 옮겼다. 좁은 골목 맞은편에서 걸어오는 종종걸음을 하는 여자가 해경처럼 보였다. 모두가 해경으로 보이던 적도 있었다. 그렇게 보이지 않는 누군가와 술래잡기를 하다가 밤이 내려앉았다. 지친 듯 간신히 책방 문을 열고 익숙한 의자에 몸을 구겨 넣었다. 남조선에 온 지 얼마나 되었는지 이제 더 이상 헤아려 보지 않았다. 아무도 찾아오지 않는 이곳, 월출을 찾아오는 이가 있다면 지령을 수행하기 위해서일 뿐이란 생각이 드니 울적했다. 사

온 레코드를 꺼내 물끄러미 보고 나서야 레코드를 들을 턴테이블이 없다는 게 떠올라서 한참을 윤숙희의 사진만 바라보았다.

그때 창문에 달빛이 넘어왔다. 그리고 그 달빛 아래 누군가 서 있는 듯 보였다.

"와, 어떻게 여긴 발전이 없네, 발전이, 여긴 간첩의 아지트요, 딱 그 모양이네."

마치 실제와 같은 목소리, 말투는 예전 그대로다. 붉은 립스틱, 반짝이는 볼, 검고 풍성한 속눈썹, 타이트한 원색 옷과 장갑. 그녀가 달빛을 받아 어둡게 빛났다. 해경은 윤숙희 앨범에 나오는 차림 그대로였다.

"울지 마……"

그녀가 그의 뺨을 어루만졌다. 월출은 환상인지 진짜인지 모를 그녀가 웃자, 애처롭게 따라 웃었다.

5
다섯째 날 오전 10시

대형 체인 커피숍은 재즈풍의 음악이 흘렀다. 널찍한 소파에 비해 상대적으로 낮은 테이블, 밍밍한 커피와 넉넉지 않은 자리 제공치곤 커피 값은 비쌌다. 대학가 근처라 이용자는 대부분은 20대였다. 공공 도서관에 온 기분으로 나는 구석 자리를 찾아 앉았다.

약속한 시간이 되자, 입구에서 검은 뿔테를 쓴 남자가 들어왔다. 볼 위로 수염이 듬성듬성 난 사내로 윤숙희 다큐멘터리의 감독이었다. 검은 라운드 티와 갈색 반바지의 캐주얼 차림이었는데, 비에 상의가 젖었지만 손에 우산을 들고 있진 않은 걸 보아 근처에 사무실이 있는 모양이다. 그는 내 책을 재미있게 읽었다며 악수를 청했다. 벌써 10년 전에 낸 책을 칭찬하니 숨고 싶었다.

서로 간단한 입담을 나눈 뒤 바로 본론으로 들어갔다. 윤숙희 관련 소설 자료를 수집 중이며, 그에 관한 얘기를 듣고자 한다고. 그러자 감독은 드디어 차기작이 나오는 거냐며 반색했다. 이런저런 이야기를 하며 상대를 살폈다.

"제 의문은, 어떻게 미국에서 공연 중이던 여가수가 한국에서 시체로 발견될 수가 있죠?"

"그야 정부가 개입되어 있으니까요."

감독은 커피 잔에서 입술을 떼며 단언하듯 말했다. 처음 듣는 이야기였다. 다큐멘터리에도 인터넷 검색에도 그 부분은 나오지 않았다.

"사실 그간 찌라시 정도로만 치부되어 온 얘기지만, 제가 취재하고 자료를 조사해 본 결과로는 실상 그녀가 중앙정보부 정보원으로 활동했다는 결론에 이르렀습니다. 그 당시 활동하던 미국 요원의 가족에게서 취재한 내용을 기반으로 했고요. 저는 아무래도 그녀의 죽음이 정부와 관계된 거라고 생각됩니다."

대중가요를 부르던 여가수가 국가의 정보원이었다. 흥미로운 이야기다. 그런데 아버지는 왜 그녀의 사건이 궁금했을까? 아버지가 숨겨 둔 수첩의 실마리가 윤숙희 사건과 관련된 것은 아닐까 하는 생각이 들었다.

"윤숙희에 대해 알고 계신 대로 얘기 좀 해 주시죠."

"윤숙희, 가명입니다. 고향은 강원도 영월이고, 어릴 때부터 예쁘고 영민했어요. 학교 다닐 때 노래로 상도 많이 받았고……. 가수가되고 나서 여기저기 소문도 무성했지만 법적으로 혼인한 적은 없어요. 윤숙희의 친모는 결혼만 세 번 했는데, 첫 결혼에서 그녀를 가지죠. 친아버지는 김철수라는 학자이자 독립운동가였어요. 책도 내곤 했는데 윤숙희가 세 살 때 고문 후유증으로 정신병을 앓다가 백혈병까지 걸려 죽었어요. 그 이후 친모가 딸을 성공시키려고 경제력이 있는 남자를 찾아다녔던 거 같아요. 결국 윤숙희가 가수가 돼서 실질적으로 가장 덕을 봤죠. 그래서인지 딸 죽고는 몇 년 못 살고 갔어요. 삶의 이유가 사라져 버린 거죠. 하지만 제가 윤숙희라면, 아마 그런 극렬한 집착 때문에 외롭고 숨 막히지 않았을까요?"

"아버지 이름이 김철수라고요?"

"아……. 네. 본명이 김해경이에요. 아예 이름을 바꿨어요."

김해경?

나는 아버지의 금고 안에 들어 있던 소녀의 사진을 떠올렸다. 뒷면에 쓰여 있던 '강원도 영월 김해경(1966년)'. 사진 속의 소녀가 윤숙희인 것이다. 도대체 아버지는 어떻게 윤숙희의 어릴 적 사진을 가지고 있던 걸까?

"혹시…… 가수가 되기 전 만났던 남자에 대한 이야기는 없었나요?"

"글쎄요. 서울에서 친모가 자리 잡기 전까지 이리저리 떠돌아다녔다고 해요. 중학교는 여자중학교로 대구에서 다녔고, 고등학교는 검정고시로 졸업해서 대학을 갔고요. 그녀 인생에서 거론될 만한 남자는 가수가 되기 전 약혼자가 있었다는 정도?"

"약혼자요."

"엄마의 강요로요……. 의대생이었다고 들었어요."

"약혼자요?"

"네, 근데 옛날 주간지에 나온 가명 인터뷰를 따라 추적을 했는데, 찾지는 못했네요."

아버지가 윤숙희와 연관되어 있을 확률은 극히 적어 보인다.

"그녀를 죽인 오진복에 대해선……"

"오진복이 범인이라고 생각하세요?"

감독의 입가에 씁쓸한 미소가 걸렸다.

"그럼. 또 다른 범인이 있다는 겁니까?"

"중앙정보부 일을 돕던 미모의 가수가 갑자기 죽었죠. 그리고 아주 짜 맞춘 듯 진범이 나타나고요. 익숙한 이야기죠. 제가 보기엔 오진복은 진범이 아니에요."

대신 교도소에 들어가고…… 신변을 보호 받는다. 그리고 어마어마한 액수의 돈을 뒤로 받고……. 이런 식으로 생각한다면 불가능한 이야기가 아니다.

"오진복 씨는 출소 후에 자기가 범인이 아니라고 주장했죠. 출소하고 나와도 반겨 주는 이가 없으니까, 잡지사에 자기 억울함을 밝혀 달라고 찾아갔다더군요. 하지만 당시에 그다지 주목받지 못했어요. 너무 예전 사건이고, 대중들의 흥미도 없다 보니, 그 이야긴 금세 들어갔어요. 게다가 늙고 병든 가난한 오진복 씨를 반겨 주는 곳도 없었고요. 결국 요양원과 기도원을 전전하다 1999년 이후에 흔적도 없이 사라졌습니다. 그 이후 본 사람은 없고요. 이건 출소 후 잡지사와 인터뷰한 자료입니다. 혹시 도움이 되실까 싶어 복사본을 가지고 나왔습니다."

지저분하게 먹이 흩뿌려진 종이 위에 크고 작은 글씨가 인쇄되어 있었다. 그중 '나는 윤숙희를 죽이지 않았다.'란 큼지막한 글자가 눈에 들어왔다. 잡지 속 남자는 꼬부라진 등으로 의자에 앉아 있었다.

눈 주위에 검게 테이프 처리가 되어 있어 얼굴은 알아볼 수 없었지만 희끗한 머리, 주름진 얼굴, 흔한 노인의 모습이었다.

"이 사람, 행방에 대한 단서조차 없나요?"

감독은 고개를 저었다.

"마지막 행적만 알고 있습니다. 하지만 그 이상의 취재는 힘들었고요."

"가족들은요?"

"여동생이 한 분 있긴 한데…… 별로 도움은 안 될 겁니다. 다른 가족들은 아내고 자식이고 그 사건 터지고 다 외국으로 떠난 걸로 알고 있어요."

감독은 바지 뒷주머니에서 메모지를 꺼냈다. 마지막 행적이 있던 S 기도원의 주소와 여동생의 연락처를 적어 주었다.

"이 기도원 조사하시려거든 각별히 주의하십시오."

감독이 주변을 살피고 낮은 목소리로 말했다.

"오진복 씨 관련해서 거기 취재 나갔던 후배 두 놈이 교통사고를 당했는데 왠지 좀 수상쩍어요. 취재 거부에도 계속 조사하려고 했더니 그쪽에서 협박이 있었나 봐요."

나 역시 낮은 목소리로 고맙다고 말하고 마지막 질문을 던졌다.

"감독님은 윤숙희 사건의 진범이 누구라고 생각하십니까?"

감독의 눈이 빛났다.

"범인으로 지목된 게 형사입니다. 과연 당시 한국 땅에서 누가 그럴 수 있겠어요? 그러니 어쩌면 그 시절 권력자들 중 하나가 범인일 겁니다. 그 권력이 지금까지 이어지고 있을 수도 있고요. 앞으로 하나하나 밝혀낼 겁니다."

감독은 책이 나와서 잘되면 다큐멘터리 제작비 투자를 부탁한다는 마지막 멘트를 날리고 자리를 떴다. 행방을 알 수 없는 수첩. 아버지가 평생 집착했던 윤숙희의 실종 사망 사건. 범인의 뒤늦은 무죄 주장. 나는 조용히 주변을 둘러보았다.

결국 철재의 똥차를 끌고 S 기도원으로 향했다. 내비게이션에 표시된 도착 예정 시간이 가까워질수록 도로에 보이는 차들이 빠르게 줄어들었다. 잠깐 신호가 들어온 사이, 감독에게서 받은 오진복의 사진을 꺼내 보았다. 넙데데한 얼굴에 눈 밑이 불룩하고, 눈썹과 입이 아래로 처지고 미간에 작은 사마귀가 있다. 어딜 세워 놔도 별 특징 없는 노인의 모습이었다. 지금 나이는 72세, 사진은 10년 전인데 얼굴을 알아볼 수 있을까? 그래도 혹시나 하는 기대를 가지고 액셀을 밟았다. 20분 정도 더 달리자 삼거리에 멀리 S 기도원이라고 붙여 놓은 이정표가 나타났다. 자세히 보거나 일부러 찾기 전에는 눈에 잘 띄지 않을 곳이다. 게다가 진입로는 비포장도로. 엉덩이와 턱이 얼얼할 즈음에야 간신히 S 기도원 초입에 들어섰다. 견고하게 지은 벽 사이사이로 굳게 닫힌 작은 창문들이 고성에 온 듯 괴괴했는데, 기도원 외부를 높은 펜스로 둘러치고 있어 마치 나치의 유대인 수용소를 연상케 했다. 마침 누가 오기로 되어 있는지 펜스 입구는 차가 들어갈 만큼만 열려 있었다. 낡은 시설과 달리 입구에 설치된 최신 CCTV가 인상적이었다.

빗발은 점차 가늘어져 부슬부슬 안개비로 바뀠다. 철재의 차는 이번엔 와이퍼가 말썽이었다. 앞이 잘 보이질 않았다. 나는 초보 운전자 같은 모양새로 펜스를 슬금슬금 통과해 주차장에 세웠다. 바닥에 깔린 자갈과 타이어의 마찰음이 크게 들렸다. 승용차 한 대가 주차된 것이 보였다. 우산을 찾아보았지만 보이지 않아 조그맣게 입구라고 표시되어 있는 곳으로 뛰어갔다. 비는 윗옷을 적셔 왔고, 황톳물이 운동화로 스며들었다. 검은 칼라 셔츠를 입은 남자 하나가 검고 큰 우산을 쓴 채 걸어 나왔다.

"여기 오신 겁니까?"

우산에 가려 얼굴은 보이질 않았다.

"아, 네!"

가까이서 본 기도원은 더욱 기괴한 모습이었다. 붉은 벽돌 벽은 군데군데 깨져 있었고, 그 사이로 시멘트를 억지로 쑤셔 넣은 듯 울퉁불퉁했다. 대지가 꽤 넓음에도 사방이 산으로 둘러싸여 있어 요새 같은 느낌이었고, 통행로만 막아 버린다면 안에서 누구 하나 공개 처형해도 아무도 모를 정도였다. 건물 뒤로 길게 솟은 나무들이 비바람에 흔들려 스산했다. 바람 소리인 줄 알았는데 귀를 기울여 보니 그 안에 웅얼웅얼 노랫소리가 섞여 있었다. 거기다 안개비까지.

퍼펙트.

"무슨 일로 오셨습니까?"

우산을 치켜들자 남자의 얼굴이 눈앞에 나타났다. 희고 둥근 얼굴에 옆으로 찢어진 눈과 경계가 모호한 눈동자가 나이를 짐작하기 어려운 얼굴이었다. 남자는 제법 정중한 태도로 물었지만 오히려 은근한 압박이 느껴졌다.

"입소 문의 좀 하려고 왔는데요."

남자의 눈에 일순 의심의 빛이 스쳐 지나갔다. 나는 지갑 안에 있는 명함을 한 장 꺼냈다. 빗방울이 명함에도 튀었다. 물론 내 명함은 아니지만. '미스터리 연구소 이철재'라고 반듯한 글씨로 적힌 하얀 명함이었다. 남자는 명함과 멀끔한 내 양복과 운동화를 번갈아 보더니 입을 뗐다.

"일단 들어오시죠."

입구는 목욕탕 간판처럼 삼각 나무 푯말이 세워져 있었다. 왼쪽엔 철조망으로 만든 또 다른 울타리가 있었다. 안에는 나무가 썩은 듯 시커먼 개집들이 주인을 잃고 휑뎅그렁하니 놓여 있었고, 훅 하고 무언가 썩은 냄새가 내 코를 덮쳤다. 그곳을 지나자마자 어디서 나타났는지 황소만 한 개들이 일제히 목줄을 매단 채 뛰쳐나와 날카로운 이빨을 드러내고 짖어 댔다. 남자가 손을 들어 개들을 조용히 시켰다. 얼핏 보니 개들의 귀에 불그스름한 피가 비쳤다. 견종도 확실치 않은 녀석들이었지만, 두꺼운 턱 사이로 내 엄지손가락만 한 녀석들의 이빨을 보자 식은땀이 쫙 흘렀다. 목줄에 묶여 있는 게 천만다행이랄까.

실내로 들어가자마자 습한 공기에 섞여 옅은 악취가 풍겼다. 남자를 따라 현관에 신발을 벗고 들어갔다. 때가 찌든 딱딱한 슬리퍼로 갈아 신고, 남자의 뒤통수를 따라갔다. 앞으로는 미로처럼 뻗은 복도가 나타났다. 나무 바닥을 밟을 때마다 삐걱거리는 소리가 고요함을 발기발기 찢었다. 무척이나 신경을 자극하는 소리였다. 어쩌면 바닥의 나무가 썩어 들어가도록 보수하지 않고 내버려 두는 건지도 몰랐다. 이 소리로 자연스럽게 움직이는 사람의 위치를 파악할 수 있으니까.

앞서 걷는 남자의 왼팔 움직임이 부자연스러웠는데 유심히 보니 매끈한 의수였다. 키가 많이 작은 편이라 뒤에 선 내 시선이 그의 머리통을 내려다볼 수 있었다. 정수리 부분에 무언가에 길게 찢어진 흉터가 보였다. 왠지 들어서자마자 이곳을 나가고 싶어졌다.

"여긴 개인 기도 방입니다."

남자는 작은 기도실이라고 쓰인 공간 앞에 멈춰 섰다. 가마솥 찜질방처럼 검은 벽돌로 둘러싸여 있고 입구는 동그란 구멍이 뚫려 있었다. 안을 슬쩍 들여다보았지만 눈에 어둠이 달라붙었다. 그저 흐느끼는 건지 아파 신음을 흘리는 건지 알 수 없는 소리가 가늘게 새어 나오고 있었다. 몇이나 안에서 저러는지 모르겠기에 슬쩍 문고리를 돌려 보았지만 잠겨 있었다.

"기도 중이니까 방해하진 마시죠."

남자가 내 등을 쿡 치며 돌아섰다. 그의 뒤를 따라 조금 더 가니 50평 정도의 널찍한 강당이 나왔다.

"예배당입니다. 저희는 하루 여섯 차례 예배를 드립니다."

큰 십자가가 굳건히 붙어 있는 나무 단상이 눈에 들어왔다. 그 아래로 스무 명 정도 되는 사람들이 노란 장판 위에 방석을 깔고 앉아 예배를 드리고 있었는데 뭔가 집단적으로 목사의 말에 따라 몸을 앞뒤로 움직이며 웅얼거리는 모습이 기이하게 보였다. 40대 이상의 남자가 대부분이었고 여자도 몇 명 있었다. 목사는 환갑을 넘긴 듯 주름이 깊고 네모진 안경을 낀 통통한 노인이었다. 침을 튀기며 연설 중이었는데 내 앞의 남자와 눈짓을 나눴다.

눈으로 재빨리 예배당을 훑었지만, 미간에 사마귀가 있는 70대 할아버지는 없었다. 오진복은 과연 어디 있는 걸까? 기도실, 식당, 화장실, 이도 저도 아니면 방에서 자고 있을까? 어쩌면 이미 이곳을 떠났을지도 모른다는 생각이 스쳤다. 목사의 목소리가 크고 쩌렁하게 울렸다. 기도원 바깥 분위기는 기이했지만, 막상 내부를 보자 다른 기도원과 별다를 것이 없어 마음을 놓았다. 예배당을 둘러보고 있는데 누군가 나를 보는 느낌이 들어 시선을 옮겼다. 나를 안내하던 남자가 나를 쳐다보는 게 유리에 비쳐 보였다. 그 시선이 순간 섬뜩했다. 팔에 소름이 돋을 만큼. 그는 재빨리 시선을 돌렸지만, 나는 봤다. 그의 섬뜩한 표정을. 나는 최대한 입가를 끌어 올려 미소를 지었다.

"사무실로 가시죠."

입소 기간과 금액을 알려 주겠다고 남자가 다시 사무실로 안내했다. 세 평 남짓한 사무실 안은 에어컨 대신 선풍기가 돌아가고 있어서 습한 공기가 꽉 차 있었다. 남자의 책상 위에 탁상용 달력이 보였다. 그곳에도 '새림 재단'이라는 문구가 새겨져 있었다.

"……입소자들이 있을 곳은 이게 다인가요? 숙소는 어디 있죠?"

"지하에는 식당이 있고, 건물 뒤편으로 신관이 있습니다. 거기선 숙식 가능한 방이 있고요."

"거길 좀 보고 싶은데요……."

이왕 여기까지 온 거 물러날 순 없다. 남자도 나에 대한 특별한 경계는 푸는 모습이었다.

"그곳은 아픈 사람들이 하느님 말씀을 듣는 곳입니다. 외부인은 출입할 수 없습니다. 꼭 보셔야겠다면 본인이 입실하시는 방법뿐입니다."

나는 더 보겠다는 말을 못 하고 머뭇거렸다. 그가 잠시 입을 다물고 내 표정을 보더니 질문을 건넸다.

"입소하시려는 분과는 관계가 어떻게 되십니까?"

"친형이란 작자입니다. 그 인간이 미쳐서 거덜 낸 집안 재산이 한두 푼이 아니죠. 아주 미치고 팔짝 뛸 노릇입니다그려. 어떻게, 그 인간처럼 미치광이도 받아 주는 건가요?"

"네. 그럼요. 하느님은 모든 형제들을 공평하게 사랑하시니까요."

남자가 무표정한 얼굴로 하느님의 사랑을 이야기하고 있을 때 그 뒤편 스테인리스 책장에 파일이 꽂혀 있는 게 눈에 들어왔다. 나의 1.5 시력으로 살펴보건대, 파일에 1980년도부터 2013년까지 라벨이 붙어 있었다. 오진복의 마지막 행적이 1990년대니까 잘하면 그가 어디 있는지 알 수 있는 단서가 될지도 모른다.

"그거, 잘됐네요. 형 때문에 여간 가족들이 힘들어하는 게 아니거든요. 진단서나 뭐 필요한 건 있습니까?"

"여기서 다 해결해 드리니 그냥 인계해 주시면 됩니다. 일단 여기 들어오면 면회도 안 되고, 산책이나 전화, 인터넷, 외출까지 모두 통제됩니다. 신청인께서 걱정하실 필요가 없지요."

그가 이만하면 만족스럽냐는 표정으로 이죽거리며 나를 본다. 이것들 아주 단단히 미쳤구먼. 불법 감금에 문서 위조까지. 책에서 읽고 뉴스에서 보던 게 머릿속을 스쳐 지나갔다. 최근에도 불법 감금

생활을 하다 극적으로 탈출한 여자의 이야기가 이슈가 된 적 있었다. 대부분 감금의 이유는 늘 그렇듯 돈이었다. 정신과 진단은 다 허위로 작성될 것이고 죽기 전까지는 이곳에서 나갈 수 없겠지. 인적도 뜸하고 뒤는 산인 데다 지나가는 차도 얼마 없으니.

어쩌면 이 근처 경찰서와 관공서 공무원들은 이쪽에서 은밀한 뇌물을 제공받고 포섭되었을 수도 있다. 빠져나가려 해도 빠져나갈 수 없으리라.

마룻바닥 소리, 개, 자갈. 완벽하다.

"무슨 문제 있습니까?"

남자는 눈을 가늘게 뜨며 물었다.

"비용은 어느 정도로 생각하면 될까요?"

"생활비와 치료비를 따로 계산해야 하는데, 온전치 못한 사람 데리고 오는 거니까 아무래도 여관비나 호텔비보단 비싸겠죠? 거기다가 체크아웃도 없잖아요. 세탁도 해 주고 운동도 시켜 주고 밥도 주고요."

"이 많은 살림은 혼자서? 어우 대단하십니다."

"하느님의 뜻에 따라 도와주는 분들이 계시죠. 봉사 단체에서도 오고."

그 순간 남자의 눈이 내 뒤쪽으로 옮겨 갔다.

"왔어? 늦었네."

남자가 처음 듣는 살가운 말투로 말했다. 남자의 시선 끝에는 빗물이 뚝뚝 떨어지는 비옷을 입은 키 큰 남자가 서 있었다. 나이는 40대 중반처럼 보였다. 비를 턴다고 몸을 움직일 때마다 묘한 향내가 풍겼다.

"나서는데 오다 하나 들어와서. 준비는 다 됐지?"

비옷 입은 남자가 말했다.

"빨리 옮겨야 되겠더라. 다 준비했으니까 실어만 가."

그러자 "아무튼 서 집사 부지런한 건 알아줘."라는 말들이 돌아왔다. 남자는 내 눈치를 슬쩍 보더니 일어섰다.

"잠시만요."

키 큰 남자와 함께 나란히 복도로 나갔다. 상체를 세워 창밖을 보니 내 차와 조금 떨어진 곳에 은색 봉고차가 서 있는 게 보였다. 고개를 삐죽 내밀어 복도를 보았다. 무슨 비밀스러운 이야기인지 복도 끝에서 둘은 이야기를 나누기 시작했다.

기회는 지금뿐이다!

소리가 나지 않게 책상 쪽으로 움직였다. 책상 위에는 커피 잔, 서류, 볼펜, 신문기사 들이 어지럽게 널려 있었다. 스테인리스 책꽂이에서 검은색 파일을 집어서 빠른 속도로 넘기기 시작했다.

'오진복. 오진복. 오진복.'

내 입은 연신 오진복을 웅얼대며 눈으로 빠르게 체크해 내려갔다. 땀은 비 오듯 흘렀지만 입안은 모래를 퍼부은 것처럼 바짝 말랐다. 파일은 곰팡이가 군데군데 펴 있었고, 두껍기는 또 어른 팔뚝만큼 두꺼웠다. 20대 남자부터 여자까지, 장애인부터 노인까지, 참 다양한 사람들의 입소 신청서와 사진이 보였다. 이들은 지금 어떻게 살고 있을까? 이곳에서 나가기나 했을지. 아니면 다른 곳으로 옮겨 갔을까? 아니, 살았을까 죽었을까? 거의 마지막쯤에 오진복이란 이름이 반갑게도 눈에 들어왔다. 특이하게 한자로 쓰인 이름이라 그냥 지나칠 뻔했다.

吳眞福. 1999년 12월 5일. 자연 사망. 화장 처리.

'죽었다니?'

몇 번이고 들여다보았지만 사망이란 두 글자만 덩그러니 보였다. 사람이 죽었는데 왜 아무도 몰랐던 거지? 그 밑에 확인 사인한 사람의 이름이 보였다. '서중태.' 서중태……? 아버지의 기사 스크랩에서 본 이름이었다. 일단 오진복에 대한 걸 잘 접어서 품에 넣었다. 그리고 자리에 태연히 앉으려는데, 뭔가 위화감이 느껴졌다. 그렇다, 언제부터였을까. 밖에 나간 둘의 목소리가 들리지 않았다. 잽싸게 파일을 제자리에 꽂고 자리에 돌아와 앉았다. 마지막에 커피 잔을 떨어뜨릴 뻔했지만 겨우 공중에서 낚아챘다.

이제, 생각 좀 해 보겠다는 마지막 인사만 남기고 일어서면, 모든 것이 완벽하다.

안도의 한숨을 내쉬는데 문자가 띠링 하고 들어왔다. 철재였다.

지금 방금 웬 남자가 이철재 씨 자리에 계시냐고 물음.
내 차랑 명함까지 가져가더니 이상한 짓 하고 다니는 거 아님?

문자를 본 내 손이 사정없이 떨렸다. 남자가 내게서 받은 명함으로 확인 전화를 건 게 분명하다. 그럼 내가 가짜 명함을 건넸다는 것도, 내가 이곳에 형의 입소가 아닌 다른 문제로 왔다는 것도 눈치 챘을 가능성이 높았다. 위험하다. 이곳에서 빨리 빠져나가야 한다!

문을 열고 고개를 내밀었지만 인기척이 느껴지지 않았다. 내 몸이 기억하는 운동신경을 믿어 보기로 했다. 연필꽂이에서 재단 로고가 적힌 볼펜 두 자루를 주머니에 넣었다. 한 손으로는 스마트폰을 꽉 쥐었다. 창밖은 안개비로 시야가 온통 뿌옜다. 멀리서 비옷 입은 남자가 비를 뚫고 이동식 침대를 끌고 나오는 게 보였다. 차 뒤를 열고 하얀 천을 덮은 물체를 봉고차에 실었다. 천이 들리면서 허공에 솟은 팔이 보였다. 저 푸르뎅뎅한 피부는 마네킹이 아니라는 것에 내 손모가지를 걸겠다. 살아서 나간다면.

그제야 회색 봉고차를 둘러 가며 '삼일장례'라는 조잡한 스티커가 붙어 있는 게 눈에 들어왔다. 이 기도원에서 사람이 죽으면 바로 장례차가 와서 시체를 화장이든 장례든 하는 것 같았다. 이 방식이라면 사망이 자연사가 아니라 살인이라도 밝힐 노릇은 어디에도 없게 된다. 혹시 오진복도 죽은 다음 저렇게 되었을지 궁금했다. 그는 중요한 비밀을 쥐고 있었다. 그리고 누군가 이곳에 그를 가뒀다.

복도는 조용했다. 조금만 가면 바로 출구가 나올 거라고 생각했는데 기도 방이 나왔다. 시시각각 바뀌는 미로에 갇힌 끔찍한 기분. 윗옷은 젖고 겨드랑이와 손바닥은 땀으로 축축했다. 심장이 고동쳤다. 다시 왔던 길로 되돌아왔지만 사무실이 나오지 않고 식당이 나왔다. 먹던 잔반들이 차례로 늘어져 있고 다시 다른 통에 긁어모은 듯 이것저것 섞여 있었고 주변엔 쥐똥이 보였다. 발소리를 느끼며 몸을 돌려 왼쪽 길로 빠져나왔다.

냄새. 심호흡을 하고 개들의 냄새를 집중하며 따라갔다. 비 오는 날의 개 비린내는 강력하다. 땀이 등짝까지 흠뻑 젖은 후에야 겨우 출구에 도착했다. 시원한 공기가 코로 들어왔다. 오한이 일었다. 심호흡을 두 번 하고 뛰기 시작했다. 개들이 짖어 댔으니 누군가 이곳을 통과하는 것을 알고 있겠지. 비는 더 거세졌고 멀리 세워 둔 내 차 옆에 있던 장의사 차는 그새 보이지 않았다. 뒷산과 펜스 넓은 주차장, 쓰러져 가는 건물. 비현실적인 잿빛 수묵화 속에 철재의 거뭇한 와인빛 르망 똥차만이 현실적으로 보였다.

닫힌 창문 사이로 기도원 사람들 모두가 내 뒤통수를 노려보는 거 같았다. 주변을 둘러보았지만 남자의 모습은 보이질 않았다. 개까지 짖어 대는데 왜 그냥 보내는 거지? 이상한 기분이 들었지만 곧장 차로 향했다. 바로 앞까지 왔을 때 차 뒤에서 남자의 목소리가 뒤통수에 꽂혔다.

"벌써 가시게요?"

남자의 말에 나는 머리털부터 발끝까지 번개를 맞은 것처럼 찌릿했다. 남자는 내 차 뒤에서 표정 하나 바뀌지 않고 서 있었다. 온몸에 감각이 사라지고 뭔가 말을 해야 하지만 목구멍이 딱 달라붙었다. 손에 든 핸드폰을 꽉 쥐었다.

"아, 하하. 급한 일이 있어 가지고요."

"뭔가 신나는 일이신가 보죠? 웃고 계시네요. 아니 근데 좀 전에 제 전화도 안 받으시고…… 지금도 안 받으시네요."

남자는 전화기를 꺼내 보였다. 전화 거는 중이라는 표시가 보였지만 내 전화는 묵묵부답이었다.

174

"엄청 급한 일이라니까요."

"아! 그러세요. 그럼 어서 가 보세요."

남자는 비아냥거리는 말투로 의수를 들어 가라는 시늉을 했다.

'이곳에서 기다렸다는 건가?'

"아 근데 훔친 물건은 도로 놔두시죠."

순간 오진복의 서류를 가져간 걸 눈치챈 건가 싶어 깜짝 놀랐다.

"훔친 물건이라뇨?"

"그 왼쪽 주머니에 볼펜 말이에요. 우리 기도원에서 한꺼번에 맞춘 거라 딴 데선 안 파는 건데."

주머니에 볼펜이 든 것을 어떻게 알았지?

"죄송합니다."

볼펜을 꺼내 건넸고 남자는 무표정으로 받았지만 의수 때문인지 바닥에 떨어지고 말았다. 그 순간 무언가 뇌리를 스쳐 지나갔다. 바로 감시카메라의 존재였다. 사무실 안에도 감시카메라가 어딘가 숨겨져 있던 게 분명하다. 그렇다면 내가 한 행동을 다 지켜봤다는 것 아닌가? 일순간 온몸에 소름이 돋는 느낌이었다.

급한 마음에 차 키를 꺼내 열쇠 구멍에 꽂아 돌렸다. 그 짧은 순간이 억만겁처럼 느껴졌다. 등 뒤로 느껴지는 따가운 시선을 멀리하고 운전석에 몸을 던지다시피 했다. 차 안은 눅진한 공기 속에 희미한 곰팡이 냄새가 풍겼다. 열쇠를 비틀어 시동을 걸고 액셀을 밟았다. 나의 예상과는 달리, 아무 일 없이 백미러 뒤로 남자의 모습이 점점 멀어져 갔다. 내 기분인지 몰라도 남자는 입가에 묘한 미소를 짓고 있었다. 남자는 이윽고 백미러 속 점이 되었다.

진입로를 완전히 빠져나온 후에야 휴우 하는 한숨이 절로 나왔다. 속도계가 20을 가리켰다. 한적한 도로를 내려가며 오진복의 누이를 만나 봐야겠다는 생각이 떠올랐다. 그녀는 오빠의 사망 사실을 알고 있는 것일까? 가속 페달을 밟고 서서히 속도를 올리려 할 즈음, 검은 물체가 갑자기 차 앞으로 뛰어들었다.

"으악!"

나도 모르게 오른발에 힘을 줘서 브레이크를 밟았다. 물체는 부딪친 흔적 없이 풀밭으로 사라졌다. 아마도 산짐승이나 고양이겠지. 그런데 그게 문제가 아니었다. 브레이크를 밟았음에도 아무런 마찰이 느껴지지 않았다. 속도는 20을 넘어 30을 향하고 있었다. 비포장 도로가 끝나고 아스팔트 도로가 시작되는 곳이었다. 마주 오던 차량이 아슬아슬하게 지나쳐 가며 경적을 울렸다. 뇌와 땅이 흔들렸다.

'브레이크가 말을 안 들어? 아까는 분명히 이상이 없었는데. 설마.'

"잠입 취재했던 제 후배 기자 두 놈이 교통사고를 당했어요."

감독의 말이 뇌리에 스쳤다. 우산을 썼던 기도원 남자의 짓일까? 그러고 보니 밖으로 나올 땐 안 보이다가 갑자기 차 옆에서 불쑥 나타났다. 차에 뭔가 하고 있었다면……. 대형 트럭이 맞은편에서 경적을 울리며 달려왔다. 좁은 길을 아슬아슬 비켜 갈 정도라 핸들을 오른쪽으로 급하게 꺾었고 차는 그대로 가드레일을 들이받았다. 몸은 앞으로 튕겼다가 맨 안전벨트가 잡아 주어 다시 제자리로 돌아왔다. 머리와 목에 강한 충격이 느껴졌다. 눈앞이 캄캄했다. 그나마 빨리 눈치채서 속력이 30킬로미터 정도였으니 망정이지 안 그랬다면…….

"빌어먹을!"

나는 양손에 묻었던 얼굴을 들며 신음을 내뱉었다. 앞 범퍼는 푹 찌그러진 채 삐삐삐 경고음이 울리고 있었다. 나는 창문을 내리고 살펴보았다. 가드레일은 30센티미터 정도 은박지처럼 구겨졌고 차의 앞쪽은 아슬아슬하게 낭떠러지행을 면했다. 고개를 앞으로 빼자 수풀들과 바위들, 그 밑으로는 수 미터 아래 개천이 흐르고 있었다. 비는 금세 내 두피를 적셨다. 만약 뭔가 뛰어들지 않아서 속도를 더 높였다면, 아마 지금쯤 저 아래로 떨어져 나는 불귀의 객이 되었겠지! 심장이 움찔했다. 강한 바람이 차를 통과한다. 차는 흔들리고 바람 소리인지 비명 소리인지 모를 기묘한 소리가 멀리서 들렸다.

"아예 폐차하고 새로 차를 얻는 게 낫지 않겠습니까. 브레이크 패드도 맛이 갔지만 다른 곳도 심각하네요."

"혹시 누가 일부러 그런 게 아닐까요?"

대머리 카센터 주인은 어처구니없다는 표정을 지어 보이더니 고개를 가로저었다.

"이 정도면 노후죠……."

누가 일부러 브레이크를 고장 냈다고 단정 지을 만한 단서는 없다는 것이다. 뒤늦게 블랙박스를 확인해 보자는 생각이 들었다. 그런데 블랙박스가 있던 자리가 텅 비어 있었다. 누군가가 블랙박스를 통째로 떼어 간 것이다.

새림 재단과 기도원, 오진복과 서중태 사이에는 어떤 연결 고리가 있는 게 분명했다. 그리고 뭔가 숨기는 게 있다. 외부에서 알아선 안 되는 사실을 내가 캐려고 하니까 이런 반응이 오는 것이다. 그것이 오진복의 죽음과 관계가 있을지도 모른다. 이뿐 아니라 기도원은 지속적으로 끔찍한 일을 저질러 왔을지도 모른다. 그리고 서중태란 사람이 그 뒤에 있다.

나는 공책을 꺼내 관련 사항들을 기록하곤 진통제 세 알을 입에 넣고 오독오독 씹었다. 약이 몸속으로 들어갔지만 심장은 아직도 뜀박질이다. 카센터 구석에 놓인 플라스틱 의자에 주저앉았다. 3억이고 수첩이고 뭐고 그만두고 싶다. 수첩 따위 찾다가 내가 죽게 생겼다. 비밀이 있는 거대한 미로, 그 초입에 내가 서 있는 느낌이 들었다. 모든 감각은 여기서 당장 나오라고 한다. 돌아 나와라. 아직 늦지 않았다. 아직은 돌아 나오는 길을 기억하잖아. 나는 어렴풋이 이 길을 아버지도 걸어갔으리란 생각이 들었다. 아버지가 총 맞은 일과도 상관있을지도 모른다. 범인은 아직 오리무중이다.

저 미로 속에 수첩이든 진실이든 있을 게 분명하다.

끝까지 걸어가 보는 수밖에.

***

"호호호……. 이렇게라도 안 하면 이 사람 저 사람 다 찾아와서. 사진은 필요 없고? 5만 원만 추가하면 되는데?"

우울함을 떨쳐 내려는 수다였다. 노파는 싱글대며 봉투를 받았다. 오진복의 여동생은 재개발을 앞둔 낡은 아파트에 살았다. 엘리베이터도 없고 내부는 방 두 개에 밥상 하나 놓고 마주 보면 꽉 찰 좁은 거실이 전부였다. 작은방에서 영어 동화 소리가 들렸다. 노파는 오진복의 무죄를 얘기하며 눈물을 훔쳤다.

"오진복 씨가 서중태 형사랑 어떤 관계였습니까?"

"순사 생활을 할 때부터 오빠랑 짝지였지. 그땐 그 양반 혼자 남산으로 가 가지고 좀 속상했었어. 오빠 그리되고 다른 사람들은 다 개똥 피하듯 피했는데 아, 그 양반만 우리 집에 찾아와서 생활비도 주고 그랬어. 그때 생각하면 고맙지."

"오진복 씨가 출소하고 자긴 윤숙희를 안 죽였다고 그랬다던데, 사실인가요?"

"아 그야, 말해 뭐해. 그건 오빠 짓이 아니래두. 처음부터 우린 안 믿었어. 그렇게 착하고 순한 사람이 갑자기 다 자기가 죽였다고 하니까 우린 미칠 노릇이었지. 모두 쉬쉬했지만 그거 누가 시킨 게야. 오빠는 아니야."

"누구였을까요?"

"모르지! 오빠도 말을 안 했는데."

노파는 강한 어투로 항변했다. 아직도 답답함이 남아 있는 모양이다.

"출소하고는 만난 적 없으신 거예요?"

"밥 한 번 해 먹이고 싶었는데……. 그냥 들어왔다 갔어. 얼굴이 말랐더라고……. 오빠는 나한테 별말이 없었어. 애들 잘 크냐 묻고, 그런 거밖에는……. 그 뒤로 병원 전전하면서 연락이 끊겼지."

그 마지막 장소가 바로 S 기도원이다.

"꿈에서 오빠가 자꾸 나타나서 춥다고 그래. 얼굴도 안 좋고. 우리도 먹고 살기 바빠서 연락 오면 오나 보다 그냥 그러고 살고 있었지. 나이 들고 돈 없으면 형제 노릇 자식 노릇 하기가 어려우니까."

"올케 되는 분하곤 연락이 되시나요?"

"말도 마. 그 망할 년, 그 일 터지고 얼마 안 있다가 바로 한국 떴어. 자기 남편이 그런 일 당했는데 그렇게 뒤도 안 돌아보고 떠 버린 독한 년이야. 지금은 어디서 어찌 지내는지 몰라. 뭐 물론 대한민국을 떠들썩하게 한 사건이니 계속 버티기도 어려웠겠지만. 미용기술이 있어서 애들 데리고 어디 호준가 미국으로 갔다는 얘기만 들었어. 오빠 출소했을 때도 편지 한 번 안 온 인간이야. 어디서 제 명대로 못 살고 뒈졌으면 좋겠네."

주름으로 가려진 노파의 두 눈은 분기에 얼룩졌다. 안쪽 방에서 아기가 깬 듯 자지러지게 울어 대자 비대한 몸을 천천히 일으켜 방으로 들어가 아이를 업고 나왔다.

아이는 혀를 말고 울어 댔다.

"오빠는 누굴 죽일 사람이 아니야. 우리 어릴 적 복날에 개 잡는다는 말 듣고, 동네 개 모조리 다 풀어 주고 그랬는데. 술 취하면 벽에 머릴 박고 매번 그랬다니까. 순사 짓도 그만둬야지, 그만둬야지. 할 수 있는 게 순사질밖에 없어서 그랬지. 그런 사람이 무슨 살인을 해, 살인을 하긴."

노파의 목소리는 아이의 울음소리를 간신히 뚫었다.

"아이고. 애 밥 먹일 시간이네. 다 물어본 거유?"

노파는 낡은 괘종시계를 흘긋 보더니 말했다.

"혹시, 최희도란 이름 들어 봤습니까. 45년간 서대문 뒷골목에서 책방을 했는데요."

노파는 합죽한 입을 다물고 생각했다.

"아……. 상가 골목 끝?"

어떤 기억을 떠올렸는지 온 얼굴에 주름이 잡히도록 웃었다.

"제 아버집니다."

노파는 진지한 내 얼굴을 보더니 골똘히 생각했다.

"아주 잘 기억나. 가끔 책방에 나도 들르곤 했으니까. 아마 오빠가 그 사단이 안 났으면 또 책방 총각이랑 어찌 됐을지 모르는 일이지. 후후후후."

헛다리를 짚은 걸까. 나는 옷매무새를 정리하며 엉덩이를 일으켰다.

"아참, 오빠가 수감되고 이송할 때 버스 전복 사고가 있었수. 걱정돼서 면회를 갔는데, 그때 오빠가 나한테 물어보데. 책방 뭐 하나 하고…… 말이야. 내 원 참, 처음이라니까, 그런 적은. 오빠가 가족 말고 다른 사람 안부를 물어보다니."

당신의 핏줄 오진복은 죽었다고 말해야 할지 잠시 고민했다. 죽은 지 20년이 다 되어 간다고, 살해당했을지도 모른다고.

* * *

오진복 여동생의 집을 보고, 여기 새림 교회를 보니 속이 울컥했다. 새림 교회는 은평구에 있었다. 예배당은 홈페이지에 있던 사진보다 웅대했다. 대리석하며 색을 입힌 창문과 정원, 마감재까지 최고급이었다. 교회 입구에는 목에 피켓을 걸고 시위하는 사람이 서너 명 정도 보였다. 피켓에는 '새림 재단 비리 수사 촉구! 불법 대선 자금, 특정경제범죄 가중처벌법 위반, 횡령, 배임, 조세 포탈, 불법 로비, 살인 교사, 정부 유착, 부패 권력! 고문 기술자 서중태 척결!'이라고 붉은 글씨로 적혀 있었다. 이 교회의 주인, 서중태, 현재 대한민국 뉴스를 오르내리며 국민의 분노를 끓어오르게 만든 서요한 목사의 개명 전 이름이다.

최근에도 의문의 사망 사건 하나와 연루되어 있다. 열흘 전 한 50대 남자가 자살했는데, 신변을 비관한 단순 자살인 줄로 알았지만 그의 유서가 발견되면서 사건의 양상은 180도 달라졌다. 죽은 남자는 서요한 목사의 개인 운전기사 Y 씨로, 그가 남긴 유서에는 재단 이사 다섯 명의 비리 내역이 들어 있었다. 물론 거기엔 서 목사도 포함되어 있었고, 돈을 주고받은 사람과 장소와 거래 내용이 쓰여 있었다. 나라는 발칵 뒤집어졌고 조사를 시작할 즈음 서요한 목사는 급작스럽게 쓰러졌다. 검찰은 제대로 수사를 하기 어려워지자, 목사에 대한 조사는 미루고 차도를 지켜보겠다고 했다.

나는 시위대 중 긴 수염 사내에게 접근하여 취재 중이라며 전화번호 하나를 받아 두었다. 그사이 시위대와 교인들 간에 언쟁이 벌어졌는데, 자주 있는 일인 듯했다. 피켓을 든 시위대는 교인들의 폭언에도 눈 하나 깜짝하지 않았으니 말이다. 게다가 교회 주차장에 빼곡한 차들 사이에 끼어 있는 경찰차에선 나와 살펴보려는 경찰조차 없었다. 경찰이 누구를 보호하기 위해 와 있는지는 금방 알 수 있었다. 교회 담벼락 옆으로 정차해 있는 경찰 버스엔 전경들이 꾸역꾸역 타고 있어서 국회 수준의 철통 보안 태세를 유지하고 있었다. 전직 정부의 충견에서 하느님의 아들이 된 서요한 목사는, 새림 교회라는 튼튼한 울타리 안에서 칩거 중이었다. 종교 시설은 허락 없이는 누구도 쉽게 드나들 수 없으니 그곳이 편할 수밖에.

미리 교회에도 취재를 요청했지만, 시기가 좋지 않다며 퇴짜를 놓았다. 하지만 우습게도 얼마 지나지 않아 다시 전화가 왔다. 서요한 목사가 내 소설을 감명 깊게 보았으며 취재 요청에 응했다고. 먼 옛날 잘 알려지지도 않은 소설 한 권을 냈던 작가의 청이 이리 쉽게 받아들여지다니 놀라운 한편으로 의심스러웠다.

신분증을 내고 사진까지 확인 받은 후에 목에 '취재'라는 목걸이를 달고 안내에 따라 서요한 목사를 만나기 위해 교회 뒤편으로 갔다. 서요한 목사는 단정한 백발에 편한 니트를 입고 자동 휠체어에 앉아 있었다. 옆에서 비서로 보이는 젊은 여자가 무어라 얘기하고 있었지만, 그는 먼 곳을 바라본 채 망중한을 즐기는 듯 보였다. 아픈 사람이라곤 생각할 수 없을 정도로 평온한 표정이었다. 한 일요 잡지에서 밝힌 그의 건강 이상 얘기는 그다지 믿을 만한 설이 아니었나 보다. 나는 교회 입구에서 나눠 줬던 매실차를 원샷하고 사탕 두 알과 과자 한 개를 주머니에 쑤셔 넣으며 노인에게 다가갔다.

"최 작가님? 실물이 나으시네요."

여자가 미소 지으며 내 앞을 막아섰다. 서중태는 여자를 손끝으로 불러 귓속말로 뭐라 하자, 여자가 자리를 떴다. 약간 거리를 두고 검은 티셔츠를 입은 건장한 남자 둘이 지켜보고 있을 뿐, 목사와 나 둘만의 시간이었다.

목사는 말이 없었다. 설교 동영상으로 본 그는 달변가였는데 지금은 말을 잊은 사람처럼 침묵했다. 그의 얼굴을 살피니 가로로 난 엷은 흉터 자국이 그의 인상을 드라마틱하게 만들었다. 하긴, 그의 과거를 생각해 보면 이보다 더 드라마틱하게 산 사람도 없을 것이다. 조사해 본 결과, 세 살 때 일본으로 입양되었으나 양부모는 강도에게 살해당하고, 이를 계기로 귀국하여 경찰이 됐다. 한창 공안정국이던 시절에 서대문구 경찰서에서 공안분실로 가 이름을 날렸고, 중앙정보부를 거쳐 승승장구했다. 재미있게도 그는 윤숙희 실종 사건의 담당자일 뿐 아니라, 그 전해에 일어난 반도 호텔 윤숙희 간첩 납치 미수 사건의 담당자이기도 했다. 서요한, 아니 서중태가 윤숙희와 꽤 긴 시간, 안면이 있는 사이임에 틀림없었다. 게다가 윤숙희 사건의 범인으로 오진복을 잡아넣은 사람도 서중태였다. 오진복과 아버지는 서로 알고 지냈으니, 어쩌면 서중태는 아버지와도 얼굴은 익힌 사이일지도 몰랐다.

그렇게 승승장구하던 그에게도 불운은 있었다. 1979년 괴한에게 피습을 당했다. 다행히 목숨은 부지했으나 그 후 다리를 쓰지 못하는 불구가 되었다. 서중태는 깊은 밤중이라 범인의 얼굴을 못 보았다고 했고, 사건은 이렇다 할 단서를 찾지 못한 채 미제로 남았다. 그리고 서중태는 결국 현직에서 물러나 돌연 자취를 감추었다.

그러다가 1980년대 고문으로 인한 인권 문제가 화두가 되면서, 수많은 고문 기술자들이 언론과 대중의 관심을 받았다. 서중태도 그중 하나였다. 하지만 이미 그는 어디에서도 찾아볼 수 없었다. 때문에 고문 피해자 가족이 고용한 청부업자에게 죽었다는 소문이 돌기도 했고, 얼굴을 바꾸어 국외로 밀항했다는 소리도 들렸다. 정부가 뒤에서 그를 봐준다는 얘기도 있었다. 소문들은 개미 떼처럼 그를 따랐지만, 늘 그렇듯 시간이 지나자 대중의 관심은 사그라졌다. 그리고 20년이 지나 서중태는 한 교회의 대형 목사가 되어 나타났다. 하느님의 부름을 받아 모든 것을 용서 받았다는 듯. 그의 교리도 그와 마찬가지로 구원받은 자는 더 이상 회개를 하지 않아도 된다고 주장하고 있다.

어쩌면 내가 서중태를 찾아온 게 아니라, 서중태가 날 부른 건 아닐까? 그렇다면 이곳은 함정이다. 함정에선 선수 치고 들어가는 수밖에 없다. 나는 주머니에서 오진복의 기도원 입소 신청서 사본을 꺼냈다. 가장 밑에 서중태의 이름과 그의 필체로 보이는 사인이 있었다.

"이게 무엇인지 알아보시겠습니까? 오진복 씨의 기도원 입소 신청서입니다. 그곳에서 사망했다는데, 혹시 그 사실을 아시나요? 목사님 본인이 입소시킨 건데요."

"내 서명이 아닐세."

"왜 오진복 씨 가족들은 아무도 그 사실을 모르고 있는 거죠?"

노인의 주름진 입술이 안으로 말려들었다. 그의 눈빛이 가소롭다는 듯 나를 위아래로 훑어보며 웃었다.

"제가 알고 싶은 건 오진복 씨가 아니라 윤숙희 사건입니다. 윤숙희 사건을 파면 팔수록 오진복 씨가 범인이 아니라는 생각이 들었습니다. 그리고 오진복 씨를 범인으로 내세운 사람이 진범이 아닐까 했죠. 저는 그게 서 목사님이라고 생각합니다."

서중태의 버버리 담요가 아래로 흘러내렸다.

"진실은 언젠간 드러나게 돼 있죠."

"진실은 없다. 해석만 있을 뿐."

노인의 눈과 S 기도원 남자의 눈은 어딘가 닮았다. 가늘고 흰자가 많은 눈. 어쩌면 혈연관계일지 모른다.

"자네가 어찌 자랐을지 궁금했네. 역시 자넨 아버지 쪽을 닮았군."

무슨 소리인가 싶어 그를 노려보니 노인도 나를 올려다봤다. 씨익 웃는 그의 얼굴이 기이하게 뒤틀렸다. 웃음소리와 가래 끓는 소리가 동시에 들렸다.

"아버지를 아십니까?"

나의 질문에 그가 다시 씨익 웃었다. 모든 것을 다 안다는 웃음이었다. 명치가 쑤셨다. 서중태는 아버지를 알고 있었다. 이제까지 나온 관계도로 보아, 안면 정도는 있을지 모른다고 예상했었다. 그런데 지금 이 반응은 단순히 아버지를 아는 정도 수준이 아니다. 내가모르는 아버지에 대한 무언가를 자세히 아는 듯한 비밀스럽고도 교만한 웃음.

"자네 아버지처럼 조용히 살아. 여기저기 들쑤시고 다니지 말고."

"협박하는 겁니까?"

"측은한 마음이 드는군. 자네를 낳은 여자도, 자네를 키운 남자도 말이야."

"잠깐만요. 그게 무슨……?"

내가 반박하기도 전에 노인은 버튼을 눌렀다. 노인은 누구보다 사리 판단이 빨랐으며 눈빛이 또렷했다. 알람 소리가 울렸고 멀찍이 서 있던 건장한 사내들이 뛰어왔다.

서중태가 중얼거렸다.

"노루를 찾는 자 토끼를 돌보지 않지. 명줄 재촉하지 말고 조용히 살아."

누런 눈동자는 정확히 내 얼굴을 꿰뚫었다. 모든 것을 알고 있다는 듯.

6

"그 여가수. 국회의원 첩이래요."

문자는 싸 온 삼단 도시락을 펼치며 넌지시 말을 던졌다. 도시락 펴는 소리가 귀에 거슬렸지만 월출은 아무 말도 하지 않았다. 그는 신문에 난 윤숙희의 공연 안내 광고에만 눈길을 줄 뿐이었다.

문자는 첫 만남 이후로 시간이 날 때마다 책방에 들러서 살림살이를 지적했다. 처음엔 김환을 대동하고 두어 번 들르더니, 쉬는 날부터 아예 혼자 드나들기 시작했다. 환기는 두 번 해야 한다는 둥, 밥은 꼭 챙겨 먹어야 한다는 둥 시시콜콜한 것까지 전부 참견했다. 월출은 그럴 때마다 입을 꾹 다물고 손목시계를 10분에 한 번씩 봤다. 또 책을 읽으며 그녀가 묻는 말을 못 들은 척해 봤지만 그녀는 끈질겼다. 트랙 위의 100미터 선수에겐 풍경이 보일 리 없다. 월출이 문자의 집요한 공세에 불편해하면서도 따끔하게 이야기를 하지 못한 것은, 그녀를 적극적으로 소개해 준 김환의 배려를 쉽사리 무시할 수 없었기 때문이다.

문자의 집은 삶의 터전을 버리고 피난 온 후로는 가난의 굴레에서 헤어나지 못했다. 아버지는 매일 인력거꾼을 하고 저녁이면 피곤에 절어 잠들었다. 그러다 아버지가 몸져누워 며칠이고 일을 못 하게 되면 어머니의 삯바느질이 유일한 생계 수단이었다. 그랬기에 9남매 중 셋째인 문자에겐 꿈이나 미래가 의미 없었다. 당장에 입 덜겠다고 아무 곳에나 시집보내지든가 아니면 친척 언니들처럼 학교 대신 공장으로 가야 한다는 걸, 학교에 다닐 나이가 될 때쯤에 이미 알고 있었다.

문자는 열여덟 살이 되던 날, 고향을 떠나 서울행 밤기차에 몸을 실었다. 열두 시간이라는 긴 시간을 입석으로 와야 했다. 출입구 계단에 신문지라도 깔고 앉아 가는 사람들이 그렇게 부러울 수 없었다. 후들거리는 다리를 부여잡고 도착한 서울역에서, 보란 듯 침을 퉤하고 뱉고는 이곳에서 크게 성공하고 근사한 남자도 만나리라고 다짐했다.

그러나 서울 생활의 첫 시작은 친척 언니의 소개로 얻은 식모살이였다. 하지만 집에서 하던 일이나 이곳이나 다를 바 없고 미래도 없었다. 그래서 다른 일을 구했다. 다음 일은 자주 가던 시장 이모에게 소개 받은 버스 안내양이었다. 귀염성이 있고 몸이 재빠른 데다가 동생 여섯을 돌보며 다져진 인내력 덕분인지 버스 안내양은 제 몸에 맞는 듯했다. 사람들을 꽉꽉 잘 밀어 넣고, 돈도 틀리는 법이 없었다. 때문에 버스 배차장 관리인은 문자만 찾았다. 그러나 문자는 이 일을 천직이라 여기지 않았다. 만원버스에서 사내들의 시선과 나쁜 손길을 견디는 것도 싫었고, 하루에 열아홉 시간을 일하고 휴식 시간엔 승객들 토사물 청소를 하는 것도 지겨웠다. 스무 명이 자는 여덟 평 기숙사에서도 벗어나고 싶었다. 무엇보다도 그렇게 일해 봤자 손에 쥐는 돈이 월 2만 원 정도밖에 안 되었다. 여전히 미래가 없었다.

그러나 그와 있으면 세상이 달랐다. 월출은 잘생긴 외모에 머리숱도 많고, 셔츠의 목둘레도 늘 하얬고, 팔뒤꿈치도 백옥 같았다. 게다가 가죽 지갑 안에 돈도 깔끔하게 접어 다녔다. 비록 갑부는 아니었지만, 어차피 가진 게 많은 사람은 여자를 불행하게 만드는 족속들이니까. 점잖고 착실한 그라면 됐다. 게다가 가게도 있고, 신혼 살림할 방도 있고, 이 정도면 오순도순 재미있게 평생 함께 보낼 수 있다고 생각했다.

그랬기에 문자는 책방이 자신의 집이다 여겼다. 마치 신혼집처럼 자신이 마음에 들어 하는 흰색 레이스 커튼을 가져와 창문에 달곤, 꽂혀 있던 아카시아를 쓰레기통에 버리고 붉은 장미를 꽂았다. 완성된 실내 장식. 그녀는 뿌듯함을 느꼈다. 그러나 다음번에 책방에 가면 장미는 어김없이 아카시아로 바뀌어 있었다. 문자는 점차 아카시아가 끔찍해지기 시작했다. 아카시아가 어떤 상징 같았기 때문이다. 자신은 모르는 그만의 비밀. 이 공간에는 그와 자신 둘뿐이었지만, 그 사이에 아카시아가 가로막는 기분이었다.

하지만 문자는 그와 꼭 결혼하고 싶었다. 꼭.

"일 잘 봤어요?"

그럭저럭이라는 별로 석연치 않은 대답이 돌아왔다. 하지만 문자는 그의 날렵한 턱 선을 보니 기분이 좋아졌다. 물걸레를 쥐고 구석구석 청소를 했다. 물론 저녁에 월출을 찾아온 여자에 관해선 이야기하지 않았다. 그 여자는 좋은 향기가 났다. 얼굴을 스카프로 반쯤 가렸지만 숨길 수 없는 귀티가 났다. 노동과는 거리가 먼 몸 선, 걸음걸이, 고급 하이힐, 흰 손등과 손질되어 있는 손톱, 붉어진 눈가, 발그레한 두 뺨, 어느 것 하나 마음에 들지 않았다.

"사장님 안 계세요?"

좋은 향기의 여자가 매력적인 목소리로 말했다.

문자는 이를 뿌드득 갈았다. 세상은 자기중심으로 돌아간다고 믿는 여자들. 다른 여자들은 경쟁자로 여기지 않는다는 우월감에서 나오는 우아함. 여자의 시선이 아카시아에 꽂혔다. 문자는 콧김을 내뿜었다.

"언제쯤 돌아오세요?"

"그거야 모르죠. 저한테 말씀하시면 돼요. 뭐 우리는 그런 사이니까요."

여자는 대답 대신 집어 든 책 두 권을 계산했다. 한 권은 그녀가 갖고 한 권은 문자에게 건넸다.

"이 책은 사장님께 좀 전해 주세요."

여자는 가게 밖으로 나갔다. 여자가 골목 끝으로 사라지자, 문자는 책을 펴 봤다. 그 안에는 급하게 쓴 쪽지가 들어 있었다.

'헤븐스도어에서 기다릴게요.'

문자는 그 종이를 찢어서 씹어 삼켜 버렸다.

월출은 세종문화회관 앞에 서 있었다. 길게 늘어선 줄. 암표상이 은밀하게 말을 붙여 왔다. 그는 미리 구해 둔 표를 가지고 공연장 안으로 무사히 들어갔다. 공연장은 객석이 꽉 차 있었다. 그 앞의 조명이 내리쬐고 있는 무대가 압도적이었다. 윤숙희는 몸매가 드러나는 은빛 드레스를 입고 머리를 부풀린 채 노래를 했다. 수줍은 소녀였다가 매혹적인 창부이기도 했다. 애절한 목소리와 순간순간 내뿜는 특유의 그 미소. 그녀에게 사람들은 열광했다.

월출은 덫에 걸린 사람처럼 꼼짝할 수 없었다. 열광의 공기 속에 홀로 차갑게 식어 있었다.

2년 동안 월출은 변한 게 없다. 반면 그녀는 마치 20년의 세월을 겪은 것처럼 변신해서 나타났다. 그녀는 숨겨진 날개를 펴고 끊임없이 아름다운 날갯짓을 하고 있었다. 파랑새가 되어 다른 세상으로 날아가 버린 여자가 눈앞에 있다. 해경은 저 자리가 처음부터 어울렸다. 파랑새, 모두가 쫓는 꿈 같은 여자. 월출은 그녀의 동작 하나하나 눈에 새겼다. 긴 손가락, 웃을 때 주름 잡히는 눈꼬리, 특유의 어깻짓과 차분하지만 우아한 걸음걸이. 월출이 보는 환상 속의 그녀와 꼭 닮아 있었다. 월출은 그녀를 다시 만날 날을 조용히, 그리고 애타게 기다렸다. 해경의 메시지가 문자에 의해 번번이 전달되지 않은 것도 모른 채. 그리고 기다림은 깊은 절망이 되어 돌아왔다. 자신의 신분과 그녀의 신분은 이제 이어질 수 없는 단계에 이르렀다는 절망. 월출은 그녀를 보는 것은 이게 마지막이라고 생각했다. 그의 눈시울이 붉어졌다. 마지막 곡이 끝나고 박수가 쏟아졌다. 월출도 군중 속에 묻혀 손바닥을 부딪쳤다.

7
다섯째 날 오후 9시

"은비, 혹시 거기 있어?"

전처가 기어드는 목소리로 나를 떠봤다. 은비 어쩌고저쩌고.

만약 나와 있다면 내가 이야기했겠지. 결국 몇 분간 따진 후에야 미영이 울음을 터뜨렸다. 은비가 없어졌다는 얘기였다. 평소처럼 영어 학원에 간다며 집을 나가서는 저녁 8시가 넘도록 돌아오지 않았다고 한다. 영어 학원엔 가지 않았고, 전화도 꺼져 있단다. 날이 어둑해질수록 속이 타는 중에 뉴스에선 초등생 납치, 가출 팸, 살인, 강간 등의 흉흉한 기사들만이 도배되고 있으니 불안해서 견딜 수가 없었으리라. 결국, 언제나 그랬듯이 나에게 전화를 했다. 어쩔 수 없었다며.

뜀박질하는 내 심장을 진정시키고 이성적으로 생각해 봤다. 고작 세 시간 연락이 안 됐다고 실종이라고 볼 수 있을까? 꼬박꼬박 엄마 연락 잘 받던 아이가 연락도 안 되고 학원에도 안 갔다면 무슨 일이 벌어진 것은 틀림없다. 문득 "아빠랑 살아도 돼?"라고 물었던 은비의 모습이 떠올랐다. 어디 친구네 집에라도 간 건 아닐까. 그때 난 왜 벙어리가 되었던 것인지.

　은비와 미영이 재상과 함께 사는 집은 강남의 대규모 단지 아파트였다. 은비의 방은 침대 커버와 커튼을 녹색으로 맞춘 게 눈에 들어왔다. 책상 위에는 엄청난 양의 참고서가 쌓여 있고 옆에는 '하버드 못 가면 나가 죽자!'라는 촌스러운 다짐이 쓰여 있다. 미영이답다. 침대 머리맡에는 영단어들이 빼곡히 붙어 있었는데, 한쪽 구석에 꼬질꼬질하게 때가 낀 곰돌이 인형 하나가 굴러다니고 있었다. 덕분에 간신히 여자아이 방 느낌은 났다. 내가 사 준 인형이다. 재상은 세미나 때문에 일주일간 미국에 있다가 돌아온다고 했다. 아무 짝에도 쓸모없는 인간 같으니.

　"은비 친구들은?"

　"놀 친구가 어디 있어. 요새 애들이 얼마나 바쁜데."

　"그러시겠지. 갈 만한 곳은 다 연락해 본 거야?"

　"학교랑 학원밖에 없어. 전화기도 꺼져 있고. 별 이야기도 없었고 누굴 만난다는 말도 없었대. 이런 적이 한 번도 없었단 말이야. 경찰에 신고해서 핸드폰 추적이라도 해 달랠까."

　은비의 의자에 앉았다. 두꺼운 책으로 벽이 세워지고, 좁은 감옥이 만들어진다. 서랍 안에는 스테이플러, 메모지, 연필, 펜 등 잡동사니, 밑에는 학교 준비물인 리코더, 단소 등이 들어 있었다. 한쪽에

조간신문에나 끼워져 있을 법한 지저분한 디자인의 팸플릿이 접혀 있었다. 아이돌의 콘서트, 일시가 공교롭게도 지금이다.

"그냥 늦게 들어오는 걸 거야. 당신은 학교 다닐 때 그런 적 없 었냐."

나의 말에 그녀는 결정을 내린 듯한 표정으로 주머니에서 뭔가를 꺼냈다. 버지니아 슬림 블루와 알약이다.

"이게 얘 서랍 안쪽에서 나왔어."

그녀가 중얼거린 단어들이 공중에서 맴돌았다. 하나의 문장, 그리고 그 의미를 받아들이기엔 시간이 걸렸다.

"은비 서랍에서 이게 나왔다고?"

내 강한 어투에 미영은 고개를 조용히 끄덕거렸다.

"무슨 약인데?"

노란 기가 도는 하얀색 동그란 알약이었다.

"잠 안 오는 약. 타이밍정이라고 이게 부작용이 있어서 단종된 거 래…….. 이걸 대체 어떻게 구했는지…….."

대체 그간 은비에게 무슨 일이 있었던 걸까? 고작 초등학생이 각 성제라니. 나는 약을 바라보고 머리가 아찔했다. 미영은 자기 손으 로 머리를 헤집으며 흐느꼈다. 마지막 방어막이 무너져 내린 듯 그 녀는 침대에 주저앉았다.

"똑똑한 애야. 은비한테 별일 없을 거야."

말은 그렇게 했지만 식도까지 침이 말랐다.

"내가 찾아올게."

미영의 젖은 눈에 희망이 비치다 사라진다.

"딸에 대해 아는 거 있어? 뭘 좋아하는지, 누굴 만나는지, 고민은 뭔지?"

미영의 말은 날카로운 비수가 되어 내 심장을 찔렀다.

딸.

나는 스물여섯 살에 딸이 생겼다. 여자를 만날 생각이야 늘 있었지만 그렇다고 아빠가 될 생각은 전혀 없었다. 스물여섯 살의 남자란, 열다섯 살의 여자와 같다. 호기심 많고 충동적이며 추궁 받으면 세상을 피해 몸을 숨긴다. 게다가 또래들은 이제 겨우 군대를 다녀와 복학을 했고 핑클이냐 베이비복스냐를 두고 침을 튀기던 나이였다. 아빠가 된 스토리는 흔한 전개다. 내가 대학교 2학년 때 시위대에 끼여 허리를 다쳤기 때문에 신체검사에서 3급을 받았다. 덕분에 상근예비역으로 군 생활을 시작했고, 말년엔 동사무소로 출근했다. 그즈음 연인이던 미영이 임신했다고 통보해 왔다. 내가 전화를 사흘간 받지 않자 미영의 엄마가 동사무소에 쳐들어왔다. 누군가 내 뇌 속에 손을 넣고 주물러 대는 것처럼 정신이 멍했다. 이 모든 상황이 받아들여지지 않았다. 생각할 겨를도 없이 장모님의 따지는 눈초리에 고개를 숙이며 네네, 겨우 대답만 했다. 그 상황만 모면할 생각이었는데 나도 모르게 결혼 준비는 착착 진행되어 갔다.

부모가 될 준비가 된 자만 부모가 되어야 한다고 어느 작가는 말했고(요새 기억이 가물가물하다.), 애를 싸질렀으면 책임을 져야 한다고 장모님은 말했다. 짐승도 제 자식은 돌보는 법이라고 친구 철재는 마무리를 지었다.

사랑이 그 사람을 위해 목숨마저 바칠 수 있는 거라면 나는 딸을 명백히 사랑했다. 다만 그 방법을 몰랐을 뿐이다. 어린 딸은 나에게 지뢰였고 비상벨이었다. 아이는 조금만 잘못 건들면 큰 소리로 울어 젖혔다. 손가락 하나 발가락 하나 내 맘대로 디딜 수가 없었다. 나는 숨고 미영은 나를 찾아다녔다. 우리 둘은 또 다른 술래잡기였다. 지금 그때로 돌아간다면, 더 잘 할 수 있을 텐데……

깨달음은 늘 한 박자씩 늦는다.

경찰에 실종 신고를 하고 택시를 잡아탔다. 꼭 한 군데 확인하고 싶은 곳이 있었다. 바로 이곳, 은비의 방 팸플릿에서 본 아이돌 콘서트장이다. 콘서트가 끝나고 쏟아져 나온 인파는 총천연색이었다. 풍선이나 티셔츠, 야광봉, 색색의 글자를 새겨 넣은 플래카드를 든 아이들이 흥분을 가라앉히지 못한 채 이야기 중이다. 목표가 없는 아이들이 유일하게 목표를 갖는 곳이 이곳 아닐까?

나는 사람을 찾는다는 안내 방송을 부탁하고 은비를 찾아다녔지만, 10대 아이들 모습이 다 비슷비슷해서 도저히 은비를 분간할 수 없었다. 여자아이들이 하나같이 비슷한 머리를 하고 비슷한 키에 비슷한 복장을 하고 있으니 찾는 게 쉬울 법도 없는데……

그 순간, 나는 눈을 비볐다. 1층 로비에서 밖으로 나가는 은비를 본 듯했기 때문이다. 바로 1층에서 광장 쪽으로 뛰어가며 딸아이를 찾아 헤맸다. 그리고 광장이 끝난 주차장 입구에 은비가 콘서트 브로마이드와 서류 봉투를 든 채 서 있는 걸 찾을 수 있었다. 그 앞에는 고급 세단이 멈춰 있었다. 운전석에 앉은 한 남자가 고개를 내밀고 은비와 이야기를 나누고 있었다.

"은비야!"

내가 비명에 가까운 소리를 지르자 남자는 내 쪽을 흘끔 보더니 승용차를 몰고 떠났다. 은비가 떠나는 남자의 차 뒤에 대고 정중하게 인사를 했다.

"거기 서 이 새끼야!"

내가 소리치며 달려갔지만 남자의 차는 이미 입구를 빠져나가 버렸다. 남자의 얼굴은 보지 못했다. 근데 저 차는 어디서 본 듯한 느낌인데?

"아빠?"

은비가 동그래진 눈으로 나를 위아래로 훑어봤다.

"너, 뭐 하는 거야. 저 사람은 누구고? 어디 다친 데 없어? 응?"

"이 콘서트……. 아빠가 데려가랬다며, 아니야?"

이게 무슨 소린가.

"이 표, 구하기 디따 어렵단 말야. 저 아저씨가 아빠 부탁으로 왔다고 그랬어."

"아빠 친구 중에 이런 표 구해 줄 놈이 어딨어?"

은비가 입술을 깨물었다.

"친구가 아니고……. 아빠 부하 직원이라고 했어."

나는 가슴이 뛰었다. 누군가 거짓말을 하고 내 딸을 데려갔다. 이건 엄연한 납치였다.

"난 아빠가 다시 일한다고 해서……."

딸은 소망했을 것이다. 내가 어서 다시 일어나 함께 살 수 있기를. 나는 눈시울이 벌게졌다. 괜히 소리 지른 게 미안했다.

"전화기는 왜 꺼 놨어?"

"콘서트 방해되니까 꺼 놓으라고 그랬어. 그 아저씨가."

"알았어. 아빠 화 안 낼게. 엄마한테도 내가 잘 말할게."

나는 일단 은비가 무사하다고 미영에게 전했다. 미영은 전화기 건너편에서 울음을 터뜨렸고 당장 이리로 온다고 했다. 아이와 먼저 잘 얘기해 보겠다며 오는 것을 겨우 말렸다. 은비 말로는 학교가 끝나자 웬 낯선 남자가 접근했다고 한다. 나와 함께 일하는 직원이라며 내 이름과 전화번호에 신상명세까지 줄줄이 외우더란다. 그러곤 내 부탁으로 콘서트를 대신 보여 주기로 했다며 은비를 꼬드겼다는 것이다. 처음에는 의심했던 은비도, 그가 은비 앞에서 나와 통화하는 제스처를 하자 안심한 것이다. 게다가 그렇게 보고 싶던 콘서트가 아닌가? 콘서트 내내 재밌었고, 끝나고 나선 사인 시디와 브로마이드까지 사 주었단다. 그게 다였다. 별다른 말도 없었고. 다만.

"이거 아빠 주라던데?"

나는 빳빳한 A4 용지 크기의 봉투를 뜯었다. 그 안에는 은비와 미영의 사진이 들어 있었다.

'노루를 쫓는 자는 토끼를 돌보지 않는다.'

갑자기 서중태의 기분 나쁜 목소리가 머릿속에 들렸다. 뒷덜미가 서늘했다. 경고가 분명하다. 내가 캐묻고 다니는 일에 대한 경고였다.

"왜 그래? 내가 뭐 잘못한 거야?"

내 얼굴 표정을 살피던 은비가 불안하게 물었다. 모든 잘못을 자신으로 돌리는 아이.

"넌 잘못한 거 하나도 없어."

나는 겉옷을 벗어 고개 숙인 딸아이 어깨에 덮어 주었다.

한강 고수부지 벤치에 은비와 단둘이 강가를 보며 앉았다. 은비는 흰 우유를 넘기더니 캬 하고 숨을 내뱉곤 카스텔라 빵을 한 입 베어 물었다.

"아빠가 화 안 낸다고 약속할게. 말해 봐. 이게 다 뭔지."

나는 미영에게 받은 타이밍정과 버지니아 슬림 블루를 꺼내 보여 줬다. 은비의 두 눈이 커다래졌다.

"먹을 땐 건드리지 말자."

"최은비."

은비 한숨을 쉬고 우유를 바닥에 내려놓았다.

"담배는 너무 졸릴 때 피우면 잠 깬다고 학원 언니들이 그래서 딱 한 번 피워 본 거야. 이건 잠 안 오게 하는 약이랬는데, 인터넷에서 판다는 걸 조금 얻었어……. 무서워서 아직 못 먹어 봤고. 요새 애들은 다들 레드불, 커피, 그런 거 마시는데. 뭐."

딸의 말을 듣고 눈물이 터져 나왔다.

"졸리면 자야지…… 바보같이……."

"그럼 공부는 언제 해."

"하지 마라."

푸흐흐흐 은비가 웃는다.

"이러니까 엄마가 아빠 싫어하는 거야. 아빠, 요즘 인생이 그렇게 호락호락하지 않다고요."

"앞으론 절대 이런 거 가까이도 하지 마! 알았지?"

"알았어. 아빠, 내가 왜 공부 열심히 하는지 알아?"

"……."

"공부해서 돈 많이 벌려고. 그러면 그 돈 아빠 다 줄게. 아빠한테 돈 많으면 엄마랑 아빠도 다시 좋아지게 될 거야."

또 눈물이 나오려고 한다. 어금니를 꽉 깨물자 눈시울이 뜨거워진다.

"아빠는 우리 딸 건강하고 행복하면 돼."

"피이."

"진짜야. 자식이 행복한 게 행복이야. 세상 모든 부모들은 다 똑같아."

"아빠, 나 누구 닮은 거야?"

"아빠지."

"그럼 아빠는 누구 닮은 건데?"

관자놀이가 쿡 쑤셨다. 어떤 단어를 대야 할지 몰라 머뭇거렸다.

은비의 손을 쥐고 아파트 앞에 데려갔을 때 미영은 슬리퍼 차림으로 뛰어나와 은비를 안았다.

그런 다음 나의 손을 꾹 잡아 줬다.

"고마워. 은비 아빠."

제길. 또 눈물이 핑 돌았다. 시도 때도 없이 눈물이라니, 여성 호르몬이 증가하고 있는 게 분명하다. 은비를 바래다주고 돌아오는 길, 입가에 미소가 번졌다. 점프를 해서 높은 곳의 나뭇잎을 건드려 보았다. 휘파람이 나왔다.

＊＊＊

수리한 차를 끌고 철재의 사무실에 들렀다. 그가 일하는 미스터리 연구소는 이 건물 5층에 있다. 이 건물은 엘리베이터가 없고 실제 사무실로 사용하는 사람은 철재뿐이다. 1층 배달 전문집을 빼면 거의 다 가정집으로 이용한다. 안에 들어서니 철재가 마침 병원에 다녀오는 길이라고 한다. 울컥하는 표정이었다. 어이, 울고 싶은 건 내 쪽이라고.

"병원 나오면서 생각해 보니 지난 3개월 동안 실제로 만난 사람이 너뿐이더라. 온라인에선 모두 내 글을 퍼 나르고 친구가 되고 싶어 하는데, 막상 나 자신을 돌아보면 과연 이게 사는 꼴인가 하는 생각이 들더라. 그래서 나 방금 결혼정보업체 등록했다. 거기서 여자 만나 결혼할 거다."

이것으로 내가 아는 40대 중 50프로가 병에 걸렸다.

"인마, 지금 내 꼴을 보고도 결혼이 하고 싶냐?"

"왜? 네 딸은 똑똑하고 예쁘잖아."

기도원에서 당한 일부터, 서중태를 만난 일, 은비가 이상한 남자와 콘서트장에 간 이야기까지 다 듣고 난 철재는, 자신의 두툼한 턱을 붙잡고 생각에 잠겼다. 그러다가 낮은 목소리로 말을 꺼냈다.

"아무래도 너 몸조심하는 게 좋겠다."

"왜?"

"이걸 봐."

철재는 '스파이 연구 보고서'란 파일을 꺼내 펼쳤다. 사진에는 북한산에서 발견된 무기 더미가 찍혀 있었다.

"뭐야 이게."

"드보크. 이게 산에 묻어 두고선 필요할 때 지들끼리 찾아 쓰는 거거든. 이게 작년에만 수십 곳에서 발견됐어."

내용물을 주욱 늘어놓고 찍은 사진에는 무전기와 신분증, 달러로 된 공작금을 비롯해 볼펜형 독침이 보였다.

"이건 파커 볼펜형 독침이라고, 길이는 132밀리미터, 무게는 35그램으로 보통 볼펜과 흡사하고, 뚜껑을 오른쪽으로 다섯 번 돌리면 11밀리미터 정도의 침이 튀어나오는데 그대로 찌르면 아무 표식도 없이 5분 안에 사망. 침에는 브롬화네오스티그민이라는 독약이 묻어 있는데 이게 장난이 아니어서 호흡 정지, 심장마비로 직방이야."

그다음 장을 넘기니 40대 남자의 시체 사진이었다.

"이게 80년대 독침으로 제거된 기술잔데. 어때, 외관상 상처가 없고 목 졸린 듯한 모습이며. 비슷하지?"

내가 보여 주었던 류 씨 사진과 나란히 놓으니 완벽하게 같았다.

"독침……."

"네 말이 맞을지도 모르겠다. 누군가 자살로 위장한 거야."

"왜 죽였지?"

"그걸 알아내야지."

"아저씨가 독침으로 죽었다면 경찰들이 몰랐을 리가 있나."

"살해 흔적을 못 찾았겠지. 게다가 동네에서 전파상이나 하는 사람에게 누가 이런 특수 무기를 써 가며 죽여? 의문사도 아니고. 봐.

시신의 점. 클로즈업한 거야. 미세한 자국이 있어."

머리 옆 부분이 클로즈업 된 사진이었는데, 귀 뒤에 작은 점이 찍혀 있었다. 류 씨의 갈색 점을 확대한 결과 그 점 속에 미세한 침 자국이 보였다.

"이건, 틀림없는 살인이야."

철재는 눈을 치켜뜨고 주위를 살폈다.

"사망 사건과 아버지의 총격이 같은 날 벌어졌잖아. 두 사건은 분명히 뭔가 연관성이 있어. 그러니 너 심각하게 몸조심하는 게 좋겠다."

8

1978년 10월 13일.

왕복 4차선의 도로 위로 겨울비가 내렸다. 소음과 먼지와 배기가
스가 뒤섞인 회색 거리. 월출의 뒤로는 미국 문화원, 앞으로는 서울
시청이 보였다. 월출은 택시에서 내렸다. 검은색 우산 위로 비가 떨
어져 내린다. 인중에 붙인 수염, 희끗한 머리, 안경, 회색 양복 위에
걸친 코트, 그리고 중절모. 누가 봐도 50대 회사원이다. 뒤이어 같은
택시에서 내린 동삼도 남색 양복의 50대 일본인으로 변장한 상태였
다. 두 사람은 나란히 호텔 앞문으로 들어갔다. 벨보이가 그들이 들
고 있는 가방 두 개를 들어 주려 했지만 동삼이 손을 들어 사양했다.

호텔 로비에 들어서자 빨간색 유니폼을 입은 여자 둘과 남자 하
나가 정수리를 보이도록 인사를 했다. 붉은 카펫이 푹신하게 밟혔
다. 비발디 「사계」 중 「겨울」이 로비에 흘러나왔다. 동삼은 다카하

시 겐토라는 이름을 댔다. 위조된 신분증을 보여 주고 예약을 확인한 후, 705호라고 새겨진 키를 받았다. 중앙 현관에는 엘리베이터 세 대가 움직이고 있었는데, 안에는 안내양이 흰 투피스에 흰 장갑을 착용한 채로 손님들을 안내했다.

그와 동삼이 엘리베이터에 올랐다.

"몇 층 가십니까?"

안내양은 월출과 눈이 마주치자 인공적인 미소를 지었다.

"나나까이, 오네가이 시마스."

동삼이 일본어로 대답했다. 월출은 호텔 주변에서 이곳까지 오면서 스친 사람들을 떠올렸다. 그사이 7층에 도착했다. 엘리베이터에서 내린 두 남자는 횃불처럼 늘어선 조명 사이를 걸어 705호 앞에 이르렀다. 동삼이 열쇠로 문을 열며 주변을 한 번 살폈다.

"이상하면 비둘기는 바로 처리해. 비둘기 빼고 남자 셋이 더 있을거다. 수상한 짓 하면 쏴 버려."

방은 인공적인 세척 냄새가 났다. 탁자 하나와 의자 셋이 가지런히 늘어선 응접실. 허리께까지 자란 싱싱한 난과 탁한 조명등 옆으로 하얀 커튼이 커다란 창 양쪽으로 얌전히 매여 있었다.

비에 묻힌 서울 야경은 뿌옇게 반짝거렸다. 동삼이 가방에서 작은 망원경을 꺼내 들자, 월출은 커피 껌 포장지 하나를 뜯어 입속에 넣었다. 달콤 쌉쌀한 특유의 향이 퍼졌다. 그러자 불현듯 그녀가 떠올랐다. 동삼이 건너편 건물과 호텔 아래를 살피고 커튼을 치는 동안 월출도 방 두 개와 침대 두 개의 밑, 장롱, 욕실을 체크했다. 동삼이 허리춤의 총을 꺼내 탄창을 확인하자 월출이 말을 꺼냈다.

"미군이 보이지 않은 게 마음에 걸립니다."

동삼은 입술을 씹었다. 호텔의 주 이용객이 미군임을 그도 모르진 않을 터.

"이건 극비 지령이야. 나랑 비둘기 둘밖에 모르는데 어떻게 새어 나가겠어?"

비둘기, 임춘호. 남한 배우 겸 기타 연주자로서 주로 드라마에는 양다리 걸치는 남자로 나왔다. 그의 임무는 밴드부와 계약하기로 되어 있는 멤버로 위장해서 704호에 마지막으로 들어가 문을 몰래 열어 두는 일이다. 임춘호는 배우치곤 거짓말에 서툴다. 그가 어쩌다 포섭되었는지 알 수 없는 일이었다. 더군다나 최근 최은희 납북 때문에 사회 전반에 경계가 삼엄했다. 이런 상황에서 또 납북 지령 이라니. 월출로서는 도무지 이해할 수 없었다.

"704호의 목표를 데리고, 인천의 접선 지점으로 간다. 시간은 세 시간."

동삼의 가방 안에는 통에 담긴 마취약과 로프, 머리에 씌울 만한 천이 들어 있었다. 월출이 물품들을 골라내며 물었다.

"목표는 누굽니까?"

"윤숙희라고 알지? 남한에서 최고 인기 있는 여가수."

순식간에 월출의 움직임이 멈추었다. 월출은 동삼이 무슨 말을 하는지 처음엔 알아들을 수 없었다. 윤숙희, 여가수, 그녀, 해경이. 갑자기 심장이 요동치기 시작했다. 동삼의 눈이 월출의 표정을 훑는 듯 재빠르게 움직인다. 그가 가늘게 웃자 월출은 동삼이 자신에 대해 어디까지 알고 있는지 궁금증이 들었다. 눈앞이 핑 돈다.

어느덧 벽에 걸린 고급스러운 무늬의 시계는 오후 7시를 가리켰다. 704호 문은 약속대로 열려 있었다. 704호는 705호와 구조가 같았다. 문틈 사이로 담배 연기 자욱한 응접실에 남자 네 명이 둘러앉아 있는 게 보였다. 월출은 당혹스러운 표정을 들키지 않으려 애쓰면서 동삼의 뒤를 따랐다. 동삼은 704호로 들어가 문을 걸어 잠갔다.

"동작 그만."

동삼과 월출은 남자들에게 총을 겨눴다. 낯선 두 남자의 등장에 704호 방 사람들의 움직임이 정지했다. 매니저가 엉거주춤 일어서며 전화기를 집으려는 순간, 동삼이 소음기를 장착한 총을 그에게 쏘았다. 매니저는 허벅지를 움켜쥐며 뒹굴었다. 나머지 밴드부 남자 둘은 얼어붙은 듯 움직이지 않았다.

"여자만 일어선다. 천천히."

동삼의 지시에 여자가 남자들 사이에서 천천히 일어섰다. 해경은 치맛단을 움켜쥐고, 독립군 같은 비장한 표정을 하고 있었다. 갈색 두 눈이 일렁였다. 그녀가 눈앞에 서자, 월출은 주먹을 꽉 쥐었다. 아득해지는 정신을 똑바로 차리고, 겨우 그녀에게서 시선을 떼었다. 다행히도 그녀는 변장한 월출을 알아보지 못한다. 월출이 로프를 꺼내기도 전에 비둘기가 팽창하는 긴장감을 견디지 못하고 욕을 내뱉었다.

"씨, 씨팍."

그 순간 놀랍게도 밴드부 남자 두 명이 총을 꺼내 들었다. 하지만 동삼이 더 빨랐다. 그는 밴드부로 위장한 남한 요원 둘의 미간에 구멍을 냈다. 복도에 누군가의 발소리가 요란히 울렸다. 동삼은 비둘기를 노려보곤 총구를 들이댔다. 팽팽하던 방 안의 공기가 휘몰아치고 비둘기는 주먹을 꽉 쥔 채 바닥에 꼬꾸라졌다. 동삼은 문으로 들어오려는 남한 요원들에게 총알 세례를 퍼부었다. 월출과 해경은 태풍의 눈 속에 들어온 사람 같았다. 월출이 해경의 팔을 붙잡자 그녀가 저항했다. 그러자 동삼이 보다 못한 듯 다가왔고, 월출은 그와 동시에 동삼의 심장에 총을 겨누고 방아쇠를 당겼다. 순식간에 벌어진 일이었지만, 본능적으로 몸을 튼 동삼의 동작 때문에 총알은 빗나가 그의 허벅지에 맞았다.

"종간나 새끼!"

갑작스러운 월출의 배신에 동삼이 허벅지를 부여잡고 욕설을 내뱉었다. 월출은 총소리에 놀라 주저앉은 해경의 팔을 잡고 베란다 난간으로 이끌었다. 동삼이 쏜 총탄이 벽에 맞아 파편이 튀고 굉음이 났다. 둘은 베란다 문을 잠그곤 소방용 비상 탈출로로 이동했다.

거실에선 여전히 총소리가 이어졌다. 스펙터클한 밤이다.

간첩으로 추정되는 두 괴한이 포위망을 뚫고 사라진 그 시각. 군과 경찰은 발칵 뒤집혔다. 이번 작전은 서중태가 지휘를 맡고 있었다. 얼마 전, 서중태는 간첩 임춘호를 잡아 윤숙희 납치에 관한 정보를 입수했다. 임춘호도 접선 장소만 알았을 뿐 신분은 몰랐다. 이참에 간첩들을 싸그리 잡아들일 생각이었다. 그래서 나흘 전에 그녀를 불러 작전 협조를 요구했다. 미끼가 되어 달란 뜻이었다. 그녀와 서중태 사이에는 오랜 앙금이 있었다. 그런데 이렇게 마주할 날이 오다니. 알 수 없는 세상이다.

서중태는 적절한 곳에 많은 수의 요원을 배치했다. 그러나 무용지물이었다. 서중태는 괴한 두 명이 704호에 들어가기 전부터 그 방을 감시하고 있었다. 하지만 눈 깜짝할 사이에 방 안에 임춘호와 요원들의 시신만 남고 아무도 보이지 않았다. 오 형사가 다른 요원들과 호텔 방을 수색하는 동안, 중태는 비상계단으로 향했다. 그곳에 요원 둘이 계단에 쓰러져 꿈틀거렸다. 멀지 않은 곳에서 급히 뛰는 발소리가 났다. 무전을 쳤으나 입구, 벨보이, 주방, 어느 곳도 응답이 없었다.

1층으로 향하는 마지막 비상문을 열고 나가자 온갖 소음이 귓구멍으로 쳐들어왔다. 숨을 고르면서 시선으론 남자 둘을 찾았지만 보이질 않았다. 호텔 앞에 주차된 차 위에는 괴한이 들고 온 가방이 보였다. 차에 가까이 다가가는 순간, 휘발유 냄새와 함께 폭음이 귀를 강타했다. 자세를 낮췄지만 얼굴에 파편이 튀었다. 매캐한 연기와 그을음이 눈앞을 가렸다. 서중태는 눈을 떠 주변을 살폈다. 차 뒤쪽에 불길이 솟구치고 있었다. 양복 입은 남자 둘은 흔적도 없이 사라졌다.

'쥐새끼 같은 것들!'

허리를 세우고, 허공에 발길질을 해 댔다. 서중태가 씩씩대며 7층으로 되돌아가자, 남한 요원 네 명이 순식간에 시체가 되어 누워 있었다. 매니저는 테이블 밑에서 기어 나와 병원으로 옮겨졌다. 방은 난장판이었으나 건진 게 없었다.

"괜찮습니까?"

본인 이름이 새겨진 손수건으로 입을 틀어막고 울상을 짓던 오진복이 서중태에게 물었다.

"테이프 가져와!"

쥐새끼 둘은 감쪽같이 사라졌다. 이름도 생김새도 전혀 알아내지 못했다. 그나마 얼굴을 봤을 임춘호마저 죽었다. 이 와중에 현장에서 헛구역질을 해 대는 형사들의 머리에 총알을 하나씩 박아 주고 싶다. 무능력한 데다가 무식하기까지 한 것들.

녹음된 테이프를 틀었지만, 이렇다 할 단서를 건질 만한 대화는 없었다. 녹화를 위해 비치한 카메라는 어떻게 알았는지 부서져 있었다. 그림자 하나 건지지 못했다. 방명록도 다카하시 겐토라는 일본 이름이었고 신분증도 당연히 가짜다. 본 사람들을 토대로 그린 몽타주도 도움이 못 된다.

그런데 간신히 살아남은 매니저가 증언하기로 둘 중 하나가 자기편 다리에 총을 쐈다고 했다. 같은 편을 쏘고 윤숙희를 데리고 사라진 쥐새끼. 경찰은 반도 호텔 반경 4킬로미터를 포위했지만 그 쥐새끼는 윤숙희를 데리고 유유히 사라져 버렸다. 실력 좋은 마술사처럼. 서중태는 널브러진 시체 더미를 넘었다. 발에 딱 맞춘 수제 구두에 피가 묻어 욕이 튀어나왔다. 게다가 오른쪽 얼굴이 화끈거리기 시작했다. 지혈하던 흰 수건이 피로 젖었다.

"이거 원 글렀네. 글렀어. 와 재빨라 재빨라. 빨갱이 새끼들 벌써 꼬리 싹 숨겼습니다."

지원 나온 형사팀의 오 형사가 뒷머리를 긁적이며 변명했다. 중태는 신경질이 확 났다. 병신 새끼들. 밥을 그렇게 처먹고 돈을 그렇게 받고 쉬는 날 쉬는데도 남자 둘을 못 잡아 다 죽어 나자빠진 꼴이라니. 서중태는 벌어진 상처 안을 들여다보며 이를 악물었다.

그 시각 월출은 골목길을 달리고 있었다. 해경도 함께였다. 도주로는 월출이 예전부터 작전 수행 후 다니던 지름길이었다. 해경을 데리고 도망치느라 정신없었는데 어느 정도 거리를 확보하니 긴장이 풀리며 현기증이 몰려왔다. 몸이 휘청해 발걸음을 멈추고 벽을 짚었다. 옆구리를 만지니 뜨끈한 무언가가 흐르고 있었다. 해경이 이때다 싶어 월출의 손을 뿌리쳤다.

"차라리 날 여기서 죽여요!"

그러면서도 그녀의 두 눈은 주변을 훑어보고 있었다.

"잘 들어. 다음번 갈림길에서 따로 가. 왼쪽으로 틀면 바로 경찰서가 나올 거야. 누구라도 물어보면 무조건 기억 안 난다고 해. 정신없이 도망쳤다고 해."

해경은 남자의 말을 이해하려 애썼다. 힘들게 납치한 그녀를 놔주겠다는 뜻이었다. 생각해 보니 아까부터 남자의 행동이 이상했다.

"누구예요. 당신?"

그녀의 묻는 목소리에 이미 모든 것을 예감한 떨림이 담겨 있었다. 어쩌면 서중태, 그 악마가 이번 작전을 통해 포획하려 한 건 이런 극적인 상황이 아니었을까. 주황빛 가로등 밑에서 겨우 수염을 뗀 그의 얼굴을 확인할 수 있었다. 그녀의 손가락 사이로 비명이 힘없이 새어 나왔다. 둘은 복잡한 표정으로 서로를 살폈다. 세월의 틈을 메울 만한 단어를 찾았지만 아무런 말도 하지 못했다. 그만 해경은 바닥에 주저앉아 울음을 터뜨렸다.

"······미안해."

월출이 겨우 꺼낸 말이었다. 처음부터 지금까지 그녀를 오롯이 지켜 주지 못해서. 혼자 떠나게 해서. 용기 내지 못해서. 모든 것을 설명하지 못해서. 모든 것이 함축된 의미의 단어가 겨우 '미안해'였다.

월출은 해경의 손을 그저 꽉 쥐었다. 한때 마음이 벅차오를 때마다 그랬던 것처럼. 해경은 천천히 울음이 잦아들더니, 월출의 손을 뺨에 대어 보았다. 따뜻했다. 월출 역시 부상 때문에 온몸이 꺾여져 내리는 듯했지만, 둘의 재회는 고통마저 잊게 만들었다. 월출은 그간 헤매며 찾았던 답을 찾았다. 사랑은 변하지 않는다. 그리고 변하지 않는 사람도 있다. 월출은 그녀를 꽉 안았다. 둘 사이의 모든 시간과 공간의 틈이 허물어지는 것을 느꼈다. 해경에게 들려줄 이야기가 많았지만, 둘은 다음을 기약하고 일단 헤어지기로 했다.

해경은 다음번 갈림길에서 월출과 작별했다. 월출은 골목 뒤에 숨겨 둔 점퍼로 갈아입었다. 그의 입에서 신음이 흘러나왔다. 눈앞의 땅은 어물어물했지만 이를 악물었다. 허리와 다리가 꺾였다. 동삼의 넓적다리에 총알이 관통했다. 이젠 누가 선수 치느냐의 문제였다. 빨리 동삼을 찾아야 한다. 지금쯤 근처 병원 응급실과 약국은 상처 입은 둘을 찾기 위해 혈안이 된 군경들로 즐비할 것이다. 그러니 동삼이 갈 곳은 자신의 아지트뿐이다. 월출은 30분 정도 동쪽으로 달려갔다. 가는 길에 순경 둘이 검문 중이었기 때문에 길을 돌아 그의 집으로 향했다.

201호의 문은 가볍게 열렸다. 구두 끝에 묻은 피가 방 안으로 이

어져 있었다. 월출은 신음을 참으며 안으로 들어갔다. 두꺼운 커튼
이 쳐져 있어, 복도의 불빛만이 한줄기 금을 그어 놓았다. 최신식 화
장실에서 물소리가 들렸다. 거실에는 피 묻은 옷가지와 큰 비닐이
놓여 있었다. 월출은 화장실 문을 열었다. 하지만 안은 텅 비어 있었
고 빈 공간에 물줄기만 쏟아졌다.

몸은 머리보다 빨리 반응한다. 장시간 훈련받은 사람은 그렇다.
부엌칼이 월출이 서 있던 자리에 날아와 박혔다. 커튼 뒤에 동삼이
위태롭게 서 있었다.

"역시 강춘식이 그 새끼래, 반동분자 새끼를 키웠고만그래."

"너야말로 왜 있지도 않은 지령을 일부러 만드는 거네."

애초에 이상한 지령이었다. 지원팀도, 사전 작전 계획도 없었다.
월출에겐 서열이나 정치는 먼 이야기였다. 그에겐 가족이 있는 곳이
조국이고 이데올로기였다. 하지만 동삼은 달랐다. 성과가 필요했고
출세를 원했다. 그의 과욕이 결국 무리한 작전을 만들어 낸 것이다.

동삼의 눈빛과 월출의 눈빛이 공중에서 부딪쳤다. 방 공기는 서로
가 내뿜는 아드레날린으로 팽팽했다. 조금의 실수가 죽음으로 이어
지는 상황이었다. 월출은 주먹을 꽉 쥐고 몸에 균형을 잡았다.

"이제 끝내자."

"니 매형이 조국을 버리고 도망치다 잡혔는데 모르나?"

월출은 한 번도 보지 못한 매형을 떠올렸다. 자동적으로 그와 함
께 살았을 말없던 누이의 모습이 그려졌다. 우는 대신 아랫입술을
지그시 누르며 웃어 보이던 누이. 월출의 몸이 휘청거렸다. 그 사이
동삼이 칼을 들고 달려들었다. 훈련소 시절부터 동삼은 칼을 애인이

라 부를 만큼 능숙했다. 애인은 미군 제식 대검인 M9, 길이는 20센티미터, 길고 날카로운 데다가 매일 갈고 닦았다. 월출이 마음을 다잡고 반격의 태세를 갖추기도 전에 동삼의 애인은 들어왔다 나가길 반복했다. 예전이나 지금이나 칼 쓰는 건 최고였다. 동삼이 다리에 부상을 당하지 않았다면 월출의 동맥이 끊겨 나갔을 것이다. 긴장감에 침을 삼켰다.

동삼이 미간에 주름을 잡으며 다시 덤벼들었다. 월출은 손에 말아 쥔 점퍼로 동삼의 애인을 감쌌다. 찌지직 하는 소리와 함께 옷은 반으로 갈라졌다. 그 찰나의 순간에 월출은 동삼의 옆구리를 찔렀다. 폐에서 검은 피가 쏟아져 나왔다. 동삼의 눈동자에 천장의 조명 불빛이 붉은 홍등처럼 피어올랐다가 천천히 사그라졌다. 그의 몸이 파르르 떨린다. 전쟁이 아니었다면 고향 친구로 남았을 소년. 그의 뺨을 타고 눈물이 흐른다.

동삼의 죽음을 확인한 월출이 커튼을 열어 밖을 살폈다. 어느새 경찰들이 사방에 깔려 검문과 가택 수색 중이었다. 자신의 탈출로까지 따라온 게 분명했다. 월출은 재빨리 석유난로를 발로 차 엎고 라이터를 켜 불을 붙였다. 그러곤 붉은 기운을 등지고 방을 빠져나왔다.

월출은 경찰과 마주치면 다른 길로 들어서고, 담도 넘었다. 왼쪽 옆구리에 젓가락을 넣어 쑤셔 대는 듯 극심한 통증이 일었다. 입안이 버석거렸다. 그렇게 한참을 가, 드디어 시장 골목이 보였다. 하지만 그 순간 얼굴에 갑자기 빛 세례가 쏟아졌다.

"거기 누구야?"

남성의 음성. 월출은 미간 주름을 폈다. 품속에서 칼을 꺼내기도 전에 상대방은 손전등을 내리더니 한숨을 쉬었다. 오 형사였다.

"책방? 난 또 누구라고. 어디 다녀와?"

"거래처 사람 만나 물건 좀 받아 오느라고요."

"지금 간첩 새끼들이 서울시 사방을 들쑤시고 다니는데 무슨 간 땡이로 돌아다니는 거냐?"

"무슨 일 터졌습니까?"

"비상이야, 비상. 빨갱이 새끼들 때문에 형사들 다 지원 나가서 내가 집에도 못 들어가고, 오늘 종일 밥도 굶었다니까. 이게 다 먹고 살자고 하는 짓인데."

"빨갱이 새끼들은 밤낮을 안 가리네요."

"얼마 전에도 최은희 납북 때문에 완전 비상이었잖아. 근데 빨갱이 새끼들이 이번엔 윤숙희를 납치하려고 했다잖아. 너 윤숙희 알지?"

오진복이 목소리를 낮췄다.

"네. 알죠."

"아유, 이번에 또 윤숙희가 잡혀갔어 봐라. 와, 또 집에 다 들어갔다 봐야겠지."

"그래서 윤숙희는 무사하답니까?"

"너도 팬이냐? 히히. 암, 무사하다더라. 근데 그게 진짜 웃기는 상황이라는 거 아니냐. 그거 때문에 서중태 그 자식 열 받아 가지고, 히히. 그놈이 윤숙희를 미끼로 함정을 팠다가, 윤숙희도 놓쳐 간첩도 놓쳐 공안실이 발칵 뒤집어졌지. 근데 사라진 윤숙희가 제 발로 파출소에 갔으니 이게 또 염병할 일이거든. 야, 담배 있냐?"

"사 올까요."

주머니 속 피에 젖은 은하수를 움켜쥐며 월출은 대답했다.

"미리미리 사 두지, 좀. 내가 말한 물건은?"

오 형사는 자기 담배를 꺼내 물었다.

"담 주에 들어온답니다."

"그래? 집사람 미용실에 갔다 봐. 저기 담에 환이랑 같이 밥 한번 먹자."

"네. 그럴게요."

"너 내 여동생 봉실이 알지? 함 만나 볼래? 자꾸 너랑 다리를 놔 달래네. 동생은 너 본 적 있다던데? 야 인상 쓰지 마라. 동생 나 안 닮았어. 여자는 살림 잘하고 잔소리 없음 와따야."

오 형사는 월출의 어깨를 두드리며 웃음이 터졌고, 월출은 해경이 무사한 것 같아 따라 미소 지었다.

9
다섯째 날 오후 12시

　새림 재단 피해자들은 한결같이 돈 없고 힘없는 이들이었다. 이른 아침에 피켓 시위를 가기 전인 그들에게 전화를 걸어 어렵지 않게 만날 수 있었다. 그간 새림 재단이 해 온 비리와 악행들에 대해 그들은 주저 없이 말하면서도, 내 안위를 걱정해 주기도 했다.

　"조심해야 돼. 입막음을 위해선 사람 죽이는 것도 불사할 놈들이야."

　서중태와 새림 교회의 뒤를 캐면 캘수록 북한 김정은 로열패밀리와 맞먹을 만큼 강력한 카르텔이 형성되어 있었다. 새림 교회의 대표이사인 서중태의 장남은 아동시설, 스포츠센터, 장학시설, 샘터, M 건설 회사를 운영한다. 맏며느리는 K 건설회장의 막내딸이다. 서중태의 첫째 딸은 강남의 위치한 B 중고등학교 이사를 맡고 있고, 사위는 H 사 이사다. 차남은 경찰청장을 지냈다. 새림 재단은 대통령 훈장을 여러 차례 받기도 했다. 이외에도 서중태의 혼외자식이 즐비하다는 소문도 있고, 혼외자라고 주장하며 소송을 건 이도 있었지만 최종 결론이 났다는 기사는 아직 본 적이 없다.

무엇보다 서중태는 불법 대선자금으로 여러 차례 조사를 받았지만 혐의 없음으로 처리됐다. 정권이 바뀔 때마다 단골 수사 대상이지만 그때마다 빠져나가는 걸 보면, 그의 뒤에 숨은 실세가 있을지도 몰랐다. 아니면 그 자체가 실세일 수도…….

서중태가 활동하던 시기의 권력자와 지금의 권력자는 어떻게든 연관되어 있고, 권력은 쉽사리 바뀌지 않으니까. 최근까지 여권의 대선 캠프 종합 상황 실장과 서울 시장이 새림 교회를 다닌다고 하니, 이런 추측도 타당성이 있다. 그리고 이 정도로 인맥이 그물처럼 촘촘히 연결되어 있고, 탄탄한 자금력이 있다면 이 작은 땅덩이 하나 정도 못 움직이랴?

내 머리 위로 납빛 먹구름이 다가왔다.

새림 재단 피해자들과 헤어지고 나오는 길에, 사채업자 멸치와 불곰을 맞닥뜨렸다. 그들에게 이가 나갈 정도로 흠씬 두들겨 맞은 게 엊그제인데, 벌써 다시 찾아오다니. 환기통으로 가득한 좁은 골목에서 날 가운데 두고 앞뒤로 멸치와 불곰이 서 있었다. 멸치가 킥 하고 웃더니 목을 꺾었다. 저 웃음, 저 버릇, 나흘 전 내 이 하나를 날려 버렸지. 뒤에는 불곰이 눈을 부라렸다. 저놈은 내 배에 철근 같은 주먹을 꽂아 넣어 토악질을 하게 만들었다.

"아직 약속한 시간 안 됐잖아."

나는 짐짓 엄숙하게 말했다.

"약속은 네가 먼저 안 지켰잖냐."

뒤통수에 빠각하는 소리가 나고 내 몸은 꼬꾸라졌다. 사내들의 뻣뻣한 손이 나의 겨드랑이를 비집고 들어왔다. 이런 적은 처음이다. 기껏해야 몇 대 패거나 겁을 줘서 약속 날짜를 상기시키든지, 아니면 돈을 뺏어 가든지 했는데. 웬일인지 오늘은 주머니 안도 뒤져 보지 않는다.

이 싸한 느낌은 뭐지.

'정신 차려야 한다. 정신 차려야 해.'

머릿속으로는 그렇게 되뇌고 눈에 힘을 주었지만 정신은 아득해졌다. 무의식 속에서 나는 지웠던 기억을 떠올렸다.

어느 장면에 대한 기억. 그곳에서 너는 난쟁이다. 떠도는 먼지입자, 굳어버린 공기, 높고 크고 거대하게 쌓아올려진 책들, 책 곰팡내, 아버지의 위로 치켜뜬 눈썹, 이모든 것이 너를 에워싸고 내려다보았다. 아버지의 입은 굳게 다물어져 있다. 그는 너의 등을 떠민다.

다신 오지 마라. 여기.

내가 뭔가 잘못한 걸까. 울고 불고 두 손바닥을 비빈다.

아버지의 동공이 작아지고 날카로워진다. 노려본다. 이를 악문 턱이 꿈틀거린다.

그의 날카롭고 무거운 시선에 너의 방광이 묵직해 온다.

죄송해요 아버지.

당장 나가!

흘러내리는 콧물, 온몸이 축축해지고 끈적해진 너였다. 너는 눈물

콧물로 범벅이 된다. 너는 아버지의 다리에 온몸을 매달린다. 아버지는 몸을 푸드득 떤다. 무서운 기운으로 손과 다리와 머리를 뜯어내고, 문을 열고 너를 밖으로 밀었다. 너의 몸이 차갑고 딱딱한 바닥에 나동그라진다. 육중한 문이 너의 코앞에서 닫힌다. 얼음송곳 같은 비가 너의 피부를 뚫고 쳐들어온다. 안에서는 여자의 낮고 음침한 목소리가 들려온다. 아버지는 안에서 기묘한 신음을 내지른다. 등골이 서늘하고 머리부터 발끝까지 닭살이 돋는다.

무의식을 맴도는 피비린내. 비명소리가 비밀스럽게 뒤섞인 가운데 손등에 아득한 통증이 밀려온다.

모든 신경이 일제히 돌아와 비명을 질렀다. 눈꼬리에 축축함이 느껴졌고, 이어 머리를 송곳으로 찌르는 듯한 고통이 전달되었다. 몸이 좌우로 흔들리고 목구멍은 바짝 말라붙고 속은 울렁거렸다.

"네. 지금요? 네. 문제없습니다."

굵직한 남자의 음성이 들려왔다. 불곰이다. 불곰의 기분이 좋아 보인다. 일은 확실히 안 좋은 방향으로 굴러가고 있다. 나는 죽음을 예상했다. 퀴즈대회라도 있다면, 부저를 누르고 "바로 지금요! 지금 저는 100프로 죽을 것 같네요!"라고 외칠 것이다. 진부하기 짝이 없게 공포감이 들었다. 얼마 전까지 자살 시도를 했던 내게도 어김없이 찾아오는 감정이었다. 하긴, 무서우니까 자살에 실패한 거겠지.

머리를 굴렸다. 볼에 싸구려 가죽 시트가 느껴졌다. 레몬 방향제. 차 안이다. 눈을 가늘게 떴지만 컴컴했다. 눈 위에 천이 드리워진 게 느껴졌다. 답답함에 손으로 치우고 싶었으나 손도 자유롭지 못했다.

등 뒤로 단단하게 묶여 있었다. 창문은 닫았는지 소리가 들리지 않는다. 라디오도 틀지 않았다. 은은한 스킨 냄새만 풍겼을 뿐. 구토가 일었다. 바람이 불었고 짠 내가 몸을 감쌌다. 차 안보단 오히려 속은 나아졌다. 사내의 거친 손이 내 눈을 가린 천을 풀어 눈앞의 아령을 확인하기 전까진 말이다. 15킬로그램짜리 아령 두 개가 나와 연결되고 있었다. 초점이 슬슬 잡히더니 멸치의 낡은 구두가 보였다.

"원망은 마셔. 우리도 시키는 대로 하는 거니깐. 네 돈은 그쪽이 다 갚아 준다고 했으니 아무 걱정 말고 편안하게 저승 가고."

"그래, 거기가 더 편할 수도 있어. 돈 걱정 안 해도 되잖아."

멸치는 내 신발을 벗기고 주머니에서 핸드폰을 꺼냈다. 불곰이 지들 멋대로 쓴 내 유서를 그 위에 놓았다. 쪽팔리게 눈물이 났다.

"왜, 왜 이러는 거야. 내가 돈 줄게. 돈은 준다니까! 누가 시켰어. 어느 놈이야! 엉?"

나는 몸부림치며 뭍 쪽으로 기어갔다. 멸치와 불곰이 내 발목을 나란히 잡아 들었다.

"하나, 둘, 셋. 구호를 맞춰 던지자."

"야이씨. 셋 하고? 아니면 셋 할 때?"

"셋 하고."

둘은 처음 합을 맞추는 개그맨팀 모양새다.

"하나, 둘, 셋!"

풍덩.

물속은 온몸이 찢기는 듯 아릴 만큼 차가웠다. 가라앉는 와중에 물 밖을 보니 멸치와 불곰의 실루엣이 보였다가 사라졌다. 30킬로그램짜리 쇳덩어리는 나를 밑으로 끌어내렸다. '살고 싶다. 살고 싶다.' 그런 생각만으로 몸부림쳤다. 줄을 끊으려고 애써 보았지만 점차 숨이 막혔다. 아무리 발악해도 어쩌지 못했다. 하하, 그간 죽고 싶다고 떠들었던 건 개뻥이었군. 의식이 희미해지며 몸부림도 그쳤다. 그리고 몸이 축 늘어지며 서서히 가라앉았다. 그 와중에 사람들이 떠올랐다. 우리 딸, 고생만 한 내 마누라, 불쌍한 엄마, 그리고 최희도…… 나의 아버지. 그는 누구일까…… 그에게 난 무엇이었을까…….

그 순간 내 몸이 위로 붕 뜬다. 마치 부력이라도 생긴 듯. 갑자기 물속보다 더 독한 한기가 엄습한다. 이가 딱딱 부딪치며 몸이 떨린다. 희미해지는 의식 속에서 다시 궁금증이 생겼다. 이곳은 천국일까 지옥일까?

*　*　*

하얀 천장. 격자무늬가 흐릿하게 보인다. 그다음 소독약 냄새와 백색 소음이 쳐들어온다. 손끝 발끝으로 몸의 감각이 돌아온다. 특별히 아픈 곳은 없다. 눈을 뜨자 링거 하나가 팔뚝에 꽂혀 있다. 흐릿하게 응급실 불빛에 초점이 잡힌다. 물 먹은 솜처럼 침대에 빨려 들어갔다. 몸을 일으킬 수 없었다. 눈을 껌벅이며 주변을 둘러본다. 마침 근처에 있던 간호사가 다가와 이것저것 물었다. 그러곤 담당 의사를 불러왔다. 그는 몇 가지 진단을 하더니 큰 탈 없다며, 당분간 안정을 취하라고 했다. 의사가 떠나자 이게 무슨 일인가 싶어 간호사를 붙잡고 물어보았다. 물에 빠진 내가 119 구급차에 실려 왔다는 말, 보호자가 이미 수속을 마쳤으니 원하시면 통원 치료하셔도 된다는 말까지 전한다. 보호자라니? 미영이 이곳에 온 걸까.

보호자가 계산을 마쳤다는 말에 계산서를 확인해 달라고 했다. 그곳에 쓰인 사인은 처음 보는 이름과 필체였다.

'일단 여기서 벗어나야 해.'

침대 밑에 있는 옷은 꿉꿉하게 말라 있었고 핸드폰과 신발, 지갑은 그대로다. 악몽이 아니다. 나는 분명히 물에 빠져 죽을 뻔했다. 화장실에서 옷을 갈아입고선 병원 밖으로 나왔다. 더운 바람이 얼굴을 덮쳤다. 나는 초점 없이 비틀거리다 택시에 몸을 실었다.

대학로는 비에 젖어 있었다. 커피숍. 식당가. 당구장. PC방을 오가는 학생들이 띄엄띄엄 보인다. 색동 우산을 쓴 여학생들이 총총걸음으로 걸어간다. 나는 후불제 교통카드로 택시비를 지불하고 내렸다. 최대한 학생들과 부딪치지 않으려 애쓰면서 번잡한 인도를 절뚝거렸다. 낡은 건물 3층, 월세 17만 원, 공동 화장실과 샤워실. 대박 고시원.

익숙한 건물 냄새를 맡으며 안으로 들어가 계단을 올랐다. PC방에서 나는 기계음과 당구공이 부딪치는 소리들을 뒤로하고 3층 고시원으로 들어갔다. 내 숨소리만 들렸다. 대학교 부근이기는 해도 학교에서 멀리 떨어져 있고 시설이 후져서 늘 빈방이 많았다. 바퀴벌레는 익숙하다. 학생 하나가 공용 주방 밥통에서 나온 벌레가 지네나 돈벌레냐를 두고 한참 주인과 싸운 적도 있다. 한 층에 방이 열두 개인데 공동 샤워실이 세 개에 가스레인지, 전자레인지, 세탁기가 있는 부엌이 한 개였다. 3층은 남자 층, 4층은 여자 층이다. 복도로 들어가는 순간 퀘퀘한 신발에서 일제히 쏘아 대는 우울한 냄새가 혹 끼친다. 가끔 4층에서 어느 여인의 한 맺힌 통곡 소리가 들려오기도 하고 때때로 이곳에서 누군가 자살했다는 소문도 흘렀다. 그도 그럴 것이 한 평 반 정도 되는 방 안에 책상 하나와 빛바랜 옷장, 주먹만 한 창문 틈조차 없는 밀폐된 구조에 방 한가운데 박혀 있는 커다란 기둥을 보고 있노라면 그 심정도 충분히 이해가 갔다.

게다가 이곳은 곧 대폭발을 앞두고 있다. 장담컨대 몇 개월 버티지 못한다. 냉장고 속 에일리언 알처럼 부푼 갖가지 종류의 김치 봉투 때문이었다. 부엌에 들어설 때마다 가슴이 콩닥콩닥 뛴다. 주인 아줌마는 늘 보이질 않으니 저대로 방치되는 것도 당연. 빚쟁이들이 알아낸대도 가져갈 거라곤 먼지와 쓰레기밖에 없는 3층 311호. 내 방이다. 역시, 내 짐은 나간 그대로였다. 한숨이 절로 나왔다.

'사람은 못 되도 괴물은 되지 말자.'

누군가 벽에 써놓은 문구. 어디서 본 영화의 대사로 기억한다.

한쪽에 소설 구상을 수기로 쓰다 만 이면지는 나름 다용도 선반으로 사용되고 있다. 침대 위에 그대로 쓰러졌다. 순간 햇빛이라곤 한 번도 구경 못 한 천 냄새가 났다. 복잡한 문제의 해답을 찾으려 의식 속을 유영하다가 어느 순간 퓨즈가 끊겨 버렸다.

다시 눈을 떴을 땐, 머리가 깨질 듯이 아프고 뒤따라 이마와 등, 그리고 팔다리에 고통이 느껴졌다. 그래도 숨이 쉬어지는 걸 보니 죽은 건 아닌 모양이다. 검푸름한 방 안. 손끝에 딱딱한 바닥과 왼쪽으로 바로 닿는 벽이 느껴졌다. 발등을 드니 또 가로막는 책상. 희미한 탈취제 냄새가 느껴졌다. 고시원. 내 방이 맞았다. 두 손으로 마른세수를 했다. 얼마나 잠들었던 건지 알 수가 없었다. 언제 옷을 벗었는지 팬티가 축축이 땀으로 젖어 있었다. 낮인지 밤인지 알 수가 없다. 스위치를 찾아 불을 켰다. 바닥에 내가 벗은 옷들이 아무렇게나 널려 있었다. 문을 열고 복도를 둘러보니 조용한 통로 끝에 EXIT만 푸른색으로 빛났다. 손목에 빨갛게 쓸린 자국. 내가 죽다 살아났다는 유일한 증거다. 도대체 거기서 어떻게 살아 나온 건지 알 수가 없다.

멸치와 불곰은 왜 날 죽이려 했을까? 통화하던 내용을 떠올려 보면 누군가의 사주를 받은 게 분명했다. 그리고 그럴 만한 사람은 서중태 외엔 떠오르지 않는다. 나의 행동이 서중태의 신경을 건드린 게 분명하다. 경고를 했음에도 시위대 사람들을 만난 게 결정적이었을까? 그 생각을 하자 의지와 상관없이 물속의 악몽이 떠올랐다. 목울대가 답답하고 숨이 거칠어진다. 내가 이렇게 살아 있다는 걸 알면 멸치와 불곰이 날 다시 물속으로 던질 게 분명하다. 나는 침대 밑에서 가방 하나를 찾아 옷가지와 양말, 속옷을 구겨 넣었다. 순간 방문 앞에서 누군가의 그림자가 서성거렸다. 벌떡 일어나 밖으로 나갔다. 늘어진 러닝셔츠에 닳은 사각팬티인지 모를 체크 반바지를 입은 60대 아저씨. 312호 앞에 늘어놓은 소주병의 주인이 확실하다. 벗어진 머리, 입이 작고 코가 넓적해서 어딘가 고집 세 보이는 얼굴. 안도감과 동시에 분노가 일었다.

"왜 남의 방을 기웃거립니까?"

"혹시 돈 좀 있나? 소주 살 돈이 똑 떨어졌지 뭐야."

"아저씨 제가 오늘은 좀 상태가 안 좋거든요. 그냥 가세요."

문을 닫으려 하는데 문 사이로 아저씨의 발이 들어왔다.

"내가 좋은 정보 하나 가르쳐 줄 테니까 소주 사 줄래?"

소통 불가인 아저씨 앞에서 더 이상 나체쇼는 하기 싫었기에 나는 얼른 새 추리닝을 꺼내 입었다. 이번엔 파란색이다.

"도대체 왜 이러시는데요?"

"소주."

아저씨의 단호한 말투에 나는 어쩔 수 없이 지갑에서 젖은 만 원을 꺼내 줬다. 그러자 아저씨는 갑자기 내 스마트폰을 뺏었다.

"아저씨!"

내 이면지 위에 매직으로 찍찍 써 내려간 글자.

'도청.'

나는 웃기지 말란 포즈로 응수하며 핸드폰을 뺏으려 했다. 순간, 아저씨는 날렵하고 정확한 동작으로 핸드폰을 분해했다. 그리고 새끼손톱만 한 도청 장치가 금붕어 똥처럼 달려 나왔다.

'따라와.'

아저씨는 312호 방에서 망원경을 가지고 나와 손짓했다. 꽤나 날렵한 걸음으로 옥상으로 올라갔다. 옥상은 먹다 버린 일회용 커피잔과 과자 봉지, 녹슨 운동 기구들로 엉망이다. 몸을 낮추고 망원경으로 아래를 내려다본다. 파란 추리닝과 하얀 러닝셔츠의 조합은 파괴력을 더했다.

"김밥천지 앞에 검은색 소나타."

건네받은 망원경을 들여다봤다. 소나타 안에는 30대 후반으로 보이는 남자와 여자가 등산복 차림으로 앉아 있었다.

"저게 뭐 어떻다고요."

"자네 오고 나서부터 쭉 저기 있어. 주차 단속을 하든 말든 말이지. 그냥 지나치려 해도 왕년의 버릇 때문에 계속 눈에 거슬리더라고. 번호판은 또 어떻고? 흙으로 번호 하나 안 보이게 해 놨는데 바퀴는 세차한 것처럼 깨끗해."

"그럼 저 사람들이 내 핸드폰에 도청 장치를 달고 날 감시한다는 거예요? 아저씨 영화 많이 보셨죠?"

"그럼 다르게 물어보지. 최근에 자네한테 이상한 일이 없었나. 미행당하는 느낌이나, 없어진 물건이나."

이상한 사람을 만났고, 죽을 뻔하고, 누군가 살려 주기도 했다. 지난 닷새간, 이상한 일투성이였다.

"표정 보니 뭔가 있네, 있어. 나한테 말해 봐. 내가 도움을 줄지도 모르잖아. 물론, 자네가 나한테 빚지는 거니까. 나중에 내 부탁도 좀 들어주고."

나는 내가 겪은 이야기를 간추려서 이야기했다. 이곳에서 지내는 사람들끼린 암묵적으로 같은 편 느낌이 있다. 물론 나가서는 서로 아는 척도 하지 않겠지만.

"이렇게 정교한 도청 장치는 개인 게 아니야. 국가에서 만든 거라고."

"아저씨가 누군데 그걸 알아요?"

"나랏일 좀 했지. 자네 작가잖아. 꽤 큰 벌집을 건드렸나 본데?"

내가 작가였단 건 또 어찌 알았을까?

"그렇다면 저 사람들 어쩌죠? 경찰에 신고할까요?"

"뭐."

"그냥 두라고요?"

"자네 여깄는 거 알잖아. 근데 안 잡아가고 간만 보잖아. 낮에 자넬 납치해서 죽이려 했던 녀석들이면 저렇게 가만있을까? 오히려 목숨을 구해 준 게 저들일지도 모르지. 자네를 감시하고 또 자네에게서 뭔가를 얻어 내기 위해서 말이야. 그니까 저쪽에서도 때가 되면 액션을 취할 거야. 일단 기다려 봐."

옛날을 회상하듯 복잡한 얼굴이 되더니 씨익 웃었다. 누런 이가 듬성듬성하다. 어째 쉬워 보였던 실타래 풀기가 점점 꼬여 가고 엉켜 갔다. 그러니까 저들은 나에게 수첩을 의뢰했던 이들일까? 그들은 국가에서 고용됐고? 뭐가 어찌 되는지 도통 알 수가 없다. 당장 은비가 캐나다로 떠나기까지 얼마 남지 않았는데, 그 전에 이 일을 마무리 짓고, 3억을 받길 바랐는데⋯⋯. 머리가 아팠다. 내가 이마를 짚자 눈치가 어찌나 빠른지 바로 말이 나왔다.

"머리 아픈가? 마침 나한테 좋은 약이 있는데. 따라와. 급할수록 돌아가라고 했잖아."

312호 방은 없는 게 없었다. 좁은 공간에 딱 잘 자리만 두고 온갖 잡동사니가 빼곡하게 들어섰다. 양은 냄비, 전깃줄, 빈 커피 가마니, 기이한 유리잔, 용액들, 전기도구들, 사냥총, 화약, 단추 같은 물건까지.

"소형 도청기야. 생긴 건 그래도 작동은 잘되지. 아 그건 건들지 마. 아무것도. 여기 고시원이 흔적도 없이 날아가는 수가 있어."

뿌옇게 먼지 낀 맥주잔 하나를 책상 위에 내려놓았다. 늘어서 있는 병 중에 한 개를 들었다. 자세히 보니 왼쪽 손가락 세 개를 잘 움직이지 못한다. 그러나 능숙하게 액체를 두 가지 섞어 따르고, 서랍 안에서 알약 하나를 넣어 저었다. 액체 속에 떨어진 알약은 치지직 경쾌한 소리를 질렀다.

"특제 피로회복제야. 이거 만들어 달라고 아직도 연락들 온다니까."

에라 모르겠다. 머리가 계속 지끈거렸고 못으로 뇌를 긁고 쑤시고 누르는 느낌을 참지 못하고 액체를 들이켰다. 시큼한 맛이 혀를 톡 쏜다. 입안에 감도는 맛은…… 의외로 괜찮은데?

"반했지?"

눈이 번쩍 뜨였다.

"음. 생각보다 괜찮은데요."

그는 자기 손을 들어 보였다.

"사금파리에 팔목이 베였는데 그 이후로 손가락이 안 움직여. 산에서 구르다 머리통도 수박처럼 깨졌는데 안 죽은 게 다행이지."

갑자기 웃통을 깐다. 배에 칼자국과 꿰맨 자국이 엉켜 빠진 솜을 채워 넣고 꿰맨 오래된 이불처럼 울룩불룩했다.

"이건 총알이 관통했던 거. 내장이 막 흘러내려서 그 자리에서 철사로 꿰맸지. 어디 가서 떠들다가 죽은 사람 내 많이 봤지만 자네도 보통 일 당하고 있는 건 아닌 거 같으니 내 얘기해 주지."

내가 거절하기도 전에 자칭 눈물 없이 못 듣는 이야기가 시작되었다. 아저씨는 스무 살 겨울, 신검을 받으러 간 곳에서 인생이 바뀌었다고 했다. 그때 양복 차림의 한 남자가 접근했는데 나중에 알고 보니 그게 물색조였다고 한다. 남자는 특수부대에 들어가기만 하면 돈 1000만 원을 받을 수 있다며 은근한 제안을 해 왔다. 당시 아저씨는 젊은 기운에 몸도 좋고 싸움도 곧잘 했기 때문에 군대나 특수부대나 고생하는 건 매한가지겠다 싶었고, 안 그래도 어머니가 아프셔서 돈이 궁하던 차였는데 큰돈까지 받으면서 군 생활하는 것이야말로 기회라고 생각했다. 며칠 후 약속 장소에 나간 아저씨는 남자를 따라 번호판도 보이지 않는 지프차를 탔다. 차는 한 시간 가까이 달려 광산으로 둘러싸인 한적한 곳에 내렸다. 조금 이상하다고 느꼈지만 특수부대니까, 특수한 곳에서 훈련하는구나 싶었단다. 아저씨는 남자를 따라 낡은 가옥으로 들어갔다. 가옥 안에 들어가자, 인상이 날렵한 남자가 인사도 없이 총을 꺼내더니 물었다. "조국을 위해 일을 할 건가, 말 건가." 그때 아저씨는 조국을 위해 하는 일이란 게 북으로 가는 건지는 몰랐다고 했다. 알았다면 당연히 안 했겠지. 아저씨는 총 앞에서 울며 겨자 먹기로 서약서를 썼고 그곳에서 지옥 훈련이 시작되었다.

아저씨는 목이 마른지 소주를 한 모금 삼켰다. 누런 눈동자에 눈물이 찔끔 맺힌다.

"그때 생각하면 사실 아직도 악몽을 꿔. 38선을 몇 번이나 넘었는데. 처음엔 임무도 몇 번 성공했지. 그런데 돌아오면 또 다음 임무를 시키는 거야. 죽다 살았는데 또 시키고 또 시키고, 돈도 안 주고. 그러다 죽을 뻔하고 몸을 못 쓰게 되니까 연락할 테니 집으로 돌아가라는 거야. 이 이빨도 고문으로 다 망가진 거라니까. 그러곤 연락이 없는 거지. 끝. 그걸로. 오시마이."

"돈은 받았어요?"

"준다 그랬던 담당자가 바뀌었다나? 연락도 안 되지. 집안은 망했지. 내 인생 말아먹은 놈 찾아다가 복수하겠다고 한 지가 10년이 넘었어. 그 생각하면 가만있다가도 눈물이 울컥울컥 나. 왜 이렇게 살아야 하는지. 나는 나라 위해 목숨 바쳐 병신 된 것밖에 없는데……."

북파 공작원은 이데올로기가 끝나면서 버림받았다. 북한에서 성공해서 남한으로 넘어오면 또 다음 임무가 기다린다. 또 성공하면 또 다음 임무. 쳇바퀴에 갇힌 햄스터처럼 그 안에서 지쳐 죽을 때까지 달릴 수밖에 없었으리라.

실패하고 겨우 목숨 챙겨 돌아오면 평생 이중간첩 혐의를 받았고 아니면 다시 북으로 돌려보내지기도 했다.

"남북공동성명 발표한 72년도까지 북으로 넘어가 죽은 북파 공작원만 7726명이야……. 수치로 확인 안 된 사람이 더 많겠지."

몇 년 전 영화 실미도가 떠올랐고, 거리에서 엘피 가스통에 불을 붙이며 시위하던 전직 북파 공작원들의 뉴스를 본 게 생각났다.

"이거 그럼 아저씨가 다 만든 거예요?"

"복수할 거야."

"자식들은 있어요?"

"하나는 선생이 되고 하나는 미국으로 이민 갔다는데 결혼식 때

도 날 안 불렀어. 뭐하러 보겠어. 훈장은커녕 보상금도 못 받고 이러
고 거지같이 사는걸. 그래도 자식 원망하는 부모 없다고 다 내 탓이
라고 생각해. 나 같은 아비 만나서……."

자식 이야기가 나오자 얼굴이 어두워졌다.

끝내주는 피로회복제라는 건 사실인지 온몸에 힘이 돌기 시작했
다. 이건 나에게 주어진 마지막 도전이자 기회다. 여기서 포기할 순
없다. 윤숙희 사건은 막다른 골목에 막혀 있다. 아저씨의 말을 듣고
시점을 달리해 보기로 했다. 아버지 최희도. 나는 아버지에 대해 얼
마나 알고 있나. 옷가지를 챙겨, 동사무소에 들렀다. 호적등본을 떼
어서 확인하니 그곳에 아버지의 고향 주소가 나와 있다. 울산 서천.

본적 경상남도 울산 서천 225번지

부 최영호

모 이길자

자 최희도(崔熙道)

출생 서기 1942년 12월 2일

주민등록번호 421202-1023516

출생 장소 경남 서천 225번지

신고일 1943년 1월28일

신고인 부

나는 울산행 버스를 탔다.

10

월출은 금은방 윈도 앞에서 진열된 반지를 둘러보았다. 흰색 꽃
모양이 다이아를 감싼 반지가 그의 눈을 사로잡았다. 잠시 그녀에
게 반지를 건네는 순간을 상상해 보았다. 자연스레 월출의 입가에
미소가 번졌다. 그 순간 윈도에 비친 거리에서 낯익은 형상이 나타
났다. 가죽 점퍼를 입은 남자는 길을 건너 이쪽으로 오고 있었다. 서
중태였다. 얼굴에 군데군데 거즈를 붙인 채라 표정을 알 수 없었다.
고개를 돌리며 그제야 서중태를 발견한 척했다.

"잘 지내셨습니까."

월출의 인사에도 서중태는 말없이 주머니에서 담배를 꺼내 물고
는 그를 빤히 바라보았다. 월출이 윗주머니에서 라이터를 끄집어내
불을 붙여 주었다. 서중태는 시선을 떼지 않은 채 담배를 한 모금
빨곤 천천히 입을 열었다.

"담배를 못 끊는 이유는 말이야, 이게 있어야 사람을 자세히 관찰할 수 있거든. 이렇게 가까이서."

연기를 내뿜으며 서중태는 손끝으로 월출의 몸을 탈탈 털어 주다가 왼쪽 옆구리에 손을 넣고 움켜쥐었다. 겨우 아문 상처가 단단한 손끝에서 쥐여 터졌다. 월출은 얼굴색 변하지 않고 어금니만 꽉 문채 미소를 지었다. 팽팽한 긴장감이 공중에서 불꽃 튀었다. 서중태가 미소를 머금곤 월출의 어깨를 도닥이더니 다시 길을 건너 자기 차로 갔다. 담배 연기를 길게 내뿜으며 확신에 찬 웃음을 흘렸다.

서중태는 반도 호텔 사건 테이프를 수도 없이 돌려 봤다. 단서는 뜻밖의 장소에서 나왔다. 반도 호텔 사건이 터진 날, 늦은 시간에 T동 주택 201호에서 화재 사건이 발생했다. 방화로 추정되는 사건이었고, 현장에서 불에 탄 시신이 한 구 나왔다. 신원 미상이었으나 이 집의 거주자로 추정되었다. 집의 거주자는 김정호, 직업은 대학생이었다. 그런데 시신을 부검하는 과정에서 놀라운 사실이 드러났다. 화재 전에 이미 깊은 자창으로 사망한 것 외에도 몸 곳곳에 남은 크나큰 흉터가 평범한 대학생으로 보기에는 무리였다. 특히 다리에 남은 총탄 관통흔은 결정적이었다. 게다가 골격 자체가 십수년 이상 혹독한 훈련을 통해 다져진 걸로 보인다는 부검의의 소견도 큰 몫을 했다.

서중태는 김정호가 반도 호텔에 침입했던 간첩 중 하나라는 심증을 굳혔다. 경찰통제선을 치고 팀원들을 투입해 검게 그을린 집 안을 다 뜯어냈다. 그리고 발견된 바닥의 비밀 창고. 수납되어 있던 실탄과 총, 그리고 돈다발. 그중에는 작년에 벌어진 강춘식 의원 피살 사건에 쓰인 것과 동일한 탄환도 나왔다. 김정호가 남파 간첩이 맞다는 결정적인 증거에도 서중태는 만족할 수 없었다.

윤숙희가 발견된 파출소는 T동에서 멀지 않았다. 이는 윤숙희를 풀어 준 자가 바로 김정호를 죽인 인물이라는 반증이다. 그렇다면 그를 죽인 자, 그리고 반도 호텔에서 그의 다리를 쏘고 윤숙희를 풀어 준 자는 누구인가?

연락을 받고 달려간 파출소 안에서 태연하게 담요를 두른 채 차를 마시는 윤숙희를 보는 순간, 짚이지 않는 무언가가 어렴풋이 떠올랐다. 그녀는 괴한에게 끌려가다가 부상당한 상대를 밀쳐 내고 도망쳤으며, 당시 경황이 없어서 괴한의 인상착의는 아무것도 기억나지 않는다고 했다. 하지만 서중태는 그 여자에게서 충만의 에너지를 읽었다. 그것은 탈출에 성공한 포로의 안도감이 아닌, 다른 행복감이었다. 어렴풋하던 무언가가 계속 머리를 맴돌았다. 서중태는 그것이 무엇인지 알기 위하여 윤숙희를 계속 주시했다.

사실 윤숙희는 오래전부터 서중태가 노리던 먹잇감이었다. 윤숙희는 가수가 된 후 은밀히 요정에 불려 다녔다. 과거 북에서 온 제2부수상 박성철이 남북공동성명을 논의했던 곳도 오진암일 만큼 요정은 권력자들의 집이었다. 중앙정보부에서도 라이온 호텔 2층에 미호(美蝴) 팀 본부를 만들어 운영하고 있다. 요정에 온 여야 의원뿐 아니라 재벌, 기업가, 판사, 검사 등의 대화는 모두 녹음되어 하 팀장에게 전달된다. 정보 수집 차원이라고 하지만 그 안의 정보는 사람을 죽일 수도 살릴 수도 돈을 벌 수도 잃을 수도 있음을 알고 있다. 그리고 요정 정치, 그 핵심에 윤숙희가 있었다. 망원(핵심정보수집자)인 윤숙희는 어디든 인기가 있었고 중요한 자리에 꼭 불려갔다. 윤숙희는 지성과 미모를 겸비한 데다 목소리마저 좋았으니까.

그녀는 리비아 호텔 903호실을 장기간 임대하고 있었다. 아파트보단 그쪽이 여러 사람을 만나기 편해서이고, 또 하 팀장에게 정보를 보고도 해야 하는 이유일 터였다. 윤숙희는 감시당하는 걸 알고 있는지 늘 두리번거렸고, 눈을 한곳에 두지 못했다. 그녀가 묵고 있는 호텔 방에 감시를 붙여 놨지만 방으로 식사와 차를 시켜 먹었고, 찾아오는 사람은 없었다. 만나는 사람은 일 관련, 아니면 하 팀장뿐이었다. 그녀는 일거수일투족을 신경 썼다. 미호 팀에서 나온 정보는 서중태에게까지 들어오지 않는다. 좀 더 높은 곳에 전달되는 고급 정보니까. 서중태에겐 그 정보가 간절했다. 그래서 윤숙희를 늘 주시하고 있었던 것이다.

어느 날, 윤숙희의 말 한마디로 그녀의 새아버지가 감옥에서 나오는 걸 보곤 속으로 놀랐다. 그녀 뒤를 봐주는 힘이 있는 게 분명했다. 힘의 근원은 누구일까? 그녀 몰래 집에 숨어들어 샅샅이 뒤진 적이 있었다. 거기에 금고가 하나를 찾았는데, 온갖 방법을 다 동원해도 도통 열 수 없었다. 금고 안에 무엇을 보관하고 있을지 서중태는 추측했다.

아마도 그녀는 미호 팀에서 나온 정보의 사본을 만들어 놓은 게 아닐까? 그리고 그것이 그녀에게 권력자를 움직일 힘을 준 게 아닐까? 그렇다면 생존법을 아는 여자였다. 인생은 단계별로 이뤄지는 것이 아니다. 그것은 우매하고 덜떨어진 인간들이 만든 자기 합리

화일 뿐이다. 계단을 차근히 오르다가는 늙어 죽고 만다. 오른 자를 끌어내리거나 또 다른 계단을 만들어 내야 한다.

그리고 서중태가 주시해 온 또 다른 인물. 4년 전, 형사에게 총을 쏜 여대생을 추적하다가 책방 최희도를 알게 됐다. 그때부터 집요하게 그에 대한 관심을 놓지 않고 있었다. 책만 보는 사람에게선 볼 수 없는 야수 같은 날카로움이 책방에게 있었다. 평소엔 선한 양처럼 잘 감춰져 있지만 아주 찰나에 드러났다 사라지는 야성. 놈은 잘 훈련받은 맹수였다. 발톱을 숨긴 채 이 사회 밑바닥에 숨어들어 때만 노리고 있는 게 분명했다. 그런데 반도 호텔 작전을 기점으로 그와 윤숙희의 묘한 연결 고리를 발견했다. 윤숙희는 납치되었다 풀려났지만, 오히려 행복해하고 있었다. 누굴 만났기에? 그녀가 만난 건 자신을 납치한 사내뿐이었는데 말이다. 그리고 그 의구심은 책방을 향해 본능적으로 움직였다. 책에만 묻혀 있을 것 같은 놈이 세종문화회관에서 열린 윤숙희 공연에 가거나 레코드점에서 그녀의 음반까지 구입했다. 알 수 없는 행동이 윤숙희와 책방의 관계에 대한 의문을 갖게 만들었다.

현재 책방에겐 다른 여자가 있다. 단서라도 하나 캘 수 있을까 싶어 불러내 몇 마디 얘기를 나눴다. 함께 사는 책방 남자 최희도란 인물에 대해 아는 것이 눈곱만큼도 없었다. 그러곤 작은 눈동자를 굴리며 끊임없이 그의 눈치를 살폈다. 무식하나 교활한 여자였다. 책방의 이야기를 떠보자 시시콜콜 이야기를 늘어놓으며 마누라처럼 굴었다. 애정결핍, 사랑에 목마른 불쌍한 암컷. 평생 불행하게 살게 분명하다. 하지만 중요한 단서를 하나 그녀로부터 건져 낼 수 있었다. 윤숙희가 책방과 만나고 싶어 했다는 얘기였다. 그녀는 내가 개입하면 윤숙희와 책방을 완전히 떨어뜨려 놓을 수 있을 거라 기대하고 있었다. 반만 맞았다.

'우리는 음지에서 일하고 양지를 지향한다.'

남산 사무실에 가면 이런 문구가 걸려 있다. 중정부와 간첩의 공통점이기도 해 서중태는 절로 웃음이 났다. 머릿속에 책방, 윤숙희에 대한 퍼즐을 짜 맞추곤, 계산기를 두들겨 보았다. 그만의 저울에 두 가지를 동시에 올려 본다. 고정간첩 하나 잡아 올리는 게 더 이득일까, 아니면 권력자의 비리를 쥐고 있는 여가수를 잡아 올리는 게 더 이득일까? 차에 탄 서중태는 자신의 손끝에 묻은 피를 티슈를 꺼내 꼼꼼히 닦았다.

* * *

뉴스에서는 반도 호텔 사건 관련 기사가 쏟아져 나왔다. 그녀는 괴한의 손에서 극적으로 탈출한 여인처럼 묘사되었다. 덕분에 윤숙희의 인기는 더 올라갔다. 스피커가 있는 곳이라면 어디서나 그녀의 노래가 흘러나왔다. 월출과 해경은 서중태가 언제 그들을 엮어서 함정에 빠뜨릴지 모른다는 생각에 만남을 신중하게 가졌다. 저번엔 헤븐스도어에서 두 시간이나 기다리고 나서야 선글라스와 스카프 차림의 해경이 나타났었다. 칸막이가 드리워진 테이블 앞에서 불안하게 주의를 살폈다. 가늘게 일렁이는 촛불 하나가 그들의 앞

날 같았다. 적절한 단어를 하나 찾지 못해 한참 바라보기만 했었다. 그러나 오늘 해경의 태도는 저번과는 전혀 다른 모습이었다. 전화까지 걸어 만나자고 했다. 그녀의 확신에 찬 목소리가 수화기 너머 들렸다. 월출은 전화기를 내려놓고 고심했다.

약속 장소는 종로의 양복집, '알리샤'. 해경은 보자마자 월출의 손을 끌어 양복집으로 들어선다. 매장 안을 감도는 옷감 냄새가 묘한 안정감을 주었다. 몸집이 작은 재단사는 부드럽고 재빠르게 월출의 몸에 줄자를 감았다. 해경은 그의 모습을 미소 띤 채 바라본다. 월출은 주머니 안에 든 반지를 언제쯤 전해 줄 수 있을지 타이밍만 재고 있었다.

"나, 은퇴할 거야."

그녀가 양복점을 나와 먼저 말을 꺼냈다. 그녀의 표정은 기대와 설렘이 가득했다.

"은퇴?"

"이번 주 미국 공연 마치고 돌아오면 만나. 꼭 소개시켜 줄 사람이 있거든. 그리고 이거."

주머니에서 끝이 말린 사진을 월출에게 건넸다. 사진 속 소녀는 부끄러운 듯 어색한 미소를 띠고 서 있었다. 배경인 사진 속 한옥은 고즈넉하고 아늑해 보였다. 앞뜰엔 아카시아도 보였다. 사진 뒤에는 '강원도 영월 김해경(1966년)'이라고 적혀 있었다. 그녀의 어릴 적 사진이다.

"그런 표정 안 지어도 돼. 이젠 두 번 다시 안 사라져."

그녀는 활짝 웃었다. 해경이 확신을 가질 때 나오는 버릇이었다.

월출은 더 이상 말을 하지 못하고 그녀의 찬란한 얼굴만 바라보았다. 언젠가, 저 얼굴을 보다 죽었으면 좋겠다고 생각했다. 그게 해경의 마지막 모습이었다.

11
여섯째 날 오전 11시

시외 버스터미널은 한산했다. 곧 잡아탄 택시에 적어 온 주소를 들이밀었다. 택시 기사는 말없이 목적지를 향해 출발했다. 20분가량 달리다 보니 포구가 나왔는데, 퇴색한 터미널 쪽에 비해 포구 쪽은 새로 단장한 횟집들이 즐비해 세련된 느낌이었다. 가는 내내 입이 무겁던 택시 기사는 돈을 치르고 내릴 때조차 인사 한마디 없이 휭 떠나 버렸다. 덥고 짠 갯내가 훅 끼쳤다. 순식간에 겨드랑이에 땀이 축축이 배어 나왔다. 호적등본에 따르면 아버지는 울산 서천의 토박이였다. 등본을 보니 생소한 이름도 발견했다. '최영호.' 할아버지의 이름이었다. 내게 할아버지가 있다는 생각을 해 본 적이 없었다. 만난 적도 없고, 들은 적도 없다. 하긴 아버지의 고향이 있다는 생각조차 해 본 적 없으니.

비밀 없는 사람은 재산이 없는 것과 같다고 누군가 그랬지만, 사람들은 실패한 자의 비밀 따윈 관심 없다. 나는 아버지에게 관심이 없었고, 사람들은 나에게 관심이 없다. 5일 전까진 그랬다. 내 인생에서 아버지의 고향을 찾는 날이 올 줄이야.

등본 주소에 기재된 곳엔 미용실이 들어서 있었다. 미용실 옆 슈퍼 앞에는 할아버지 두 명이 앉아서 아름드리나무 그늘 밑에서 막걸리를 걸치며 얘기를 나누고 있었다. 나는 할아버지와 아버지의 성함을 댔다.

"모르겠어, 최영호라……."

"이름만 가지고 어찌 찾누? 난 손주 이름도 가물가물한데."

가장 나이가 든 노인을 가리켰다. 뼈에 가죽만 입혀 놓은 듯했다. 역시 그도 아는 게 없었다. 마을 사정을 아는 토박이 한둘쯤은 있기 마련일 텐데. 오래된 슈퍼부터 시작해서 양로원, 기원, 다방까지 둘러 가며 물어보았다. 그러다 다방에서 노란 셔츠에 청바지를 입은 노인 하나가 나에게 관심을 보였다.

"최영호? 배 탔지. 어디보자 같이 배 탔던 문식이네 딸이 아직 살아있지. 가 볼랑가?"

거절할 이유가 없었다. 노인은 털털거리는 택트 스쿠터에 나를 태우고 어른 가슴팍 정도 오는 담 사이를 10분 정도 달렸다. 집집마다 매콤한 냄새와 함께 평상 위의 고추가 해를 받아 붉게 빛나고 있었다. 노인이 마당이 넓은 집 앞에서 나를 내려 주었다. 옛날 집터와 지붕이 보존된 전통 가옥이다. 노인이 경적 소리를 울려 부르자, 삼베옷을 입은 할머니 한 분이 느린 동작으로 툇마루로 나왔다. 나무 기둥을 잡고 다리를 내려 신발을 찾아 신었다.

"희도 아나? 최희도? 왜 배 탔던 최 씨 아저씨 있잖아."

"누구? 양풍호 아들 희도?"

"그래그래. 여가 희도 아들이래."

어정쩡하게 고개를 숙였다.

"안녕하십니까."

할머니는 노인과 나를 툇마루로 안내했다.

"아이고……. 앉아라. 희도 가가 살아 있었구나. 서울 간다더니
연락도 그 이후로 안 돼가 뭐 하고 사는지. 죽었는지, 살았는지."

그녀는 우리를 앉혀 두고는 안으로 들어가 시원한 물을 내왔다.
내가 잠시 목을 축이는 동안, 할머니는 노인과 마치 인사처럼 근황
을 주고받았다. 내가 슬금 말을 꺼냈다.

"혹시 아버지가 언제쯤 상경했는지 아십니까?"

"그게 아마 느그 할아버지가 죽고 바로 서울로 갔을 끼야."

"아버지 친지들은 여기 계십니까?"

"희도 갸 아부지는 희도가 쪼맨할 때 죽었고. 어무니는 여서 혼자
농사짓는 거 가 팔아 가꼬 살다가 결핵 걸려 죽어 뺐재. 어릴 때 집
나가드니, 집에 편지도 한 통 읍꼬, 지 어무니 장사 지낼 때 안 와서
동네 사람들이 얼마나 걱정을 했는지. 여동생 영자는 내보다 서너
살 언니였는데. 부산 가 살다가 우예 됐는지 연락이 끊겼뿐네……."

여기까진 내가 알고 있는 사실과 동일하다.

"희도는 잘 있나."

"치매세요."

나는 준비해 온 멘트를 날렸다. 노인들의 입이 떡 벌어진다.

"아버지의 어린 시절을 좀 알고 싶어서요. 아버지 회고록도 쓸 생 각이라."

이야기를 주고받는 동안 노인이 떠났고, 할머니는 어디론가 전화 를 했다. 나는 한번 심호흡을 했다. 잠시 후 유모차를 의지한 채 할 머니 한 분이 마당으로 들어섰다. 분이 할머니라고 자신을 소개했 다. 쪼그라든 입술에 분홍 루주. 유모차 위에 싣고 온 소학교 앨범은 누렇게 변색되었다. 검은 종이 위에 '졸업 기념'이라는 한자, 그 아 래로는 '제3회 삼천포 소학교'라고 또 한자로, 그다음 장은 태극기 와 애국가. 할머니는 허리를 납작 엎드리고 검지로 글자를 한 자 한 자 짚어 가며 읽었다.

1950년대 한국. 해방된 지 얼마 지나지 않아 한국전쟁까지 겪어 서 어수선한 정국이었다. 그다음에 졸업 증서. 대부분 한자. 건물 사 진과 교장 교감 선생님 사진. 선생님들의 단체 사진. 대부분 슈트를 입거나 셔츠에 단정한 조끼 차림이었다. 서른 명 남짓한 학생 사진 이 나왔다. 선생님이 제일 첫 줄 가운데 앉아 있고, 양쪽과 뒤쪽으로 아이들이 줄 맞춰서 앉아 있거나 서 있었다. 가슴팍 하나하나에 이 름을 크게 새겼다. 여자아이들은 대부분 단발머리에 앞머리를 싹둑 잘랐고, 남자들은 하나같이 더벅머리였다.

"야가 희도 아이가?"

분이 할머니가 희도라고 가리킨 남학생은 뒤에서 셋째 줄에 있었 는데, 눈이 작고 머리숱이 빽빽했다.

"어깨에 흉터가 있었습니까?"

"몰러. 기억이……."

"그 집 옛날에 불탔자녀, 큰 흉터 있어."

할머니들 사이에서 나는 아버지가 죽고 서울로 갔다던 눈이 작은 소년을 가만히 들여다보았다. 어딘가에 한두 명 꼭 있을 법한 사내아이. 그 작은 소년은 딱 그런 얼굴이었다.

"희도 사진 가진 거 없나?"

아버지의 젊은 시절 사진이라도 보여 주며 확인하고 싶었지만 한 장도 갖고 있지 않았다. 그는 사진 찍는 걸 극도로 꺼렸다. 게다가 내 결혼식도 오지 않았으니 사진이 있을 리가 없다.

"불이 나서 사진이 다 탔다잖아. 좀 전에 말했는데 벌써 까먹었나. 니도 치매가?"

할머니들의 대화가 귓가에서 윙윙거렸다. 다른 사람은 이 사진이 나의 아버지라고 생각할 것이다. 하지만 작은 소년을 유심히 보던 나는 알 수 있었다. 사람의 눈동자는 변할 수 없다. 이 눈동자는 아버지가 아니다. 두개골 안쪽 벽을 마치 바늘로 찌르는 기분이었다.

내가 떠올리는 최초의 아버지에 대한 기억은 무엇이었을까? 앉아 있는 뒷모습. 어깨. 등. 그를 둘러싼 심심한 기운. 그것보다 더 이전을 떠올려 보자. 이런…… 생각이 나지 않는다. 가능하다면 손가락으로 뇌를 쑤셔서 헤집고 싶었다. 가설을 세워 본다. 아버지는 최희도가 아니다. 아버지는 삼천포에서 삼천포 소학교를 나온 게 아니다. 그렇다면? 어디선가 최희도란 사람을 알게 되었고, 그 사람인 것처럼 신고를 했다. 그때는 지금처럼 신분을 위조하는 게 어렵지 않았다.

해방 후, 1962년도에 처음 주민등록법이 시행되면서 신고를 종용했다. 그 전에는 도민증을 발급했었는데, 3개월 미만으로 거주하면 도민증도 필요 없었다. 그만큼 허술했다. 아버지 최 씨가 죽고 서울로 올라간 최희도는 여기저기 떠돌았을 것이다. 그러던 어느 날 최희도는 아버지를 만났다. 아버지는 최희도의 신분증을 가로채서 사용했다. 그리고 앞으로 최희도가 되어 살아간다.

머릿속에 한 가지 스치고 간 생각. *왜 아버지는 다른 사람의 신분을 얻어서 살아야 했을까?* 문득 312호 아저씨가 떠올랐다.

'에이. 설마.'

사진 한 장 없고, 늘 책방에만 처박혀 있고, 비밀의 방이 있고, 이상하고 위험한 이들이 뒤쫓고, 총을 맞고, 신분을 위조해 다른 사람의 일생을 산다. 신분 위조는 *범죄자*가 범죄를 숨길 때 한다. 이 모든 기묘한 상황들에 간첩이란 두 글자를 놓는다면 고개가 절로 끄덕여진다. 현재 남한 고정간첩 추정 인구 4000명이라는 통계를 보고 코웃음을 친 적이 있다. 하지만 이제 수십 개의 퍼즐이 저절로 움직여 하나의 그림이 되었다.

아버지는 간첩일지도 몰랐다.

서둘러 버스를 타고 서울에 돌아왔다. 날은 벌써 어두웠다. 전화로 약속을 잡은 철재를 기다리기 위해 포장마차로 들어갔다. 소주와 우동을 시켰다. 혼자 앉아서 술잔을 기울이다 보니 어딘가 스산한 기분도 들었다. 손님이 별로 없어서일까? 포장마차의 비닐 천이 돌덩이에 묶여 파닥거렸다. 젊은 주인이 재료를 준비하며 내는 도

마 소리가 경쾌하다. 소주잔을 입에 연거푸 털어 넣었다. 철재가 오기로 한 시간이 30분을 넘어갔다. 슬슬 불안해지려 한다.

그때 철재가 벌겋게 달아오른 얼굴로 포장마차 안으로 들어섰다. 얼마 없는 머리카락이 이리저리 엉클어져 있었다. 내가 늦었다는 표정을 지어 보이자 철재가 뜻밖의 말을 꺼냈다.

"미행이 있었어."

술기운이 싹 달아났다.

"누군데?"

"그거야 모르지, 인마. 마른 체구의 남자 하나가 사무실에서부터 따라붙었어. 옷차림으로 봤을 때는 어느 쪽인지 감이 안 오네."

"어느 쪽이라니."

"정부 쪽인지, 사설 쪽인지. 여튼 30분 만에 겨우 따돌렸지."

"확실한 거냐?"

"내가 하는 일이 뭐야? 미스터리 연구. 사건 조사하다 보면 비일비재하지. 근데 이번 건은 좀 다른 냄새가 나."

손에 든 노란 파일을 상에 툭 던져 놓았다.

"윤숙희가 실상 중앙정보부 일을 했다더라."

파일을 훑어보는 동안 철재가 말을 이었다.

"정보원 노릇을 하며 돈과 권력을 틀어쥔 자들 정보를 잔뜩 모아다 갖다 바치는 일인가 봐. 그런 팀이 따로 운영되기도 했대. 재계나 정치 쪽 인물들의 치부나 약점을 모으는 데이터 수집원인 셈이지. 정보부가 당시에 도청한 테이프가 2만 개에 달했다니 어마어마하지."

도청. 감청. 냉전시대에나 익숙한 단어다.

"윤숙희가 사망하기까지 다양한 기록이 남아 있어. 근데 윤숙희와 가장 관련된 사람이 서요한 목사, 즉 서중태야."

또 관자놀이가 쑤시기 시작했다.

"서중태가 윤숙희 납치 사건, 사망 사건까지 다 맡았더라고. 근데여기서 흥미로운 사실을 하나 발견했어."

철재는 코를 벌름거렸다.

"1978년 10월 13일 반도 호텔에서 윤숙희 납치 시도가 있었어. 근데 웃기는 게, 윤숙희가 납치된 지 얼마 지나지 않아서 제 발로 경찰서로 걸어 들어갔다 이 말이지. 이걸로 말이 많았나 봐. 그때 2인조 간첩이었는데, 그중 한 명의 신원은 밝혀졌어. 대학생인 김정호란 인물인데, 실제 출신이나 본명은 미상이야. 납치 미수 직후에 방화 사건으로 사망한 채 발견되었고, 그 집을 수색하는 과정에서 총하고 실탄이 나왔나 봐. 이 실탄을 근거로 1977년 11월에 벌어졌던 강춘식 의원 살인도 이자 소행이었다는 게 밝혀졌어. 그런데 2인조 중 나머지 한 명은 행방을 끝내 찾지 못했다더군. 근데 말이야, 이거 좀 냄새 나지 않아?"

"으음."

"납치되었다가 바로 도망쳤다라. 미숙한 애들도 아닐 텐데, 그런 기초적인 실수를 한 건 아닐 거 같고. 혹시 그날 그 나머지 한 명이 윤숙희를 풀어 준 게 아닐까?"

철재의 말에 의아한 표정으로 그를 쳐다보았다.

"말이 되는 소릴 해라. 그럴 이유가 어디 있어?"

"간첩이 남에 내려와 처음 본 미모의 여가수에 대한 순수한 사랑? 사랑을 지키기 위해 동지도 죽였다, 이런 시나리오 어때? 그리고 그는 이후 간첩 생활을 접고 조용히 남한에서 남들 눈에 띄지 않게 작은 가게나 운영하면서 사랑을 마음속에 간직하고…….”

철재는 양팔을 벌리고 턱을 든 채 이어 말했다.

“그 간첩을 너희 아버지에 대입해 보면…….”

나는 웃음이 터져 나올 뻔했다. 철재도 나와 같은 결론에 도달한 것이다.

“그렇게 되면 다 설명이 되잖아. 비밀의 방도, 윤숙희에 대한 네 아버지의 관심도. 너, 아버지가 언제부터 다리를 절었는지 알고 있냐? 아니면 비밀의 방이 언제부터 있었는지. 혹은 네가 태어나기 전에 뭘 했는지. 100프로 다 알아? 나도 울 아버지가 태어날 때부터 대머린 줄 알았다니까. 거기다 또 이상한 거 한 가지 더 있다. 너희 아버지가 총에 맞은 날, 여기저기 알아봤는데 그런 신고 자체가 아예 없었어. 사실 대한민국에서 총 맞은 사건이면 벌써 뉴스에 헤드라인으로 떴어야지. 아무래도 네 아버지를 데리고 있다는 병원이 의심스러워. 그리고 네 아버지 동네에서 죽었다던 류 씨 아저씨의 죽음 방식도 걸리고.”

아버지.

그의 인생이란 내가 태어난 이후만 존재하는 기분이었다. 청년 최희도에 대해선 생각해 본 적이 없었다. 단 한 번도.

“왠지 촉이 온다. 간첩과 여가수의 비극적 사랑! 아들에게조차 밝히지 못한 신분.”

철재의 표정은 수수께끼를 푼 탐정 같았다. 만일 그게 사실이라면, 그리고 그런 이유로 북과 연을 끊고 남들도 모르게 숨어 있었다면, 그래서 자식인 내가 세상에 알려지는 게 두려웠다면? 앞뒤가 딱딱 들어맞는다. 절름거리며 걷던 아버지의 뒷모습. 툭 튀어나온 등. 아냐아냐. 그는 그저 그런 책방 노인일 뿐이다. 부정하듯 고개를 저었지만 나의 창자는 뜨거워진다.

12

그녀는 열흘 뒤 약속 장소에 오지 않았다. 대신 미국 공연 중, 실종되었다는 기사가 터졌다. 북에 납치당했을지도 모른다는 추측성 의견들이 쏟아졌다. 신문마다 그녀의 실종 사건이 헤드라인이었다. 검은색 코트에 보라색 스카프를 하고 선글라스를 낀 채 공연 직후에 나서는 장면을 찍은 사진이 각각의 크기로 텔레비전, 잡지, 일간지에 실렸다. 월출은 모든 감정을 억누르고, 모든 기사를 꼼꼼히 챙겨 보았다. 그녀의 실종은 월출에게도 의문이었다. 기사를 요약하면 이랬다. 25세의 여가수 윤숙희는 미국 로스앤젤레스에서 공연을 마친 직후인 오후 9시, 호텔로 돌아오던 도중 사라졌다. 그 후 매니저가 다음 스케줄을 알리러 11시경 그녀의 호텔 방으로 갔을 때 그녀는 없었다. 호텔은 시내 중심부의 일급 호텔이었다. 직원들을 탐문해 봤지만 그날 밤 윤숙희가 호텔에 들어온 걸 목격한 직원은 없었다. 호텔 방 안에는 가방과 짐이 그대로였다. 그녀를 호텔까지 데려가야 했던 운전기사는 행방이 묘연했고, 차는 골목길에서 버려진 채 발견되었다. 그녀의 실종으로 대중들은 충격에 빠졌다.

얼마 후, 세상은 기다렸다는 듯이 여가수의 소문에 대해 쏟아 냈다. 첫째로 고위 관료와 어울려서 치정에 휘말렸다는 소문이 돌았다. 요정 앞에서 본 이가 있다느니, 유명 정치인 차를 타고 갔다느니 하는 빤한 소문이었다. 둘째로 그녀가 간첩이란 소문이었다. 피랍될 뻔하다 살아 돌아온 데에서 온 소문이었다. 셋째로 가족들이 원한 관계가 많아 윤숙희를 죽였다는 것이다. 그녀 어머니의 남자관계가 도마에 올랐다. 결국 그녀의 가족사는 낱낱이 까발려졌다. 그녀의 소원대로. 그리고 대부분의 얘기는 치정을 중심으로 퍼졌다. 특히 고위층의 누구와 똑 닮은 얼굴의 아이가 숨겨져 있고, 그 아이를 누군가가 꽁꽁 숨겨 두고 있다는 소문에 이르러선 혀를 내두를 수밖에 없었다. 어쨌든 한국 정부는 윤숙희 실종 사건에 대해 미국 정부에 공식 수사 요청을 했지만 아무런 진전이 없었다. 그녀는 증발해 버린 것이다.

그리고 실종 52일째, 저녁 8시.

월출에겐 믿을 수 없는 뉴스가 생방송을 타고 전역에 중계되었다. 뉴스 카메라는 충청도 충주의 J 저수지 근처 낚시터를 비췄다.

"바로 이곳이! 최고의 인기를 누리던 가수 윤숙희 씨의 시신이 발견된 곳입니다! 경찰 당국은 그녀의 유서를 토대로 자살로 보고 이 사건을 조사하고 있습니다."

텔레비전 화면 속에서 네모진 안경의 기자가 코트 깃을 세운 채 마이크에 침을 튀겼다. 밤 낚시터에 조명이 쏟아졌다. 얼음 위로 번쩍거리는 불빛 사이로 경찰차와 작업복을 입은 사람들의 형체가 바쁘게 오고 갔다. 뉴스가 다른 것으로 넘어가고도 월출의 시선은 텔레비전 화면에 머물렀다. 미국에서 실종됐던 그녀가 52일 후 지방의 한 낚시터 얼음 밑에서 변사체로 발견된 것이다. J 저수지의 낚시터는 아는 사람만 가는 한적한 곳이었다. 시신은 한 50대 낚시꾼에 의해 발견되었다. 녹은 얼음 사이로 웬 여자의 얼굴이 나타나 기겁하여 경찰에 신고했다는 것이다. 일부 목격자의 증언에 따르면, 처음 시신을 봤을 때 마치 살아 있는 것처럼 생전 그대로의 모습이었다고 했다. 날씨가 급격히 풀리면서 얼음이 녹아 시체가 발견된 것이지, 아니었으면 봄철에야 드러났을 거라고 낚시터 주인은 말했다.

경찰의 공식 발표에선, 항간의 의혹처럼 간첩 등의 활동으로 인한 타살이 아닌 순전히 여가수의 우울증에 인한 도피와 자살로 발표했다. 하지만 그렇지 않다는 걸 월출은 알 수 있었다. 미국에서 돌아오면 함께 떠나자고 했다. 장밋빛 미래를 약속하고 자살? 그는 폭발하지 않기 위해 어금니를 앙다물었다. 바드득 갈리는 소리가 났다. 마음 같아선 당장에 저곳으로 뛰어가고 싶었으나 현장엔 보는 눈이 득실거렸다. 경찰과 기자만이 아니라 구경을 위해 온 시민들도 적잖으리라. 하루하고 반나절을 꼬박 기다렸다가 야음을 틈타 충주로 향했다. 뉴스 속 가려진 낚시터의 위치를 찾는 건 어렵지 않았다. 하지만 훔쳐 탄 차인 데다 통금 시간에 아슬아슬하게 걸쳐 있는 상황이라 자칫 위험할 수 있는 시도였다. 한참을 달려 국도에서 꽤 벗어난 곳에 위치한 외진 낚시터 어귀까지 당도했다. 비포장도로에 주변 인가도 없기 때문에, 여자 혼자 여기까지 와서 목숨을 끊으리라는 상상을 할 수 없었다. 만일 낮에 버스나 택시를 타고 이동했다면 목격자가 있었을 것이다. 그러나 아직까지 그 누구도 나타나지 않았다. 결국 누군가 차에 그녀를 태워 이곳으로 끌고 왔다는 추측 외엔 할 수가 없다.

월출은 검은 모자를 눌러쓴 채 낚시터의 구석구석을 둘러보았다. 놀랍게도 그녀가 발견된 낚시터엔 경찰의 흔적이 남아 있지 않았다. 사건이 발생한 지 사흘도 지나지 않았는데 현장은 말끔하게 치워져 있었다. 낚시터는 한적함을 넘어 고요했고, 매점 앞에는 금액만 붙어 있고 자율적으로 미끼를 사고 낚싯대를 빌릴 수 있었다. 월출이 매점 문을 한참 두드린 후에야 아저씨가 이불 속에서 빠져나왔다. 방문 틈으로 텔레비전 소리가 웅웅거렸다.

"경찰들은 다 철수했나 보죠?"

월출은 이것저것 낚시용품을 고르며 질문을 던졌다. 워낙 많은 사람이 물어봤던 건지 이골이 난 듯 자연스레 답이 나왔다.

"아주 후다닥. 다음 날 다 치우고 가데."

"거참 빠르기도 하네요. 아저씨도 깜짝 놀라셨겠어요."

"아유, 말도 마. 경찰들이 워낙 소란을 피워서 있던 낚시꾼들 죄다 쫓아냈지 뭐여."

"그러게요. 전에도 여기서 자살한 사람이 있었나 보죠?"

"아냐, 사고로 빠진 적은 있어도 여자 혼자 와서 죽은 적은 없었지."

주인아저씨는 담요를 두른 채 눈도 잘 못 뜨고 대답했다.

"시신을…… 보셨습니까?"

"멀리서 봤어. 사람들을 아예 접근 못 하게 하고 바로 실어 가던데."

월출은 고른 물건을 내려놓고 물건 값의 세 배가 되는 돈을 건네며 슬며시 물었다.

"혹시 시신이 뭐 입고 있었는지 기억하세요?"

"아유, 기자 양반인가?"

주인은 슬그머니 미소를 지으며 돈을 낚아채 담요 안으로 집어넣었다. 그다음부턴 질문하는 족족 상세한 정보가 쏟아졌다. 그녀가 미국에서 사라졌을 때 옷차림은 검은색 코트에 보라색 스카프. 52일 후 발견된 옷차림도 그대로다. 누가 50일 동안 같은 옷을 입을까? 납치 감금의 가능성이 있다. 그녀가 어떻게 미국에서 한국으로 소리 소문 없이 건너올 수 있을까? 유일한 답이 될 수 있는 게 그녀의 여권인데 소지품은 발견되지 않았다고 한다. 이야기의 끄트머리에 주인이 미심쩍다는 듯 정보 하나를 흘렸다.

"근데 우리나라 경찰들 그렇게 동작 빠른 건 처음 본다니까. 아 글쎄 손님이 신고한 지 5분 만에 경찰이 오더라니까. 마치 기다리고 있던 것마냥."

월출은 직감했다. 이건 짜고 치는 고스톱이라는 것을. 멀리서 통금 사이렌 소리가 들렸다.

중앙병원 입구는 기자들로 가득했다. 윤숙희의 시신을 보기 위해

진을 치고 있는 것이다. 하지만 월출은 중앙병원이 아닌, 예전에 서중태를 발견했던 골목으로 갔다. 회색 철조망이 쳐진 주택의 담장 밑에는 예상대로 봉고차 한 대가 서 있었다. 지붕 위에서는 흰 김이 모락모락 피어올랐다. 그녀의 진짜 시신은 저 안에 있을 것이다. 이 모든 게 누군가에 의해 계획된 일이라면 말이다.

주택 안에서는 희미한 노랫소리가 들렸다. 사내 둘이 라디오를 켜놓고 벌겋게 달궈진 스토브 위에 라면을 끓이고 있었다. 전화기가 울리자 "네, 바로 가겠습니다."라고 수염 난 남자가 대답했다. 모자 쓴 남자가 쇠 젓가락을 막 끓은 냄비 속 라면에 꽂아 넣을 때, 월출은 그 젓가락으로 두 남자의 관자놀이를 뚫었다. 그들은 맞은 머리통을 부여잡고 그대로 바닥에 쓰러졌다. 목뼈를 돌려 차례대로 비틀었다. 피를 꿀컥 토하더니 두어 번 꿈틀대다가 멈췄다. 반지를 손에 움켜쥐고 그들이 앉았던 자리 뒤로 난 철문을 열었다. 방 중앙의 누런 조명이 이동식 침대를 비췄다. 검은 머리카락이 흰 천 아래로 흘러나왔다. 월출이 비틀거리며 다가갔다. 흰 천을 걷자 밀랍 인형처럼 허연 그녀가 나왔다. 다리가 휘청거리는 것을 겨우 이동식 침대 모서리를 잡고 섰다. 정신을 똑바로 차리려고 이를 악물었다. 그녀의 가슴 부위에 동전보다 작은 총알구멍이 보였다. 양 손목에 결박흔이 있었고 무릎엔 쓸린 자국이 나 있었다. 분노로 멀미가 일었다. 밖에서 담요를 하나 집어 와 그녀의 몸을 덮어 주었다. 반지를 꺼냈다. 그녀의 손가락에 끼우려 했지만 불가능했다. 신경이 갈리는 고통에 숨이 막혔다.

자살 같은 소리.

그의 오장육부가 통째로 빠져 버린 느낌이었다.

3일 뒤에야 장례식이 치러졌다.

윤숙희의 장례식장은 크나큰 관심에 비해 한산했다. 새아버지는
자리에 없었고, 그녀의 어머니만이 방송사 카메라를 의식하며 인터
뷰에 여념이 없었다. 결국 상주 노릇을 한 건 윤숙희 소속 음반사의
대표와 작곡가뿐이었다. 김필모는 아픈 몸으로 울다 혼절했다. 월출
은 멀찍이서 조화를 들고 찾아온 팬 사이에 숨어 그들을 지켜보았
다. 조금 전 서중태가 두툼한 봉투를 조의금으로 넣고는 서둘러 떠
났다. 하지만 비치된 관 안에 든 시신은 해경이 아니라는 걸 월출은
안다. 다음 날 발인 때 시신은 곧바로 태워졌다. 영원한 비밀을 간직
한 채 불구덩이 속으로 사라지길 서중태는 바랄 것이다. 그러나 멀
리서 지켜보는 그의 눈이 무겁게 빛났다. 세상이 몰라도 월출은 알
았다. 그녀는 삶을 버리는 쪽을 택하는 여자는 아니었다. 해경은 그
와 함께 새로운 삶을 꿈꾸고 있었다. 그에게 소개해 줄 누군가도 있
다고 했다.

월출은 일단 신문사 네 곳에 투고를 했다. 그녀의 죽음에 대한 의
문과, 총상, 결박흔에 대해 자세히 썼다. 투고자의 이름은 최수경으
로 했다. 언젠가 동삼을 미행해 K 대에 갔을 때 보았던 여교수 이름
이었다. 신문사에 보내고 일주일이 지나도 신문사 네 곳에서는 아
무 발표도 없었다. 그런데 최수경이 잡혀갔다. 이것으로 그녀의 죽
음에 정부가 개입되었다는 게 확실해졌다. 일주일 후, 지방 잡지사
와 신문사 하나가 월출의 제보를 터뜨렸다. 이번엔 해경의 시신에

서 찍어 둔 총상과 결박흔이었다. 그러자 갑자기 여론이 거세게 들 끓었다. 게다가 첫 번째 목격자가 그녀의 가슴에서 총상을 봤다는 증언까지 했다.

그녀의 죽음에 대한 의문으로 나라가 시끄러워지고 사진까지 노출되자 윗선에서 안 되겠던지 정부 차원의 발표가 있었다. 자살이 아닌 타살로 추정되어 수사 중이라는 것이다. 수사에 최선을 다하겠다는 담당 서중태는 카메라 앞에서 고개를 숙였다. 꼭 범인을 잡아 윤숙희의 원한을 풀어 주겠다고 했다. 부검의는 잘못 부검한 자신의 개인 책임이라며 유서를 남기고 자살했다.

어이없게도 범인은 일주일 후 자수한다. 범인은 파란 형복을 입고 굵은 밧줄로 손목과 몸통을 꽁꽁 감은 채였다. 정수리가 보이도록 고개를 숙였다. 카메라는 일제히 그를 조준했다.

"제가 죽였습니다. 죽을죄를 졌습니다."

얼굴이 넙데데하고 정수리가 옅은 그는 다름 아닌 오진복 형사였다.

3부

사건의
전말

1

여섯째 날 오후 3시

선풍기가 힘없이 돌아가던 오후 3시, 책방 카운터 전화기가 울렸다.

"최희도 씨 댁이죠? 파주 유토피안데요. 이번 달 납부가 안 되어서 연락드립니다."

파주 유토피아? 처음 듣는 상호다. 곰곰이 되짚어 보다 아버지의 통장을 꺼냈다. 월 2만 원씩 파주 유토피아의 이름으로 돈이 빠져나가고 있었다. 무슨 의료기기를 할부로 산 건가 생각했는데, 납골당이라니. 인터넷으로 위치를 확인했다. 편의점에서 샌드위치를 하나사서 입에 물고 버스에 올랐다. 창밖에는 선거 운동 플래카드가 걸리고 있었다. '국민을 위한 정치'. 웃음이 터지려고 해서 두 눈을 감아 버렸다.

파주 유토피아는 평일이라 사람이 없었다. 잉어들을 풀어 놓은 연못과 돌다리가 근사한 곳이었다. 입구 1층 사무실에 들러 아버지 이름을 댔다. 나이가 드셔서 더 이상 관리가 힘드니 대신 관리해야겠다고 하니 흔쾌히 자리를 알려 주었다. 납골당 내부는 발소리가 울려 퍼질 정도로 고요했다. 3층. 가장 안쪽 구역. 위에서 3번째 칸. 그 안에는 상아색 항아리가 들어 있었다. 하얗게 말라비틀어진 아카시아 다발. 김해경. 1979년 1월 30일 사망. 아버지는 윤숙희의 납골당을 관리하고 있었다.

납골함 안에는 두 장의 사진이 있었다. 한 장은 젊은 윤숙희이고 또 한 장은 갓 돌이 지난 아이가 윤숙희에게 안겨 있는 사진이었다. 동그란 머리통, 오뚝한 콧대, 숱 가득한 머리. 아이는 하얀 이를 보이며 웃었다. 자세히 보니 아버지와 김해경을 반씩 닮았다. 입안이 텁텁했다. 아버지의 두 집 살림. 본부인과 둘째 부인이 흔하던 시절이었다. 이 이야기를 한 번도, 누구에게도 듣지 못했다. 그제야 엄마의 쓸쓸한 맨얼굴이 이해되었다. 윤숙희는 아버지의 정부였다. 아니면 그 반대거나.

택시를 잡아타자마자 굵은 빗방울이 후드득 떨어졌다. 거센 빗줄기가 유리창 위로 번졌다. 빗소리에 귀가 멍멍했다.

"새림 재단의 서요한 목사의 모습이 보이질 않고 있습니다. 새림 교회 안에 있는 것인지 거처를 옮긴 것인지 알 수 없는 가운데…….한편에서는 서요한 목사가 잠적한 것이 아니냐는 우려의 목소리가…… 높아지고…….."

라디오 아나운서의 음성이 중간중간 끊기며 흘러나왔다. 뒤에서 경적이 울린다.

"기사님 아현동으로 차 좀 돌립시다."

아현동엔 태정이의 미용실이 있다. 근처 슈퍼에서 1만 5000원이나 하는 우산을 샀다. 대로변에 젊은 아가씨들이 서넛씩 일하는 미용실이 보였다. 그곳에서 주택가로 걸어 들어가자 멀리 태정이의 미용실이 보였다. 유리창을 통해 안을 살피니 손님은 없었다. 헛기침을 두 번 하고 문을 열고 들어갔다. 열 평 정도 되는 실내에서 일하는 사람은 태정이 혼자였다. 의자엔 칠이 벗겨졌고, 대기용 소파는 푹 꺼져 있었다. 태정이는 날 보더니 인사 대신 입을 다문다.

"앉아."

생각의 정리라도 끝난 듯, 태정은 등을 보이며 믹스 커피에 얼음을 가득 넣었다.

"나 보러 온 건 아닐 테고, 집까지 와서 다 뒤지고, 무슨 일이야?"

태정이 커피를 내려놓는다. 통굽을 신고 밝게 물들인 머리, 언뜻 보면 30대 초반처럼 보이지만 자세히 보면 얼굴엔 기미가 거뭇하게 번져 있어 현재 나이를 짐작할 수 있다. 둘 사이엔 침묵이 흘렀고 텔레비전에선 유행하는 연속극이 나왔다. 누구와 누구가 배다른 형제였다는 전형적인 막장 드라마.

"아버지가 집에 가끔 들렀다며?"

"그냥 가끔. 와서 머리도 자르고 면도도 하시고."

전혀 몰랐다. 둘 사이에 왕래가 있었다는 것은.

"뭘 찾고 있는 건데?"

태정이는 엄마를 많이 닮았다. 빈틈없는 눈초리와 강한 성격. 나는 식은 커피를 삼켰다.

"아버지한테 나 말고 아들이 있다는 얘기 들어 봤냐?"

태정이의 눈이 가늘어져 나를 본다. 눈가에는 눈에 띄는 주름이 몇 가닥 보였다.

"다른 여자에게서 낳은 자식 말이야. 안 놀라?"

"그럴 수도 있겠다 싶지. 두 분 사이가 별로 안 좋았잖아."

"넌 참 쿨하다."

"나도 여기까지 쉽게 온 건 아니야……. 기억나? 이 사건?"

태정이 왼쪽 손목의 두꺼운 은팔찌를 흔들어 보였다. 언뜻 보이는 오래되었지만 선명한 상흔 자국. 20년도 더 된 일이다. 그 전날 태정은 내 혈액형을 물어 왔다. 나는 B형. 엄마나 아빠가 무슨 혈액형인지도 몰랐다. 그 다음날, 태정이는 5년간 아침저녁으로 윤을 냈던 바이올린을 부쉈다. 그날 저녁 손목을 그은 태정이를 발견한 내가 119를 불렀다. 기억이 떠올랐다. 태정이 방 창문에 붙어 크게 울던 매미, 침대 밑으로 삐죽 나온 태정이의 팔, 태정이를 꺼내 인공호흡을 하려던 나를 엄청난 힘으로 밀쳐 냈던 엄마. 나를 바라보던 엄마의 그 낯선 눈빛. 그것은 경계였다.

"오빠는 B형, 아버지는 B형, 엄마는 O형, 나는 A형. 난 어딜 봐도 오빠랑 안 닮았잖아. 어차피 늙어 가는 처지에 그게 뭐가 중요하랴마는 그 사실을 알았을 땐 나도 꽤 힘들었어. 근데 지나서 생각해 보면 두 분도 어떤 사정이 있었겠지 싶어."

"무슨 얘길 하는 거야?"

"엄마 아빠가 혼인신고한 해는 1983년 1월이야. 오빠 생년이 76년

266

이고. 뭔가 이상하다고 느낀 적 없어?"

"……."

"어차피 엄마 친자식은 나밖에 없다는 이야기야."

태정이의 눈빛은 흔들림 없이 내 미간을 노려본다. 피해의식이나 무언가 큰 충격 때문에 기억의 조각이 사라진 걸까? 내 스스로 지워버린 걸까? 빗방울이 유리창을 때렸다. 머리가 깨질 듯이 아팠다. 속이 울렁거린다. 벽을 짚고 일어나 미용실을 나왔다. 나오자마자 허여멀건 액체를 토했다. 비틀비틀 비를 뚫고 걸었다. 50미터쯤 가다가 우산을 놓고 온 걸 깨달았다. 폭우는 고스란히 내 목덜미로 쏟아졌다.

2

철컥, 딱, 철컥, 딱.

도로 위에서 월출은 하염없이 지포라이터를 열었다가 닫았다. 용무늬 두 개가 서로를 타고 올라가는 형상이 각인된 지포라이터. 차가운 라이터를 손안에 감아쥐면 맥박이 돌아온다. 3년 전 해경이 집에 놔두고 간 유일한 물건이다. 그는 해경에 대한 기억의 패턴으로만 움직이고 있었다. 커피 껌, 다이알 비누, 라이터가 그렇고, 중식당, 음반도 마찬가지다.

중앙정보부는 오진복이 그녀를 간첩이라고 믿고 범행을 예전부터 계획했다고 브리핑했다. 오진복의 직업인 형사가 그녀를 살해하는 데 중요한 역할을 했다는 것이다. 윤숙희의 시체가 발견된 날은 2월 1일. 사망 추정 시간은 1월 30일 오후 1시에서 10시 사이. 총알이 심장을 관통하여 과다 출혈로 사망. 그녀의 몸속 피가 다 빠져나간 것이다. 정보부가 발표한 자백의 정황은 이러했다. 이미 시신을 화장했으니 부검도 할 수 없고, 그의 증언밖에 믿을 게 없다. 오진복은 사람을 시켜 가짜 여권을 사용하여 윤숙희를 빼돌렸다. 윤숙희에게는 국가적 지시라고 은밀히 움직일 것을 종용했다. 한국으로 윤숙희가 돌아오자 감금하고 간첩이라고 자수하라고 했다. 자수하지 않자 총을 쏴 죽이고, 낚시터로 옮겨 빠뜨렸다. 이 모든 일을 혼자서 계획했다. 허술하기 짝이 없는 범죄 계획이지만, 혼자 하기엔 방대하기 짝이 없었다.

'한 형사의 삐뚤어진 망상이 부른 참극!'

오진복이 잡히고 나서 신문기사가 뽑아낸 헤드라인은 다 비슷했다. 월출은 넙데데한 얼굴에 과하게 웃던 남자, 늘 바지에 소변을 묻히고 나오던 오 형사를 떠올렸다. 해경의 시체가 발견되기 열흘 전쯤 오진복 형사가 월출을 부른 적이 있었다. 그는 쑥스러운 얼굴로 고기를 주문했다. 아니나 다를까 10여 분 있다가 앞머리를 눈썹 위까지 껑충 자른 여동생이 나왔다. 그녀는 구워진 고기를 입에 연신 밀어 넣었다. 오가는 대화 속에 자연스럽게 윤숙희 실종 사건 이야기도 입에 올랐다. 그의 얼굴색은 바뀌지 않았다. 오 형사는 기분 좋게 술에 취해선 자기 동생을 만나 보는 게 어떠냐며 제안했다. 배운게 없어도 살림은 잘할 거라고 벌게진 얼굴로 말이다. 그는 여동생 또래의 여자를 감금시켜 놓고 태연히 여동생의 미래를 이야기할 수 있는 인물은 아니다. 그가 살인범이란 소식에 오 형사의 아내와 여동생은 물론이고 주변 그 누구도 오진복이 그런 짓을 벌일 거라 믿는 사람은 없었다. 물론 단 한 사람, 김환만 빼고. 김환은 정부를 안 믿으면 대체 누굴 믿느냐며 옹호했다. 그래서 월출은 오진복을 직접 만나서 사실을 들어야 했다.

시계를 확인하곤 커피 껌을 입에 넣었다. 묵직한 스포츠 가방을 바닥에 던졌다. 가방에서 철근이 박힌 고무를 꺼내 바닥에 깔았다. 삐죽한 철근이 도로를 가로지른 모양새였다. 멀리 불빛이 보였다. 윤숙희의 살해범으로 지목된 오진복의 호송차. 호송 경찰 둘과 오진복이 전부인 단출한 호송. 운전하던 경찰은 새벽 시간이라 라디오 노랫소리에 취해 슬금슬금 감기는 눈꺼풀을 이겨 내려 애쓰고 있었다. 당연히 눈앞에 나타난 장애물을 피할 생각도 못했다. 월출이 설치한 함정에 호송차 바퀴 세 개가 동시에 터지며 빙판길 위를 달리듯 빙글빙글 회전했다. 이내 굉음과 함께 가드레일에 부딪쳐 기울어 쓰러졌다. 경찰관 하나가 피투성이가 된 채 엉금엉금 기어서 밖으로 나왔다. 월출은 간단히 그를 기절시키고 버스에 올랐다. 버스 가운데쯤 오진복이 보였다. 그는 잔뜩 움츠린 자세로 고개를 처박고 떨었다.

"사, 살려 주십쇼……."

오진복의 둥근 턱살이 덜덜 떨렸다. 정말 이런 사내가 해경을 살해하고 그 먼 곳까지 시신을 유기했을까? 덜덜 떠는 오진복의 얼굴에 월출의 얼굴을 들이댔다.

"살려 주세요. 시키는 대로 했잖아요."

월출은 오 형사의 숨통을 틀어쥐었다. 마스크 뒤의 얼굴을 확인한 오 형사는 입이 떡 벌어졌다.

"채, 책방? 네가 왜. 여기서 뭐 하는 거야?"

오진복은 머릿속으로 사건을 배열해 보려고 했다. 그러나 월출이 이곳에 왜 있는지 답을 내지 못했다.

"윤숙희."

월출의 눈빛은 시퍼렇게 빛났다. 오진복은 보고 말았다, 지난 9년 간 자신에게 한 번도 내보이지 않은 맹수의 송곳니 같은 월출의 눈빛을. 순간 오 형사는 오금이 저렸다. 눈앞의 책방이 진짜인지 허상인지 긴가민가하여 눈을 끔뻑거렸다.

"누가 시켰어요? 그녀를 죽이라고."

월출의 눈동자에서 고통을 읽은 오 형사는 눈을 질끈 감았다. 숨을 내쉬고 머릿속을 정리하는 듯했다.

"말해요. 누가 시켰는지."

"말하면 우리 애들, 애 엄마가 죽어어어. 그놈들한테."

오 형사는 침을 삼켰다.

"말 안 하면 내가 죽여요. 은별 엄마. 아직 거기 살죠? 애들은 그 아래에 학교 아직 다니고."

월출의 말에 오 형사의 동공이 커졌다.

"나, 나두. 증말 누가 죽였는지는 몰라! 정말이야."

월출이 일어서자, 오 형사가 절규했다.

"내 얘기 좀 들어 봐. 제발. 나도 아는 게 하나도 없어. 퇴근하다가 갑자기 누군가에게 끌려간 거야. 검은 봉지를 씌워 놔서 어디로 간지도 몰라. 조명 하나 켜져 있고 창문 하나 없는 격실이었어. 거기서 누가 말하는 대로 받아 적으랬어. 윤숙희를 어찌 만났고 데려왔고 죽였는지. 그쪽에서 불러 줬어. 나는 처음엔 말도 안 된다고 소리를 질렀지. 나도 형사 생활 8년 차잖아. 이 새끼들 사람 잘못 건드렸다. 그런데 반응이 없는 거야. 그러다 하루하루 지나니까 지옥 같은 그곳에서 빨리 나가고만 싶었어. 안 그럼 다 죽인댔어. 잠깐만 들어갔다 나오면…… 으흑…… 우리 식구들 다 책임지겠다고. 우리 애들 대학까지 다 보내 주고 여동생 결혼 자금도 주겠다고오. 흑. 그러니까 나보고 들어가서 한 일 이 년만 고생하라 그랬다니까!"

"그러니까 누가요."

"서, 서중태. 그 새끼이이!"

월출은 오진복에게 가족을 미끼로 입단속을 시킨 후, 책방으로 돌아왔다. 밥도 먹지 않고 잠도 자지 않았다. 생각의 정리가 필요했다. 사흘째 되던 날, 그는 작아진 다이알 비누로 목욕하고 면도도 했다. 문자가 책방 문을 끈질기게 두드렸다가 돌아갔다. 그사이 고급 양복이 한 벌 배달되었다. 보내는 이의 이름은 김해경. 지난해에 그녀가 떠나기 전에 주문한 옷이었다. 은은하게 빛나는 은색 양복을 벽에 걸어 두고 한참 보았다. 이니셜. 'H. W.' 저 이니셜은 둘의 이름에서 약자를 딴 것이었다. 아카시아에 물을 주고 나서 은하수 한 갑을 샀다. 그리고 껌 파는 아이에게 커피 껌도 샀다. 그것을 한 통 다 입에 털어 넣고 와구와구 씹었다. 결전을 준비하는 무사처럼.

서중태의 집은 연희동 주택가에 지어진 반듯한 양옥이었다. 정원은 일본식이었는데, 관리가 잘되어 있어 돈깨나 들인 느낌이었다. 집 주변으로 사복 경찰들이 삼교대로 경호하듯 지키고 서 있었고, 대문 뒤로는 도사견 한 마리가 묶여 있었다. 하지만 모두 월출에게는 별 방해가 되지 못했다. 경찰들의 눈을 피하는 건 식은 죽 먹기보다 쉬웠다. 담을 넘기 전에 이미 건너편 집 옥상에서 도사견에 침을 쏘아 기절시킨 후였다. 사복 경찰의 눈을 피해 정원을 지나 반듯하게 지어진 집 대문에 다다랐다. 간단히 문을 따고 들어가니, 집 안은 먼지 한 톨 없이 깨끗했다. 벗어 놓은 신발조차 조금의 흐트러짐 없이 가지런했다. 심지어 사람이 쓰지 않는 가구는 비닐이 각 잡혀 씌워져 있었다. 안방 침대에서 서중태의 아내와 이제 걸음마를 뗀 자식을 발견했다. 안방에 흔히 있을 법한 물건은 한 개도 없다. 여자는 부은 입술과 눈 주위가 시퍼런 걸 빼면 지나가도 돌아볼 만큼 예쁜 인상이었다. 아이는 멀뚱히 월출을 바라본다. 울지도 않았다.

"누, 누구세요?"

"서중태는 어디 있어?"

"여기 이러고 있으면 사달 나요. 어서 나가요. 어서!"

집주인이 오히려 괴한을 걱정한다.

"손 뒤로 해."

월출이 끈을 들이밀자 서중태의 아내는 순순히 시키는 대로 했다. 그녀의 손등에는 멍이 들어 있었다.

"장롱으로 들어가서 천천히 백까지 세. 시키는 대로 하면 해치진 않을 거야."

여자는 아이와 장롱 안으로 들어가면서도 끝까지 월출에게서 눈을 떼지 않았다.

서중태는 서재 안, 스탠드 밑에서 라흐마니노프를 들으며 신문에 시선을 두었다. 문이 열리고 월출이 들어오자 고개를 들었다. 일순

경직되었던 서중태는 월출의 아래위를 훑어보다가 벌떡 일어나 양팔을 벌렸다. 마치 오랜 친구를 맞이하는 연기를 하듯이.

"이런, 드디어 마술사가 나타나셨군."

중태가 이를 드러냈다. 월출은 대꾸 없이 나이프를 호박색 책상 위에 꽂고, 서중태의 얼굴에 주먹을 꽂았다. 서중태는 의자와 함께 뒤로 나동그라졌다. 연달아 명치, 관자놀이, 목젖을 강타했다. 그는 바닥으로 나가떨어졌다. 고개를 바닥에 처박고 중태는 중얼거렸다. 사람은 왜 이렇게 지겨운 족속들일까.

"윤숙희…… 역시 대단한 여자야. 네가 모습까지 드러내는 거 보면."

"……."

"자, 듣고 싶은 얘기를 해 줄게. 그 여자가 왜 죽었는지."

서중태가 이죽거리자 그의 눈을 노려보며 다시 주먹을 들었다.

"책방, 진정해. 그 얘기가 듣고 싶어 온 거잖아. 윤숙희의 죽음, 그 비밀이 듣고 싶은 거잖아. 그 여자가 정부를 위해 일했다는 건 알고 있나?"

월출은 잠시 주먹을 내렸다.

"그런데 나라님들 눈에 거슬리는 짓을 했더라고. 중요 정보를 따로 기록하고 사본을 남긴 거야. 똑똑한 것. 그러고선 그걸 가지고 거래를 시도했지."

권력과 딜을 하려 하다니, 무슨 생각으로? 월출의 머릿속이 복잡해졌다.

"미국에서 회고록을 내고, 미국 언론에 뿌리겠다는 거야. 알짜 정보를 죄다 모았더군. 그 대가로 바라는 게……."

서중태는 이 부분에서 웃음을 참으며 말을 이어 갔다.

"남자 하나를 미국으로 보내 달라더만. 평범하게 행복하게 살고 싶다고."

월출은 목이 멨다. 해경은 큰 것을 바란 게 아니었다. 평범한 행복. 처해진 현실에서 저 단어는 평범하지 않은 바람이었다. 해경의 마지막 웃음이 떠올랐다.

"미국에서 그런 제안을 하다니 똑똑했어. 하지만 정보가 너무 알짜였어. 미국 정부에서도 퍼지길 원하지 않을 만큼. 결국 미국 정부의 협조 아래 그녀를 한국으로 조용히 데리고 올 수 있었지."

서중태는 작지만 두꺼운 손으로 턱을 어루만졌다. 손톱은 바짝 깎여 있었고, 흉터 자국이 있었다. 저 손으로 해경을 죽였다. 그리고 그녀가 고통에 죽는 모습을 저 낯짝으로 지켜보며 비웃었겠지. 손가락을 하나씩 부러뜨리고 댕강댕강 자른다. 한쪽 눈알만 파내 이 모든 참혹함을 보게 해야 한다.

"우스운 사실 하나 알려 줄까? 윤숙희는 이미 나와 거래를 한 상태였어. 네가 간첩이란 걸 숨겨 주는 대신, 그녀의 알짜 정보를 받기로. 그래 난 권력자들의 치부를 쥐게 되었고, 이제 핵심으로 치고 올라갈 수 있게 되었단 말이야. 그래서 네놈에 관한 그간의 서류도 다 폐기하기로 하고 윤숙희와 거래를 해 온 거야. 하지만 그 여자, 너무 일을 키워서 모든 걸 망쳤어. 그냥 가만히 있었어도 내가 다 알아서 해 줬을 텐데, 쯔쯧."

해경은 월출과의 행복한 미래를 위해 기꺼이 목숨을 담보로 거래를 했다.

"누구냐. 그녀를 죽이라고 지시한 놈이."

"네가 살아서는 만날 수 없는 존재."

월출은 칼끝을 서중태의 목젖에 가져다 댔다. 그러자 서중태가 다급히 외쳤다.

"잠깐! 중요한 얘기야. 아이가 있어, 윤숙희의 아들. 바로 네 자식 말이야."

월출이 칼 쥔 손을 멈칫했다. 그의 눈빛에서 망설임을 읽은 서중태는 미묘한 표정으로 말을 쏟아 냈다.

"아주 똘망똘망한 녀석인데, 그 애 목숨 줄이 내 손에 달려 있다고. 내가 죽으면 그 아이도 죽는 거야. 믿어서 돈 드는 거 아니잖아. 날 죽이는 건 그때 가서도 늦지 않아."

꽃봉오리는 입을 꽉 다물고, 봄은 아직도 멀었다. 월출은 서중태를 두고 한발 물러설 수밖에 없었다.

***

작곡가 김필모의 아내, 정수희는 외모에 고상함이 배어 있었다. 그녀는 밖을 살핀 후 월출을 안으로 들였다. 김필모는 폐렴으로 집 안에서 치료 중이었다. 그들은 해경이 자신의 친딸과 같은 아이였다고 했다. 김필모는 해경의 재능을 높게 샀다. 그녀가 배가 이미 불러 있음에도 불구하고 당당한 눈빛과 매력은 스타 탄생을 예감케 했다. 해경이 아이를 낳으면 그 아이를 김필모 호적에 올리자고 먼저 제안한 것도 정수희였다. 미혼모가 가수가 될 수는 없는 세상이니까. 정수희는 아이를 돌보며 해경의 뒷바라지까지 해 왔다. 그리고 그녀의 죽음 소식을 들었을 때 누구보다 슬퍼했다.

"어젯밤에 밖에 수상한 사람들이 서성이길래 걱정했어요. 혹시 해경이를 그리 만든 놈들이 아이까지 노리는 게 아닐까 하고요."

월출은 감사의 뜻으로 정중하게 상체를 숙였다.

"해경이는 임신 사실을 너무 늦게 알았대요. 제 남편을 만났을 땐 이미 배가 한참 불러 오고 있을 때였죠. 가수가 된다는 아이가 무작정 낳을 순 없고 해서 산부인과에 접수까지 했었는데, 해경이는 차마 그럴 수 없다더군요. 그러면 아이 아빠한테 연락하라도 싫다고 했어요. 나중에 때가 되면 얘기한다고. 도대체 아이 아빠가 누구냐고 물으면 배시시 웃기만 했어요. 좋은 사람이라고. 그래도 아이 보면 그 사람하고 있는 거 같다고. 그걸로 좋다고……. 자기 인생에서 그 시절이 제일 행복했다더군요. 그런데 그 아이 팔자도 참. 이 아이를 밖에 내놓지도 못하고 얼마나 속을 앓았을까. 그래도 해경인 강했어요. 여자로 태어나서 힘들었지만 다시 태어나도 여자로 태어나고 싶다고 했어요. 그래서 아이 아빠를 만나, 다시 이 아이의 엄마가 되고 싶다고."

정수희는 눈물을 글썽이며 말을 잇지 못했다. 월출은 일어나 다시 허리를 90도로 숙여 인사했다. 그때, 가정부가 방에서 아이를 안고 나왔다.

"진남아. 아빠 오셨네."

아이는 상체만 월출 쪽으로 돌렸다. 작은 눈을 깜빡거리다가 배시시 웃었다. 낯선 이인데도 웃어 주는 모습에서 해경이 떠올랐다.

"해경이가 지어 준 이름이에요. 지금은 남편 성을 따라 김진남이라고 저희 호적에 올렸어요."

"남진 이름을 거꾸로 하면 진남인 거 알아? 진짜 남자의 줄임말 같잖아. 멋지지?"

예전에 해경이 남진의 노래를 듣다가 불쑥 꺼낸 말이 떠올랐다.

"감사합니다. 아이를 돌봐 주셔서."

정수희는 월출의 말에 눈물을 쏟았다.

잠시 후 가정부가 아이의 짐을 챙겨 나왔다. 그는 가정부에게도 90도로 허리를 숙였다. 월출은 김필모의 집 뒷문으로 아이를 안고 나왔다. 낯선 남자의 품인데도 울지도 않고 의젓했다. 자신을 가슴으로 키워 준 이들에게 멋도 모르고 작별 인사를 한다. 마치 어디 놀러 가기라도 하는 듯. 월출은 아이를 바라보았다. 한 올의 머리카락도 그림자를 만드는 법이다. 하물며 사랑이었다. 묵직한 아이의 무게가 그의 팔에 전해졌다. 눈썹이 까만데 눈동자는 갈색이고 부드러운 팔다리에 비누 향이 났다. 아이를 안아 본 적은 처음이다. 동네 꼬마들의 머리를 쓰다듬어 준 게 전부였다.

월출은 진남의 반짝이는 갈색 눈동자와 눈이 마주쳤다. 그러자 아이가 그의 목에 팔을 두른다. 뭉클했다. 그건 해경에게도 느껴 보지 못한 감정이었다. 보이지 않는 수많은 유기체로 이어져 있는 느낌. 인생의 방향이 아예 180도 정도 바뀌어 버린 느낌. 세상이 어제의 세상과 달라진 느낌. 희극과 비극을 동시에 맛보고 인간의 탄생은 쾌락의 결과라고 생각한 모든 이론과 논리가 다시 재정비되는 느낌이었다.

"엄마."

그 말이 멀어지는 가정부와 정수희를 향한 것인지, 다신 보지 못할 지어미를 찾는 것인지 알 길이 없다. 네온사인, 흩날리는 눈발. 엔진 소리가 웅웅 울리던 돌아오는 그 버스 안에서, 월출은 뜨거운 눈물을 쏟았다.

그다음 날, 책방에 온 문자가 아이를 보고 물었다.

"누구 애예요?"

문자의 눈은 이미 그 아이가 누구의 아이인지 알고 있는 듯했다. 월출은 아무 대답도 하지 않았다. 그녀가 한 달 만에 다시 찾아왔을 때, 아이는 고열에 시달리고 있었다. 미음을 줘도 토하기 일쑤였고 목젖을 보이며 악을 썼다. 문자는 우는 아이를 외면할 순 없었다. 진남이의 옷을 벗기고 월출에게 소아용 좌약을 사 오라고 했다. 그날 밤 진남이의 열은 내렸다.

"고맙소."

문자는 승리한 왕처럼 아랫목을 점령했다.

"애 보는 값이랑 집안일하는 값이랑 쳐 줘요. 나 이 집에서 애 보고 식모 살게요."

월출은 문자의 제의를 승낙할 수밖에 없었다.

문자는 그날로 싸구려 여인숙, 눅진한 이불 속에서 나왔다. 쌀집 김 씨의 늘어진 엉덩이를 발로 걷어차고 이별을 고했다. 마침 이 남자와도 미래가 없다고 깨닫던 참이었다. 월출의 책방으로 당당히 걸어 들어왔다. 그녀의 짐은 작은 가방이 다였다. 문자는 미닫이 방 안에 들어앉아 텔레비전 연속극을 보며 진남이를 먹이고 재웠다. 아이의 엄마가 누군지 묻지 않았다. 자존심이 허락지 않았다.

언젠가 찾아왔던 여자, 좋은 향이 나던 여자가 떠올랐다. 1년 만에 얼굴이 검게 타 나타난 김환은 능글 웃음을 지었다. 문자가 업고 있는 아이와 월출을 번갈아 보더니 언제 이렇게 발전했냐고 양복을 얻어 입어야겠다고 했다.

문자는 아무 말 없이 거한 저녁상을 차렸다.

3
여섯째 날 오후 6시

　모든 자식들은 내가 다리 밑에서 주워 온 자식이 아닐까 하는 걱정과 의심을 한다. 부모나 친척들의 단골 놀림 멘트가 되기도 한다. 그런데 그게 나일 줄은 몰랐다.

　'엄마 친자식은 나밖에 없다는 얘기야.'

　태정이의 말이 머릿속에 맴돈다. 동사무소로 달려가 입양 관계 증명서를 뗐다. 친부모의 이름에 김필모, 정수희. 양부모 이름에 최희도, 이문자. 그곳에는 내 이름이 양자로 기록되어 있었다. 젖은 머리에서 빗방울이 뚝뚝 떨어졌다. 나흘 전 태정이 집에서 슬쩍한 내 어릴 적 사진을 주머니에서 꺼냈다. 대여섯 살 정도 된 나는 까만 눈썹에 청색 줄무늬 티셔츠에 멜빵 차림이다. 휴대폰에서 윤숙희의 납골당에서 찍은 사진을 찾았다. 아이의 사진 옆에 내 사진을 갖다 대어 보았다. 눈매, 코, 웃는 입 모양, 이마까지. 그 아이는 나와 같은 이목구비를 하고 있다. 머릿속에 폭발이 일었다. 그랬다. 내가 바로 윤숙희와 아버지 사이에서 태어난 아이인 것이다. 나를 훔쳐보던 시선. 차분했던 그의 얼굴이 불안하게 떨리던 그 시선 끝에 늘 내가 있었다.

4

1982년 1월 21일.

"무슨 문제 있어?"

미스 박이 물었다. 월출이 미스 박의 얼굴을 본 건 5년 만이다. 그때 냉철하던 그녀가 눈물까지 글썽여 당황했더랬다. 그런 모습을 보인 건 그때가 처음이자 마지막이었다. 그런데 5년 만에 대뜸 당의 새 지령과 함께 모습을 드러냈다. 미스 박은 그간 어디서 지냈는지 말이 없었지만 피부는 하얗다 못해 투명하기까지 했고, 머릿결은 부스스했다. 미스 박의 눈은 여전히 붉어 보였지만 전에 없었던 커다란 쌍꺼풀이 생겨서 공격적으로 보였다.

그녀가 떠나고 난 뒤 남쪽에는 많은 일이 있었다. 최근엔 대통령이 부하의 총에 맞아 죽었고, 그 뒤를 따라 들어섰던 내각은 짧은 수명을 끝내고 군인들에게 밀려났다. 그즈음 대학생들과 시민들이 연일 집회를 했고, 어딘가에선 군인들에 의해 많은 시민들이 죽임을 당했다는 얘기가 들렸다. 그게 북한 무장간첩 소행이라는 소문이 돌았지만 월출이 아는 한은 아니다.

악행은 거짓말을 낳고, 거짓말은 가공되어 사실이 되었다.

그사이 월출은 한 아이의 아버지가 되었다. 문자는 여전히 책방을 드나들며 진남을 돌보고 부인 행세를 하려 했지만, 월출의 마음은 굳게 닫혀 열리지 않았다. 월출을 괴롭히던 서중태는 지난 방문 이후 자취를 감추었다. 마치 더 이상 월출의 인생에 끼어들지 않겠다는 신호라도 되는 듯. 오진복은 수감된 이후 더 이상 소식을 들을 순 없었다. 김환은 가끔 연락은 하지만 바쁜 일들로 얼굴 보기가 힘들었다.

월출이 생각에 잠겨 고개를 떨어뜨리고 있자 미스 박이 다시 물어 왔다. 예전 같으면 아무런 감정의 동요 없이 명령에 따랐을 것이다. 동삼이 죽고 나서 3년 만에 하달된 지령이었다. 그 3년 동안 북에선 아무런 연락이 없었다. 신분증과 공작금 전달조차 진행하지 않았다. 마치 그라는 이름을 북에서 까맣게 잊어먹은 듯이.

"문제없으면, 각자 소개부터. 이쪽은 은하수, 이쪽은 봉우리."

은하수로 불린 월출과 새로운 멤버 봉우리는 악수를 했다. 봉우리는 창백한 피부와 신경질적인 인상의 30대 남자로 묻는 말에 대답하는 거 외엔 입이 무거운 자였다. 미스 박이 폭탄제조 전문가라고 소개한 그는 손이 작고 손가락은 길었다. 험한 일을 많이 당했는지 손등에 자상 흉터가 가득했다.

월출은 조심스레 미스 박의 표정을 살폈다.

'혹시 나를 시험하는 걸까?'

월출은 그런 의구심이 들었다. 그들이 해야 하는 임무는 서울발 청량리 201호 열차. 표면상으로는 타깃이 될 주요 인물이 탑승했다지만 실상 400명의 승객을 열차와 함께 폭파시키라는 테러 지령이었다. 미스 박도 평소와 달리 말수가 늘었다. 이미 춘식은 변절로 사망했고 동삼 역시 사망했다. 그들 팀은 이제 풍랑 위의 배가 되었음을, 서로 말하지 않아도 알고 있었다.

이번 일은 월출이 그간 맡아 왔던 일과는 거리가 멀었다. 그야말로 커다란 폭탄을 월출 스스로 안고 뛰어드는 모양새다. 임무 완수 후 북으로 복귀하라는 지령까지 꼬리에 붙어 있었다. 하지만 아이를 데리고 북으로 갈 순 없었다. 고민이 깊어졌다. 그의 고민과 무관하게 일은 빠르게 진척되었다. 충분한 준비 기간이나 명료한 계획조차 없었다. 그야말로 지령이니까 그냥 해야 하는 일이었다. 마치 월출에게 고민할 시간조차 주지 않으려는 듯, 순식간에 작전 수행일이 됐다.

* * *

미스 박은 망을 보고 봉우리와 월출이 폭약을 옮겼다. 벽돌만 한 상자가 열 개나 됐다. 열차가 아니라 도시 하나를 불태우기라도 하려는 듯 어마어마한 양이었다. 봉우리는 두 시간에 걸쳐 도화선 연결까지 완료하고 폭파 준비를 끝마쳤다. 월출은 준비하는 내내 가슴에 돌을 얹은 것 같았다. 이 폭탄이 터지면 수백 명이 죽는다. 그들은 이곳에서 태어나 숨 쉬고 살 뿐 군인도 정치인도 아니었다. 38선의 위가 아닌 아래로 도망친 인간들일 뿐이었다. 그들은 누군가의 자식이고 아비일 터였다. 월출은 우두커니 멈춰 섰다.

미스 박으로부터 기차가 서울역에서 출발했다는 신호가 왔다. 앞으로 30분 후 기차는 이곳을 통과한다. 월출은 지포라이터를 끝없이 손안에서 굴렸다. 속이 울렁거렸다. 그러다 지포라이터를 주머니에 쑤셔 넣었다. 시야에서 미스 박과 봉우리가 보이지 않자 월출은 전속력으로 뛰었다. 숨이 턱까지 차올랐다. 100미터쯤 앞에 역이 보였다. 공중전화에서 철도청에 전화를 걸었다.

"201호 열차가 지나가는 철로에 폭발물이 설치되어 있소."

신고의 결과는 금방 나타났다. 작전 개시를 앞두고 열차가 고막을 찢는 소리를 내며 급정거를 한 것이다. 그리고 폭발물은 시간 맞춰 터졌다. 굉음. 열차 레일은 6미터쯤 엿가락처럼 휘었다. 깊고 커다란 웅덩이가 생겼다. 놀란 승객들이 개미 떼처럼 쏟아져 나왔다. 멀리서 망을 보던 미스 박의 머리가 산등성 사이로 삐죽 솟았다. 작전의 실패를 깨닫고 월출과 봉우리를 찾았다. 그러나 둘 다 어디 있는지 알 수 없었다. 미스 박은 서둘러 자리를 떴다. 다음 날 신문에 대문짝만 하게 기사가 났다. '경원선 철로에 폭발물. 테러. 북한 소행. 타들어가는 도화선을 본 철도원이 급브레이크…… 경찰의 예비와 즉각 대응으로 부상자 없이 사고가…….' 이제 작전 실패의 화살은 월출에게 날아올 것이다. 월출에겐 두 가지 선택이 남아 있었다. 배에서 내리든지, 배를 가라앉히든지. 이제, 북과 이별을 할 때다.

그로부터 한 달 후 미스 박을 보았다. 어두운 달빛 아래 수척해진 얼굴로 서 있었다. 월출은 축축해진 손바닥을 주머니에 넣고 담배를 찾아 불을 붙였다.

"다시 봐서 반갑네."

미스 박은 이전보다 피곤해 보였고 눈이 빨갰다.

"봉우리가 죽었어."

미스 박의 입가가 미묘하게 떨렸다.

"계획이 발각되거나 새어 나간 거겠지. 너무 서둘렀던 탓이야."

"글쎄. 누군가 역에 전화를 걸어서 알려 줬다더군. 폭탄이 설치되어 있다고……"

멀리서 개 짖는 소리가 들린다.

"난 누구의 아내로 산 적도 있어. 5년간이나. 그와 있으며 웃는 날도 많았지. 행복했어. 하지만 당의 지령을 지키기 위해 그를 내 손으로 죽일 수밖에 없었어. 지령을 수행하고 복귀해야 했으니까. 그게 우리가 반드시 지켜야 할 수순이니까. '사적은 관계는 모두 정리하라.'"

그녀는 입술을 이로 지그시 짓눌렀다.

"은하수, 당신. 위험해 보여."

월출은 주먹을 꽉 쥐었다. 더 이상 불확실한 것을 얻기 위해 확실한 것을 걸 순 없었다. 위험이라도 결판을 내야 한다. 그가 답을 하기도 전에 그녀는 어둠 속으로 사라졌다.

미스 박이 다시 찾아온 건 얼마지 않아서였다. 토요일, 안개비가 내리는 오후의 방문이었다. 그때 진남이는 책방 바닥에 앉아 아무 책이나 꺼내 놀던 중이었다. 책을 도미노처럼 세우기도 하고 탑처럼 쌓기도 하며 시간 가는 줄 모르고 열중해 있었다. 그런 아이를 바라보던 월출은 긴장감에 주변을 한번씩 훑어보았는데, 미스 박이 언제 무슨 일을 벌일지 몰라 아이를 곁에 둔 것이다. 마지막 만남에서 그녀가 건넨 말은 자신 혹은 관계있는 모든 걸 노리겠다는 뜻으로 읽혔기 때문이다. 아이는 해경의 핏줄이었기에 누구보다 소중했다. 때문에 미스 박의 위협이 월출의 신경을 극도로 곤두서게 만들었던 것이다.

미스 박은 마치 단골손님처럼 자연스레 책방으로 들어섰다. 우산의 빗물을 털어내곤, 접어 옆에 세워두었다. 그러곤 자기 자리인 듯 월출 앞으로 와 의자에 걸터앉았다. 그녀의 시선은 아이를 향하고 있었다. 그녀가 자신과 아이를 노리는 건 당의 지령인가, 아니면 개인적인 복수인가?

"진남아, 집에 가라. 어서."

월출은 최대한 평온한 목소리를 내며 아이를 일으켰다.

"좀만 더……"

아이가 오늘따라 조른다.

"안녕? 잘생겼네~ 이름이 뭐야?"

미스 박이 진남에게 허리를 숙이며 미소를 지었다.

"최진남이요."

아이가 대답한다.

"진남이. 멋진 이름이네. 대답도 잘하고. 씩씩하구나."

"집에 가 어서."

월출은 떨리는 목소리를 누르며 아이에게 겉옷을 입힌다.

"아빠가 좋아?"

"네."

월출은 아이가 미스 박을 못 보게 시야를 가리고선 등을 떠밀었다.

미스 박은 집요하게 뒤에서 고개를 내밀고 묻는다.

"아빠가 어디가 제일 좋니?"

"다 좋아요."

"그럼 아빠랑 죽을 때까지 살 거야?"

아이는 죽을 때까지의 의미를 생각하는 듯 검은 두 눈을 깜빡였다. 월출은 미스 박을 노려본다.

"최진남! 빨리 안 나가!"

월출의 목소리가 커진다. 아이의 등을 거세게 떠민다.

"죄송해요 아버지."

"이모한테 와볼래? 한번 안아보자."

미스박의 하얀 손이 진남의 가는 손목 위로 엉킨다.

월출은 미스 박으로부터 진남의 손을 떼어낸다. 아이의 손엔 벌건 자국이 생겼다.

심상치 않은 분위기를 느낀 아이의 얼굴이 일그러진다.

"애가 울잖아."

미스 박은 투덜거린다.

미스 박의 시선이 다시 아이를 향하고 몸을 움직였을 때, 월출은 아이를 책방 밖으로 밀고 문을 잠가버렸다. 문 밖에서 아이의 울음

소리가 창을 뚫고 들려온다. 아직 어리지만 집까지 찾아갈 정도는 되니 문제없으리라.

"아이는 건들지 마."

"싫다면?"

"난 아무도 다치는 걸 원하지 않는다."

"다 저 아이 때문이지?"

미스 박과 월출의 시선이 공중에서 부딪친다. 누구하나 흔들림이 없다.

"약해진 것도, 숨어사는 것도, 명령에 불복한 것도. 배신한 것도."

"원하는 게 뭐야."

"오늘부로 이 일도 종지부를 찍어야지."

"당으로부터 받은 지령인가? 날 처리하라고?"

월출의 물음에 미스 박이 알 듯 모를 듯 미소지었다.

"당은 몰라. 당신이 밀고자라는 걸."

"……조용히 살게 내버려둬. 부탁이다."

"알잖아. 그 부탁은 들어줄 수 없다는 거."

미스 박은 순식간에 권총을 꺼내들었다. 월출이 재빨리 달려들어 총을 쳐냈지만 총구가 아래로 향하며 발사되었다. 곧 묵직한 신음이 울리고, 월출은 다리에 극심한 통증을 느꼈다. 하지만 여유 부릴 새가 없었다. 익숙한 손놀림으로 그녀의 명치를 쳐 밀어냈다. 이어 발로 그녀의 손을 차 권총을 날려보냈다. 미스 박이 재빨리 일어나 반격했지만, 살기 없는 공격이었다. 그 순간, 월출은 그녀가 자신에게 목숨을 맡기고 있음을 알았다. 모든 것을 정리하고 떠나고 싶었던 것은 그녀 쪽이었다는 것도. 월출은 이 사실을 깨닫기 직전에 본능적으로 그녀의 몸을 그러잡고 한 손으로 그녀의 목을 꺾어 절명케 했다. 그는 그녀의 얼굴에 드리워진 피로가 서서히 사라지는 것을 보았다. 핏발선 두 눈이 감기며 눈물이 흘렀다. 그녀의 입가에 미소가 떠올랐다고 느낀 건 월출의 착각이었을까.

편히 쉬어. 박남옥.

책방 안은 순식간에 고요가 내려앉았다. 그리고 창밖에서 아버지가 피투성이 여자에게 무섭게 폭력을 휘두르는 장면을 목격한 두 눈이 있었다. 진남이었다.

아이는 그날 이후 월출만 보면 책상 밑으로 숨었다. 아직 어리기에 시간이 지나며 그 기억은 아이의 뇌리에서 흐릿해져 지워졌지만, 월출을 피하는 진남의 습성은 자라면서 온전히 성격으로 남아버렸다. 진남의 이상 행동이 오히려 문자에겐 기회였다. 문자는 아이를 챙겼다. 월출이 다리를 절기 시작한 즈음부터 제 아빠를 피하는 아이가 문자에겐 잘 안겼다. 진남이 월출에게서 귀신을 보는 거 같다며 월출의 베갯잇 속, 책장 구석, 장판 밑에 몰래 부적을 넣었다. 그리고 진남을 대국이라 이름도 바꿔 불렀다. 큰 대(大), 나라 국(國). 가정에 평화가 오고 모두가 행복해질 이름이라고 집 보증금 값은 족히 받아 챙긴 점쟁이가 그랬다. 그렇게 대국은 여덟 살이 되었고, 학교에 가려면 아줌마가 아니라 엄마가 필요하다고 월출을 설득했다. 문자는 월출과 혼인신고를 하고 대국을 호적에 옮겼다. 드디어 그녀는 꿈을 이뤘다.

문자, 그녀에겐 아무에게도 말하지 않은 비밀이 있었다. 75년도 겨울, 월출의 책방에 불을 지른 건 춘식도, 서중태도 아닌, 문자였다. 문자는 월출을 처음부터 좋아했다. 그래서 '오늘 저녁 8시, 장미 다방에서 기다리겠습니다. 오실 때까지. 당신을 사모하는 운명의 여인으로부터.'라고 쓴 쪽지를 몰래 놓았던 것이다.

그러나 월출은 장미 다방에 나타나지 않았다. 기다리던 문자는 초조했다. '바쁜 건가.' '잊어버렸나.' 그녀는 통행금지 직전까지 장미 다방에서 그를 기다렸다. 결국 시간이 다 되어서야 급히 택시를 잡아탔다. 합승한 남자가 술 취한 척 몸을 기대 왔다. 왜 이 시간에 들어오냐며 "너 드디어? 너의 낭군님 만난 거야?"라고 묻는 기숙사 친구의 툭 튀어나온 주둥이를 틀어막고 싶었다. 3일 후 문자가 책방에 찾아갔을 때 그는 여자와 함께였다. 비교도 되지 않는 배우 같은 외모에 분위기가 우아했다. 게다가 여대생 같았다. 화가 치밀어 올랐다. 그 무렵 사복형사들이 시위대를 잡아넣는 중이었다. 그 여대생도 시위대인 것이 분명하다고 직감했다. 학교도 다니고 집안도 좋다. 게다가 남의 남자까지 차지하는 꼴이라니! 얼마 지내지 않아 버스 안에서 본 월출의 양손에는 여자의 물건이 바리바리 들려 있었다. 원래대로라면 자신이 받아야 할 물건이라는 생각이 들었다. 속에서 불덩이가 치솟았다. 자기도 모르게 "오라이!"라고 크게 소리를 질렀다.

문자는 돌멩이를 들어 책방 창문으로 집어 던졌다. 드라마에 나왔던 범법자들이란 단어도 써서 집어넣었다. 돌멩이는 창문을 명중시켜 산산조각 냈다. 얼마 후 신문에서 그 여자를 봤다. 그 여자네 집에서 사례금까지 걸어 놓고 찾는다. 문자는 신문에 나온 전화번호로 전화를 걸었다.

"여보세요."

"신문에 나온 여자를 본 것 같은데요."

"어디서 봤습니까."

상대방은 묵직한 남자 목소리였다. 조금 무서운 생각이 들었다.

"확실한 건 아니고……. 서대문 시장 골목 책방 근처 어디서 본 것 같은데. 잘 모르겠어요."

문자는 냉큼 전화를 끊었다. 끊고 나니 사례금도 요구하지 않은 스스로에게 분통이 터졌다. 문자는 그날 밤 배차장에서 석유를 몰래 뽑아 빈 소주병에 채웠다. 다음 날 아무도 없는 걸 확인한 다음 육각성냥에 통째로 불을 붙였다. 불은 생각보다 확 타올랐다. 버리듯 책방으로 던져 버렸다. '책방이 불에 활활 타면, 여자가 무서워서 도망가 버리겠지?'라고 믿었다. 그러나 불은 생각보다 크게 나 버렸다. 그날 밤새도록 잠을 잘 수 없었다. 평생의 비밀이 생긴 것이다. 그녀는 월출을 사랑한 죄밖에는 없다고 스스로를 위로했다. 그날 밤 진로소주를 잔에 따라 삼키면서 죄책감과 양심도 함께 삼켜 버렸다.

꼴깍.

그리고 문자는 다시 월출에게 다가갔다. 그 여자가 사라지고 이제 온전히 독차지했다고 믿었다. 그러나 얼마 지나지 않아 그녀가 돌아왔다. 문자는 책방에 숨어들었던 여자가 가수 윤숙희로 돌아왔다는 것을 알 수 있었다. 여자끼리는 아무리 화장을 하고 꾸며도 알 수 있다. 경쟁 상대에 대한 본능적 탐지였다. 윤숙희가 전해 주라는 쪽지도 갈기갈기 찢어 버렸고, 월출에게도 아무 말 하지 않았다. 헤븐스도어? 문자는 알지도 못하는 곳이어서 더 분했다. 그랬기에 이제 와서, 윤숙희가 죽어 버린 것에 자기도 어느 정도 책임이 있음을 느꼈다. 문자가 전화를 하지 않았다면, 불을 지르지 않았다면, 두 사람이 헤어지지 않았다면, 윤숙희가 죽지 않았을지도 모른다. 한동안 자다 눈을 뜨면 축축이 젖은 머리카락을 하고 창백한 얼굴의 그녀가 내려다보기도 했다. 클수록 대국의 얼굴에서 그 여자의 얼굴이 보인다. 윤숙희의 미소, 눈매, 입매. 그녀는 대국과 있으면 영원한 죄인, 패배자였다.

5

여섯째 날 오후 7시

목욕탕 찬물에 머리끝까지 몸을 담갔다. 내가 최진남이다. 나의 생모는 한때 최고의 가수, 윤숙희이며 나의 아버지는 남파 간첩이다. 순식간에 나를 둘러싼 배경이 바뀌고, 엑스트라였던 내가 주인공이 된다. 배 속에서 뜨거운 게 차오르고 가슴이 벌어진다. 샤워기 수도꼭지를 돌리고 온몸을 씻어 내렸다. 나의 생모인 윤숙희가 의문의 죽음을 당했다. 간첩인 아버지는 이 사건을 꽤 오랫동안 뒤쫓다가 포기한 모양이었다. 그는 이빨 빠진 호랑이처럼 살아가다가 총에 맞았다. 총을 쏜 자는 누구일까? 사방이 아버지의 적이다.

나는 머리를 덜 말린 채로 목욕탕을 나왔다. 뜨거운 남풍이 불었다. 그늘을 찾아 편의점 파라솔에 주저앉았다. 건너편 차가 보였다. 내가 목욕탕에 들어갈 때도 있던 차. 어라 가만히 보니 얼마 전, 내가 사는 고시원, 김밥천지 앞에서 차를 세워 두고 날 지켜보던 사람들이었다.

'줄곧 내 뒤를 밟았던 건가.'

고시원 앞에도 있던 차. 나는 핸드폰으로 112를 누르며 차 가까이 다가가 창문을 두드렸다.

"뭡니까. 당신."

운전석에 있던 중년의 남자가 내 핸드폰에 뜬 112를 보고 굳은 표정으로 창문을 열었다.

"최대국 씨. 얘기 좀 하시죠."

낯선 자가 내 이름을 부른다. 또.

"왜 날 감시하는 겁니까?"

긴장된 목소리가 겨우 삐져나왔다. 차 안에 탄 남자와 여자가 내렸다. 일행 중에 여자가 없었다면 누구보다 빨리 도망쳤을 것이다.

"국가정보원에서 나왔습니다."

국정원. 까만 정장에 훈련으로 다져진 몸매. 드라마나 영화에서 보던 이미지와 달랐다. 눈앞의 남녀는 실직을 앞둔 남편과 살림에 찌든 주부 같았다. 남자는 배가 불룩한 30대 후반으로 아저씨 인상이었다. 평범한 등산복. 머리숱은 흐렸지만 눈은 날카로웠다. 여자 쪽은 30대 후반으로 마른 체격에 긴 머리를 한 갈래로 묶었다. 귀가 컸다.

"식사는 하셨습니까?"

남자의 물음에 나는 망설였으나 더 이상 잃을 것도 없었다. 남자는 푸근한 외모와는 달리 운전 솜씨가 좋았다. 과감하게 차선을 바꿨지만 자연스럽다. 컴컴한 봉고차에 태워져 전등 하나 있는 창고로 끌려가는 건 아닐까. 걱정도 잠시, 둘이 데리고 간 곳은 삼겹살집이었다. 매캐한 연기 속에서 기름이 휘날렸다. 선풍기 바람과 에어컨을 타고 내 뽀송한 몸에 들러붙었다.

"신분증을 보여 주시죠."

내 물음에 둘은 신분증을 들이밀었다. 흰 바탕에 이름이 새겨진 각자의 명함이었다.

"삼겹살 3인분하고요. 소주? 맥주? 아님 말아 드릴까요."

남자는 주문을 하고 여자는 자연스럽게 수저를 놓고 물을 따랐다.

"날 보자는 이유가 뭡니까?"

"저희는 국정원 소속으로 1년 전부터 최희도 씨를 맡고 있습니다."

남자는 목소리를 낮췄다.

"아버지 얘기 계속 들어 봅시다."

어디까지 이야기를 해야 하는 걸까 계산하는 눈치였다. 저들도 날 따라다니며 내가 어느 정도 알 거라곤 눈치챘을 것이다.

"2년 전, 부부 간첩을 잡은 적이 있습니다. 남자는 지하철 공사에 입사해 전쟁 시, 지하 이동수단을 마비시키라는 지령을 받아 17년 동안 일을 했습니다. 팀장까지 올라갔죠. 부인도 다른 간첩과 접선해서 학교 다닐 때 사회운동을 한 인사들을 포섭했고요. 그런데 국가가 배신을 한 거죠. 북에 있던 친구가 탈북하면서 진짜 가족들이 완전히 생각하던 삶과 다른 삶을 산다는 소식을 들은 거예요. 처음엔 믿지도 않았지만 정황을 이리저리 이야기하니까 미칠 노릇이죠. 이때까지 믿고 있던 게 다 우르르 무너진 거죠. 사실 생고생하는 게 조국을 위해서겠습니까. 걔들도 따지고 보면 지 부모, 어린 동생들,

배부르게 먹고 건강히 잘 살게 하기 위해서인데."

잘 익은 고기가 뒤집어졌고 연기가 눈 속으로 들어왔다. 내가 이리저리 꿈틀대는 게 결국은 딸 때문이 아닐까? 홀로 살아갈 수 없는 것, 지켜야 할 누군가 때문에 열심히 살아가는 것. 인간은 단순한 이유로 복잡하게 살아간다. 가게 안은 어느새 고기를 굽는 사람들로 붐볐다. 국정원 남자가 빈 잔에 소주를 따랐다.

"그 부부가 정계 인사는 물론 수많은 사람들과 접선한 사실을 알게 됐습니다. 그 과정에서 최희도 씨의 존재도 어슴푸레 드러나게 되었습니다. 최희도 씨는 최소 40년 이상 이곳에서 고정간첩으로 위장해 살아왔습니다."

심장 박동이 올라갔다.

"알고 계셨습니까?"

추측이 사실이 되는 순간, 이상한 우월감이 들었다.

"전혀. 몰랐는데요."

"남한에 거주하면서 굵직한 사건들의 서브 역할을 맡아 왔던 것 같습니다. 아버님을 스쳐 간 사람들만 해도 수백 명이 넘습니다. 그리고 그들 중 현재 이 나라에서 각계 중요 위치까지 오른 자들도 상당수입니다. 지금까지 활동하여 신분을 알 만한 사람이 반, 아니 반의반이라 해도 우리에겐 참 큰 수확입니다만 확신이 없었죠. 우리에게 신분이 드러난 만큼 북쪽 움직임도 있었던 것 같습니다."

"아버지 정체는 어떻게 알게 된 겁니까?"

40년이나 된 고정간첩이라.

남자는 내 표정을 살피며 말을 골랐다.

"사실 부부 간첩에게 얻은 정보는 공작명뿐이었습니다. 이름도 사는 곳도 출신도 몰랐습니다. 1년 전 이맘때쯤, 간첩 주요인사 명단을 넘기면 얼마를 받을 수 있는지 묻는 전화가 걸려왔습니다. 하지만 답변을 듣지도 않고 전화를 끊었습니다. 우리는 추적을 통해 그게 최희도 씨라는 걸 알았죠."

1년 전…….

내가 마지막으로 아버지를 본 것이 1년 전이었다. 그날 밤 나는 입에 담지 못할 말들을 쏟아 냈었다. 내 빚에 엄마의 요양원에, 미치기 일보 직전이었다. 모든 사건의 시작은 아버지다. 골목 끝에서 저주하며 가래침도 뱉었다. 술에 취해 고시원으로 돌아왔던 날, 그가 쓰러지는 모습도 봤다. 그를 외면하고 돌아오면서 차라리 그가 죽어서, 생명보험금이라도 손에 들어오길 빌었다.

"오랫동안 그의 주변을 돌며 접선하는 간첩이 더 있는지 감시하고 있었습니다. 근데 며칠 전 갑자기 사라진 겁니다."

남자의 전화기가 요동쳤지만 무시하고, 여자는 고기를 내 접시 위에 올려놓았다.

"백방으로 최희도 씨를 찾아보았지만, 감쪽같이 사라진 겁니다. 이제 끈은 아들인 당신에게 있었죠. 그런데 마침 당신에게 수상한 자가 접근했다는 걸 알았습니다. 아마도 남파 간첩의 핵심자일 거로 판단됩니다. 워낙 미꾸라지 같은 녀석들이라 미행에는 실패했지만, 최대국 씨의 이후 행보를 쭉 추적해 왔습니다. 그리고…….."

"원하는 게 뭔지나 말하시죠."

내가 그의 말을 끊자, 옆에서 듣고만 있던 여자 요원이 말했다.

"현재까지의 상황을 꿰맞춰 본 결과, 저희는 최대국 씨가 아버지가 가진 남파 간첩 주요인사 정보를 찾고 있다고 생각합니다. 아닙니까?"

"그 정보를 넘기십시오. 국가에 넘긴다면 어마어마한 포상금은 물론 국가 영웅이 되시는 겁니다."

마치 부부 만담가처럼 말을 다시 받아 남자 요원이 얘기했다.

"아버지의 진짜 이름은 뭐였죠? 고향은, 부모님은, 북에 다른 가족들은요?"

내가 다짜고짜 묻자 남자는 소주를 따랐다.

"본명에 대해선 아직 밝혀진 게 없습니다. 고향도 모릅니다. 워낙 오래된 일이기도 하고, 고정간첩은 다 점조직이라 밝혀내기가 쉽지가 않습니다. 공작대호명이 '은하수'란 것만 알았습니다."

은하수.

아버지의 물건 중에 오래된 은하수 담배가 떠올랐다. 술잔을 들었더니 남자가 술을 채웠다.

"아버님 목숨이 위험할지 모릅니다."

"위험하다뇨."

"최악의 상황…… 그러니까 자살을 생각하시는 것 같았습니다."

여기서 아버지가 총에 맞았다고 말을 해야 할까. 국정원은 믿을 만한 놈들일까?

"마지막으로 뵌 게 언젭니까?"

"몇 개월 전쯤일 거요. 아마."

"저희를 아직 못 믿으시는군요. 이 사실이 유출되었다면 아버님의 목숨이 위험합니다."

"날 계속 미행한 겁니까?"

여자는 고기를 올려놓았다.

"기회 봐서 설명해 드리려 했습니다."

"혹시 물에 빠진 날 꺼내 준 게 당신들입니까?"

남자는 여자 요원을 가리키며 말했다.

"훈련소에서 잠수 기록이 남녀 통틀어 최고였죠."

"어쨌든 고맙수."

나는 악수를 청했다.

"한 가지 알고 싶은 게 있는데. 1978년도 윤숙희 실종 사망 사건 말입니다."

"들어 봤습니다."

한 박자 숨을 고르고 남자가 답했다.

"국정원에선 진범을 알고 있습니까?"

남자는 오진복 형사의 검거부터 아는 이야기를 늘어놨다.

"그 얘기 말고 진짜 범인 말입니다."

"국정원이라고 모든 정보를 다 알 수는 없습니다."

내가 진지한 얼굴로 고개를 흔들자 남녀가 눈을 마주쳤다.

"사진 몇 장 좀 봐 주시겠습니까?"

남자가 눈짓을 하자, 여자가 가방에서 손바닥만 한 검은 케이스를 꺼냈다. 비번을 입력하자 열렸다. 안에는 사진들이 들어 있었다.

"최근 3년 사이 북한에서 넘어온 요원들입니다. 탈북자들 사이에 숨어 있었는데 놓쳤습니다."

한 명은 눈매가 매섭고 각진 얼굴의 20대 남자다. 또 다른 한 명은 볼이 움푹 들어가고 음영이 진 외까풀의 30대 남자였다. 일부러 특징 없는 표정을 지은 건지, 공작원의 요건 중 하나가 평범한 얼굴인지, 둘 다 흐릿한 얼굴이었다. 수염을 기르거나 머리 모양을 바꾸면 쉽게 알아볼 수 없다. 스치면 기억하기 어렵고, 옷차림을 바꾸면 쉽게 그 사람이 될 수 있도록 말이다. 지극히 평범한 인상임에도 불구하고 이상하게 기시감이 들었다.

'어디서 봤더라……'

남자와 여자가 내 얼굴과 표정을 살폈다. 나는 최대한 표정을 바꾸지 않으려 애썼다. 이들을 믿을 수 있을까?

"잘 모르겠는데요."

"자세히 좀 봐 주십시오."

"나도 좀 압시다. 그러니까 아버지가 간첩이었고, 이제 간첩들이 배신하려는 아버지를 죽이려고 한다. 뭐 대충 스토리가 이런 겁니까?"

"큰 줄기는 그렇습니다."

고기는 불판 위에서 타들어갔다.

솔직히 말을 할까. 아버지는 총을 맞았고, 나는 간첩 명단을 찾아 헤매는 6일 동안 목숨을 노리는 이들에게 쫓기고 있으며 이제는 늙어 빠진 서요한 목사와 그 수하들에게 가족까지 위험한 상황이라고.

조명의 그림자가 남자의 얼굴을 반쯤 가렸다. 한줄기 섬광이 뇌를 뚫고 지나갔다. 가로등 불빛, 어두웠던 공원, 어둠 속에서 걸어 나온 양복 입은 남자, 자신을 김 부장이라고 소개했던 남자, 이 일의 시작인 제안을 했던 남자. 사진 속 30대 외까풀의 남자가 10킬로그램 이상 살을 찌웠다고 가정하면, 영락없는 김 부장의 얼굴이었다.

아……. 제길.

"뭔가 떠올랐습니까?"

"아니 전혀요."

"아버지가 가지고 계신 정보에 대해선 들은 바 없으십니까?"

나는 고개를 흔들었다.

"없습니다."

이로써 명확해졌다. 아버지가 숨긴 수첩은 남파 간첩 주요인사 명단이다. 그 안에는 누굴 만났고 뭘 했는지 적혀 있을 것이다. 그 수첩을 찾는 김 부장은 북쪽 사람이다. 이제야 선명해졌다. 아버지의 목숨보다 돈을 중요하게 생각할 적당한 사람. 그게 나였다.

화장실 좀 다녀오겠다는 말에 국정원 두 남녀는 고개를 끄덕였다. 주인에게 화장실 위치를 물었다. 열쇠를 가지고 옆 건물로 가라고 한다. 연기 속을 빠져나오니 후끈한 밤바람이 불었다. 나는 화장실로 가지 않고 곧장 네온사인 안으로 뛰었다.

내가 수첩을 찾아 넘기면 아버지는 죽는다.

6

　야간 통행금지가 끝나던 해. 문자는 빨간 얼굴의 애를 낳았다. 문자의 남동생들은 월출을 둘러싸고 으름장을 놓았다. 남의 귀한 누나를 뭘로 보고 결혼식도 안 올린다는 둥, 가만두지 않겠다는 둥, 빤한 협박을 일삼았다. 그러면서 고기 값 술값도 내지 않고 마셔 대다 돌아갔고 세 언니와 두 여동생은 옷과 가방을 한 벌씩 고르고 월출을 계산대로 밀었다. 월출은 이삼 년에 한두 번 있는 일이어서 자본주의 국가에서 세금 내듯이 겪어야 하는 일이라고 생각했다. 태정이는 클수록 배 씨와 판박이였다. 월출은 배 씨와 몇 번 마주친 적이 있다. 얼굴이 각지고 성격이 급한 남자였다. 버스 회사들을 전전하는 일용직 엔지니어였는데 일은 시늉만 하고 동네 상회에서, 시장에서, 술집에서, 틈만 나면 여자 앞에 붙어 생글대고 있는 사내였다. 뒷주머니를 쓰다듬는 게 습관이었는데 그곳에는 굵지 않은 복권이 꽂혀 있었다. 문자의 임신 소식을 알자, 배 씨는 말없이 떠나 버렸다. 문자는 드라마를 보며 저 개 같은 새끼, 쌍놈의 새끼라며 큰소리로 통곡했다. 그 남자는 여자 주인공을 임신시키고 버리는 역할이었다. 아이는 멋모르고 따라 울었다. 태정이는 크면서 자기 포지션을 알아 갔다.

국민학교를 다니게 된 아들이 국민체조 전, 애국가를 부르는 모습을 멀리서만 지켜보았다. 목이 메었다. 그즈음 이산가족 찾기로 떠들썩했기에 텔레비전을 일부러 보지 않았다. 1987년 겨울에는 대한항공 여객기가 미얀마 상공에서 폭발했다. 북한 공작원이 저지른 테러로 115명이 사망했다고 했다. 범인은 노인과 20대 여성이었는데 정부는 그들을 막지 못했다. 월출은 그 사건 이후로 악몽을 꾸다 한밤에도 대국이가 잘 있는지 집에 뛰어가곤 했다. 그러곤 자고 있는 아이를 보면 가슴을 쓸어내리고 되돌아왔다.

테러가 있은 지 1년도 채 안 되어 남한은 예정대로 88년도 올림픽을 치렀다. 기억상실과 집단최면에 걸린 사람들처럼 축제를 벌였다. 잊지 않는 자들을 오히려 이상하게 몰아갔다. 월출은 대국의 졸업식, 입학식은 물론 사람들 눈에 띄거나 사람이 모이는 곳은 가지 않았다. 대국과 함께 외부에 노출되는 일은 최대한 삼갔다. 대신 집의 방문에는 쇠창살을 달고, 문자에게 상의 없이 자물쇠를 늘렸다. 아이는 문자와 함께 두 달에 한 번 치과에 갔고, 불주사를 맞았다. 독감 때문에 고열에 시달린 것 빼곤 건강했다. "누군가 내 이름을 대고 널 찾아오면 도망쳐라."라는 말을 아들에게 줄곧 해 주었다. 아들은 월출의 눈동자 대신 그의 어깨 너머 늙은 개에게로 시선을 돌렸다. 마음에 모래가 쌓이듯 서걱거렸다.

월출이 돈 통을 채우면 문자가 비워 갔다. 그 돈이 원금이 되어 문자는 시장 상인들에게 돈을 빌려 주고 이자를 받았다. 돈을 안 갚는 이에게는 물건으로 받았고 돈을 끝까지 갚지 않으면 갖은 훼방을 놓았다. 전기를 끊어 버리거나 불을 수시로 껐다. 수돗물 밸브를 잠그고 상점 앞에 쓰레기를 버리기도 했다. 집에는 여러 종류의 물건들이 들어왔다 나갔다. 어느 날은 냉동갈치 박스가 온 집 안을 채우기도 했고 어느 날은 배추가 무릎까지 마당에 늘어서 있기도 했다. 문자는 가면 갈수록 돈독이 올랐다. 퍼런 눈 화장을 하고 붉은 매니큐어를 바르고 머리를 틀어 올렸다. 그뿐만 아니었다. 문자는 한밤중에 일어나 월출의 옷을 뒤졌다. 인사를 나누거나 손님으로 온 모든 여자를 기억해 두었다가 동네에서 만나면 침을 뱉거나 발을 걸었다. 술을 먹고서는 머리를 산발로 풀고 가슴이 드러나도록 옷을 찢고 울부짖었다. 월출은 그런 문자가 처음에는 가엾어서 외식도 함께 하고 선물을 사 주기도 했다.

하지만 그녀의 히스테리는 더욱더 심해져 갔다. 그래도 아이들에게는 잘해 주었기 때문에 월출은 참을 수밖에 없었다. 문자가 저리 날뛰는 데에는 월출의 책임도 있다고 믿었기 때문이다. 문자는 보증금을 내고 세 들어 지냈던 집을 아예 사 버렸다. 마침 주인집 아들과 딸이 차례로 장가시집 가는 바람에 집을 팔게 된 것이었다. 문자는 세를 놓았다. 아이 딸린 식구는 거절한 끝에 2층엔 총각과 노인이 세 들었다. 월출과 문자는 명절마다 만나는 사촌형제들처럼 만났다. 월출이 오는 날이면 문자는 화장을 진하게 했고 집 안에 기름 냄새도 풍겼다. 그러나 월출은 표정 하나 변화 없이 빨랫감을 챙겨 돌아설 뿐이었다. 절룩거리는 그 모습. 돌아오지 않을 사람처럼 한 번도 뒤돌아보지 않았다. 그런 날이면 문자는 아줌마들과 함께 하우스에서 밤늦게까지 고스톱을 쳤다. 외로움에 지쳐 다른 남자를 두세 번 만났지만 월출처럼 생활비를 주지는 않았다. 십수 년 만에 연락을 해 온 태정의 친아빠 배 씨도 사고로 허리를 못 쓴다고 우는 소리를 했다.

매달 보험료와 네 식구의 생활비를, 1년에 두 번 두 아이의 학비를 줘야 했다. 문자는 자기가 번 돈으로는 업자들과 돌아다니며 집을 사고 땅을 샀다. 월출의 책방 수입은 한계가 있었기 때문이다. 게다가 다리를 절어서 할 수 있는 일이 사실상 적었다. 돈만 벌려고 했다면 도박판에 뛰어들거나 살인 청부업자가 되었을 것이다. 상가에선 최 서방 대신 절름발이 최 씨라 불리게 되었다. 어차피 책방 주인에게 호칭이나 다리 한 짝 따위 중요하지 않았다. 중요한 건 아이가 다리를 저는 아버지를 부끄러워한다는 사실이었다. 대국은 평소에도 월출과 나란히 걷지 않았다. 월출의 기억 속에 남아 있던 그날도 신발주머니를 어깨에 둘러멘 체 월출의 1미터쯤 뒤에서 걸었다. 어느덧 열두 살, 아비의 장애가 더없이 부끄러운 사춘기였다. 학교에서 친구를 곤죽이 되도록 두들겨 팬 덕에, 담임선생님의 부름을 받아 아이를 데리러 간 날이었다.

월출은 중원장이라는 이름의 중국집으로 대국을 데리고 들어갔다. 둘만의 외식은 처음이었다. 대국은 미적거리며 따라 들어왔다. 화려한 조명과 원탁 테이블. 월출은 살짝 상기된 표정으로 주문을 했다.

"짜장면 두 개 주시오."

짜장면이 나오고 월출이 비벼서 대국 앞에 내밀었다.

대국은 짜장면을 힘없이 비비적거렸다. 월출은 대국이 왜 친구들을 때렸는지 묻지 않았다. 아이는 반듯하게 탄 가르마를 보이며 짜장면을 열중하여 먹었다. 중원장. 이곳은 아이의 엄마가 좋아했던 곳이다. 자신은 비록 절름발이지만 너를 낳아 준 여인은 멋진 사람이었다고 말해 주고 싶었다. 하나, 이 사실을 설명하기엔 준비가 덜 되었다. 그는 짜장면과 함께 말을 삼키고 말았다. 침묵 속에 자장면 삼키는 소리만 들렸다. 대국은 짜장면을 금세 비우곤 말 한마디 없이 중국집을 빠져나갔다. 월출은 묵묵히 짜장면을 입안으로 끌어넣었다. 그게 부자의 마지막 식사였다.

90년대가 되자 헤븐스도어는 전화방이 되었다. 월출은 말도 없이 바뀐 게 서운해서 안에 들어가 보았다. 바퀴벌레 약과 쥐덫 냄새가 났다. 조명이 어두운 한 평 방 안에는 전화기가 놓여 있었다. 전화기를 들었더니 수화기 너머로 낯선 여자의 교태 섞인 목소리가 들렸다. 월출은 도망치듯 그곳을 나왔다. 휴거로 나라가 들썩였고, 월출에겐 휴거보다 더욱더 충격적인 일이 벌어졌다. 1997년 2월 15일 대낮. 김일성 처조카가 자택에서 총에 맞아 죽은 사건이었다. 아파트, 대낮, 경호원, 이런 조합에도 그들의 계획은 성공했다. 마음만 먹으면 얼마든지 할 수 있다. 그들은 배신자와 그의 가족을 죽인다. 월출은 끔찍한 불안감에 사로잡혔다. 그처럼 살게 할 순 없다. 아들을 죽게 할 수 없다. 그는 손톱을 물어뜯었다.

1997년 겨울은 유난히 추웠다. 어둠 속 가로등은 주황불만 간신히 뿜어냈다. 월출은 김일성 처조카 암살 사건 이후, 아들을 미행하는 날이 늘었다. 성인이 된 아들의 넓은 어깨와 익숙한 뒤통수가 보였다. 아들은 술에 취해 갈지자로 걷다 트림을 크게 하고 대문을 열고 안으로 들어갔다. 2층 오른쪽 창문에 불이 켜졌다 꺼졌다. 월출은 열쇠를 꺼내 대문을 조심스레 따고 아들을 따라 들어갔다. 시간은 밤 1시였다. 집 안은 컴컴했다. 구조는 익숙하여 불을 따로 켜지 않아도 방향을 알 수 있었다. 문자가 방범 목적으로 늘 세워 놓는 야구방망이를 들었다. 달빛에 의지해 조심스럽게 계단을 올라갔다. 다리를 저는 탓인지 삐걱삐걱 계단이 비명을 질렀다.

2층 복도는 고요했다. 아들의 방은 가장 안쪽이었다. 문을 밀고 안으로 들어갔다. 방에선 술 냄새가 진동했다. 아들의 얼굴은 달빛에 비친 음영 때문에 낯설어 보였다. 눈물이 핑 돌았다. 늦은 나이에 국가대표 선발전에 나가겠다고 했다. 그렇게 못 나가게 말렸건만 군대 가기 전에 한 번은 꼭 도전해 봐야겠다는 고집을 꺾을 수 없었다. 월출은 잘 알았다. 실력보다 맷집이 강점이다. 국가대표 선발전에서 뽑힐 가능성도 있었다. 그렇게 되면 북에 아들과 자신이 드러날지도 몰랐다. 그럼 끝이다. 아들의 굵은 정강이 쪽으로 고개를 돌렸다. 저 정강이는 아들은 죽이고 말 것이다. 목숨이 있어야 미래도 있는 것이다! 월출은 야구방망이를 잡은 두 손에 힘을 주었다.

'아니야 미쳤어. 이건 미친 짓이야!'

그는 도리질했다. 두 개의 생각이 머릿속에서 부딪쳤다. 방망이를 잡은 손이 부들부들 떨리고 다리가 후들거렸다.

"부러뜨려 버려요."

어느샌가 중학생 태정이 얼굴을 반쯤 들이밀고 속삭였다. 월출은 흠칫 놀라 방망이를 떨어뜨렸다. 그때 아들이 눈을 떴다. 월출의 눈동자에 아들의 시선이 꽂혔다. 그는 도망치듯 어기적어기적 다리를 끌며 방을 빠져나왔다. 아들의 발소리가 불규칙적으로 그를 따라왔다. 그는 서둘러 난간에 의지한 채 겨우 몸을 옮겼다. 문자가 이 소동에 잠옷 바람으로 나와 불을 켰다. 집은 훤해졌고 월출은 알몸을 들킨 사람처럼 도망쳤다. 대문을 쾅 닫고 어둠 속에 몸을 던졌을 때 아들의 비명 소리가 그의 뇌를 후벼 팠다. 아들은 계단에서 굴러 정강이가 부러졌고, 세 시간의 접합 수술을 했다. 사실상 선수 생활은 끝이었다.

7

일곱째 날 오후 10시

한 시간 후 고시원 312호 아저씨가 찾아와 내민 권총은 막 조립을 끝낸 리볼버. 총은 고구마처럼 차갑고 흙냄새가 났다. 따로따로 어딘가 묻어 놓았던 모양이다. 총알은 세 개. 부족하지만 협박용으로는 손색없다고 귀띔해 주었다. 그러면서 자신의 이름이 이풍길이라며, 신작을 쓰면 꼭 자신을 출연시켜 달라고 부탁했다. 양귀비 수액을 건조시켜 직접 만든 액을 묻힌 마취 침도 주었다. 손가락만 한사각 플라스틱 통 안으로 다섯 개의 침이 빛났다. 하지만 이걸 어떻게 쓸지 난감했다.

일단 고시원을 나와 무작정 김 부장에게 전화를 걸었다.

"수첩을 찾았소."

내가 전하자 그가 들뜬 목소리로 말했다.

"수고하셨습니다. 그리로 갈까요?"

"피차 바쁘니 요점만 확인하겠소. 김 부장 북쪽 사람이오?"

"……."

수화기 너머는 조용했다.

"나는 따지려는 게 아니라 거래를 하고 싶은 거요. 국정원 애들도 이 수첩을 원하더군."

"상황이 바뀌었지만 변하는 건 없습니다. 수첩을 찾으면, 무조건 돈을 드립니다."

"어찌 믿지?"

"믿으셔야죠. 아버님을 저희가 데리고 있다는 것도 잊지 마시고."

"그 인간이 어찌 되든 가장 관심 없는 건 알 텐데."

"원하는 게 뭡니까?"

"6억. 대한민국 물가가 많이 올랐더라."

"……좋습니다."

"그 인간이 죽는다면 딜은 무효야. 마지막 가는 모습은 봐야지."

"최대국 씨가 혼자 온다는 건 어찌 믿습니까?"

"보면 알겠지."

나는 한 시간 후 병원에서 만나기로 하고 전화를 끊었다. 철재의 차는 시속 100킬로미터로 빗속을 가르며 달렸다. 어둠 속 하나의 불빛. 그 불빛을 노려보며 가속 페달에 무게를 실었다. 이건 모험이나 다름없다. 한 손으로 권총과 플라스틱 통 안의 마취 침이 제자리에 있는지 만져 보았다. 손이 축축하다. 차 룸미러로 아버지의 양복을 걸친 내가 보였다. 눈빛과 양복만은 할리우드 영화 속 주인공의 뺨을 후려치고도 남는다. 차무석 정형외과 앞에서 차를 세웠다. 아버지가 있던 병실 4층 창문에는 커튼이 쳐져 있었다. 최대한 자연스럽게 행동했다. 일주일 전처럼 엘리베이터를 타고 올라갔다. 열리자마자 김 부장이 맞이했다. 내가 들어오는 과정을 주시하고 있던 게 분명하다.

"수첩부터 주시죠."

"돈부터."

김 부장은 묵직한 검은 테니스 가방을 들어 보였다. 가방 안에는 5만 원짜리 지폐가 가득했다. 나는 손을 주머니에 찔러 수첩을 찾는 척했다. 권총을 꺼내 김 부장 옆구리에 딱 붙였다. 가방이 바닥에 툭 하고 떨어졌다.

"아버지한테 인사는 해야지."

김 부장은 권총이 내 손에 있을 거란 생각은 하지도 못한 듯 뻣뻣한 자세로 걸었다.

"수첩은 잘 숨겨 놨다. 여기서 날 죽이면 영원히 못 찾을 뿐 아니라 국정원에 넘어가는 거야."

"최대국 씨, 돈이 필요한 줄 알았는데요."

"필요하지. 근데 니네들 돈은 필요 없어."

"재밌군요. 내가 누군지, 어느 쪽인지 그게 중요합니까? 갑자기 없던 애국심이 막 솟기라도 합니까? 이 나라에서 당신에게 뭘 해 줬습니까. 결국은 아내도 자식도 다 떠나고 남은 건 월세 밀린 한 평짜리 고시원 방뿐이죠. 세금도 꼬박꼬박 냈고, 투표도 했고, 나름 정의롭게 살려고 했잖습니까. 시위했다가 구치소 신세 지고, 결혼 제도에도 결국 배신당했고, 사기 친 친구는 죽어 버리고, 그런데 세상은 다 당신 탓으로 돌렸잖습니까. 잘하려고 했는데 다 당신 탓이 됐죠."

김 부장은 내 일생을 다 투시하는 것처럼 술술 내뱉었다. 세상이란 건 선량하게 살아도 선량하지 않게, 그렇게 돌아가는 것이다.

"약속 금액의 두 배를 더 드리죠. 어차피 국정원 애들한테 줘 봐야 이 말 저 말 늘어놓다가 보상금도 못 받을 게 뻔해요. 최대국 씨 당신, 설마 당신네 국가를, 권력자들을, 공무원들을 믿는 건 아니겠지요? 우린 당신한텐 볼일 없다니까요. 그 명단 가지고 가는 거, 딱! 거기까지만 내려진 명령이니까."

불의를 보고 가만히 있어야 하고, 정의를 외치면 밀려나는 세상. 길거리의 시위대, 쫓기는 사람들. 졸이 죽어 나간다고 판이 바뀌진 않는다.

"두 배? 세상이 어느 때인데 구라를 치나. 네들이 무슨 돈이 있다고 그걸 줘? 북에서 요즘 위조지폐도 손댄다던데, 돈이 막 쏟아지나 봐? 닥치고 손 내밀어."

나는 하얀 플라스틱 줄로 김 부장의 두 손목을 함께 묶었다. 특수 훈련을 받은 간첩일 테니 혹시나 모를 반격에 대비해서였다. 김 부장의 손등 혈관에 마취 침을 놓았다. 김 부장은 눈에 힘을 주며 내부의 뭔가와 홀로 싸우다 1분 정도 지나자 누워 히죽히죽 이를 드러냈다. 나는 312호 아저씨에게 또 한 번 감탄과 동시에 의문을 가지며 병실로 들어갔다. 병실은 텅 비어 있었다. 아버지는 그곳에 없었다.

곧장 엘리베이터로 뛰어갔다. 층계 표시 숫자가 올라갔다. 누가 이쪽으로 올라오고 있었다. 일단 비상계단을 통해 주차장으로 달음박질했다. 지하 주차장에는 시동 소리가 들렸는데, 곧 출발하려는 구급차의 뒤꽁무니가 보였다. 총을 들어 가까이 쫓아가 바퀴를 조준했다. 소총이나 군대에서 쏘아 봤지, 권총은 처음이었다. 내 팔은 반동으로 허공으로 치솟으며 몸이 휙 젖혔다. 내가 나자빠지는 것과 동시에 차는 지그재그로 주차장 언덕을 올라가다 벽에 곤두박질쳤다. 차 안에서 두 명의 남자가 튀어나왔다. 아버지의 주치의였던 남자와 의정부서 박 형사라는 남자였다. 나는 총을 들었다. 손이 떨렸고, 목구멍이 사막처럼 말랐다.

"움직이지 마."

둘은 날렵했다. 특히 주치의는 번개 같은 발차기를 나에게 날렸다. 큰일이다! 내 총은 발사와 동시에 내 손을 떠나 공중으로 날아가 차 밑으로 처박혔다. 주치의가 발등에 총알이 박힌 듯 깽깽이를 뛰었다. 나는 최대한 감각을 끌어 올렸다. 그들의 동작을 관찰하며 둘의 공격을 피했다. 주치의는 눈에 레이저를 쏘며 좀비처럼 나에게 다가왔고, 박 형사는 나이프를 꺼내 들쑤셨다. 살벌한 그들에게 공격은 어림도 없었다. 단지 버티자는 생각뿐이었다. 내 몸속에 요원의 피가 흐르길 바라며 기합을 넣었다. 그래도 먹던 밥이 태권도 사범인데 쉽게는 안 당한다. 내 다리가 허공을 붕붕 갈랐지만 실전은 달랐다. 박 형사의 나이프가 내 귀를 스치고 바닥으로 떨어졌다. 살짝만 방향이 틀어졌어도 눈알에 박힐 뻔했다. 온몸이 후들거렸다.

나는 오늘도 국정원이 나를 솜씨 좋게 미행했길 바랐다. 죽기 싫다. 피가 돌고 심장이 뛰고 코끝이 시큰거렸다. 내 몸에서 뜨거운 피가 솟았다. 순간 주차장 구석에 놓여 있는 소화기가 눈에 들어왔다. 마치 이소룡이라도 된 것처럼 스텝을 밟으며 그쪽으로 몸을 움직였다. 그들은 기회를 노리며 내게 접근해 왔다. 소화기에 가까이 다다르자 몸을 날려 소화기를 들고 핀을 뽑았다. 거의 동시에 나이프를 주운 박 형사가 내 앞에 도착했다. 내가 뿌린 소화기에 둘은 얼굴을 가리고 뒤로 주춤했다. 재빨리 소화기를 박 형사의 머리통에 날렸다. 박 형사가 소화기에 맞고 나자빠진 순간, 발을 제대로 못 쓰는 주치의에게 몸을 날렸다. 그와 몸이 엉키는 와중에 얼른 플라스틱 통을 꺼냈다. 통이 바닥에 떨어져 침이 쏟아지고 흩어졌지만 줍는 데엔 문제가 없었다. 하나를 주워 그의 손등에 박아 넣었다. 그 순간 뒤에서 박 형사가 욕지기를 뱉어 내며 내게 달려들었다. 그가 칼을 휘두르자 본능적으로 손을 내밀어 막았다. 극심한 통증에 아랑곳 않고 박 형사의 낭심을 힘껏 걷어찼다. 박 형사가 본능적으로 움찔하며 물러난 사이 바닥에 떨어진 침을 또 하나 주웠다.

조금만……. 조금만…….

손끝에서 피가 떨어졌다. 손톱 두 개가 손끝에서 덜렁거렸다. 박 형사가 다시 칼을 휘두르며 내게 달려들자, 몸을 열어 그를 안았다. 칼이 복부에 찔러 들어오는 순간 들고 있던 침을 박 형사의 목에 박아 넣었다. 효과는 금세 나타났다. 그가 주춤하며 뒤로 나자빠졌다. 배에는 여전히 칼이 박혀 있었다. 나는 멈춰 선 구급차로 향했다. 구급차 안은 관 속이었다. 아버지는 그 안에 7일 전과 같은 자세로 누워 있었다. 아버지를 조용히 흔들어 보았다. 아버지가 가늘게 눈을 뜨곤 피와 눈물로 범벅이 된 나의 얼굴을 보았다. 나의 시선과 아버지의 시선이 공중에서 만났다. 엉키고 흔들렸다.

"역시…… 그 옷 잘 어울리네…… 멋지구나."

아버지는 산소호흡기를 밀어내고 간신히 쥐어짜냈다. 이 상황에 양복 칭찬이라니, 정말 못 말리는 늙은이다. 나는 턱에 힘을 꾸욱 주었다. 어금니에서 빠드득 소리가 났다.

"괜찮다…… 난……, 넌 여기 있으면 안 돼. 빨리 가……"

"웃기지 마요. 지금 이 모든 게 아버지의 희생이었다고 말하고 싶은 거잖아요. 끝까지."

아버지의 눈이 가늘게 떨리다가 체념의 빛이 스며들었다. 이 상황, 내가 흘리는 피와 눈물, 모든 것을 파악한 눈빛이었다.

"내 원은 너 하나 행복한 거였다……. 울지 마라…… 진남아……."

나는 진남이란 이름에 결박당해 꼼짝할 수 없었다. 아버지의 눈동자가 출렁이다 고요히 가라앉는다. 통일의 꿈으로 퍼덕였을 청년. 가장의 짐을 짊어지고 그대로 삭아 버린 청년. 아버지의 눈꺼풀이 파르르 떨렸다. 나는 그의 손을 간신히 움켜쥐었다.

"아버지……."

'죽지 마. 죽지 마. 간첩이라며 스파이라며 뭐가 이렇게 시시해. 같이 밥 한번 제대로 못 먹었는데! 진짜 이름도 모르는데! 일어나서 말을 하라고!'

눈에서 눈물이, 코에서 콧물이 쏟아졌다. 뚝뚝 턱을 타고 떨어졌다. 구급차에 연결된 모니터에서 삐, 삐, 급박한 소리가 났다. 산소호흡기를 얼굴에 씌웠지만 흘러내렸다. 내 손은 달달 떨며 핸드폰의 119를 누르려고 애썼다.

"……밥 먹어요 같이…… 집에 가서……. 빌어먹을……. 밥 같이 먹자……. 죽으면 안 돼, 죽지 마…… 죽지 말라고……. 아직 죽을 때가 아니야…… 아직…….”

그의 마른 손이 나의 주먹을 덮는다. 따뜻하다.

삐…….

삶의 피로, 절망, 고통, 엇갈려 버린 사랑. 미안하다는 한마디에 부
서져 버리는 응어리. 그의 눈동자는 한곳에 박혔고 이야기는 끊겼
다. 고요가 사정없이 내 몸뚱이를 후려쳤다. 후회가 쓰나미처럼 밀
려오고 심장을 쥐어뜯는 절망감. 눈앞에 있던 아버지가 신기루같이
사라진다.

“아. 버. 지?”

나는 아무것도 묻지 못했고 아무 말도 하지 못했다. 당신 잘못이
아니라고, 우리 잘못이 아니라고 말하지 못했다. 심장이 비틀리고
피가 요동친다. 훅 하고 거대한 빅뱅이 날 밀쳐 냈다. 나는 아득하게
날아가고 말았다. 구급차 뒷문이 열리고 빛이 들어왔다. 그 빛들을
뚫고 양복 입은 사내들이 들어왔다. 그들은 날 양쪽에서 잡았다. 옷
이 찢어지고 내 입술 속으로 뜨거운 물이 흘러들었다.

“아버지. 아버지!”

나는 뼈가 툭 불거진 그의 손을 꼭 잡았다. 따뜻했다.

“응급 처치!” 누군가 그렇게 외쳤고, 또 누군가는 “은하수가 떨어
졌다. 은하수가 떨어졌다!” 하며 연신 무전기를 때렸다. 나는 어떤
힘에 의해 끌려 나갔다.

“최대국 씨, 최대국 씨.”

누군가 내 뺨을 철썩철썩 때렸지만 아무것도 느낄 수 없었다. 아
버지는 사람들 속에 겹겹이 가려져 보이지 않았다.

그날 밤.

익숙한 바다 라인의 남자가 뉴스 화면에 비쳤다. 마른 체형, 불룩 나온 술배, 벗어진 머리의 남자가 한강 다리 위에서 시위 중이었다.

"방금 전, 청와대에 테러를 일으키겠다는 협박이 들어왔습니다. 협박범이 밝힌 시간은 오후 1시. 자신의 요구가 받아들여지지 않으면 청와대에 설치한 폭탄이 폭발할 거라고 전했습니다. 협박범은 95년에 무너진 L 백화점의 공사를 맡은 M 건설회사 간부들의 처벌을 요구하고 있습니다. 그는 M 건설회사의 부실공사로 L 백화점이 무너지면서 자신의 아내가 사망했다고 주장하고 있습니다. M 건설회사의 실질적 소유주가 새림 교회의 서요한 목사임을 두고, 일각에선 M 건설회사가 부당하게 빼돌린 수익금이 새림 재단으로 흘러들지 않았나 하는 의혹이 제기되고 있습니다."

"조금 전 협박범이 한강에 나타났습니다! 협박범은 정신 이상자로 보이며 알 수 없는 말을 하고 있습니다. 이 씨의 아내는 95년 L 백화점의 희생자 중 한 명으로 밝혀졌습니다. 이 씨는 최근까지 서울의 한 고시원에서 알코올에 의존하며 생활을……."

"협박범이 예고했던 1시가 지나고 아무 일이 벌어지지 않자 해프닝으로 끝내고 다시 업무에 복귀하고 있습니다!"

화면에는 312호 아저씨가 웃통을 벗고 데굴데굴 구르고 있었다. 손목에 사금파리에 베인 자국은 화면이 흐릿해서인지 보이질 않았다. 아저씨 말이 진짜이든 아니든 아무도 그의 외침을 들어주지 않는다. 그 시각, 청와대 앞에 마이크를 잡고 있는 기자의 발걸음이 빨라졌다. 청와대에서 뛰쳐나오기 시작하는 의원들을 향해 카메라가 돌아갔다. 의원들의 옷과 얼굴, 머리에는 갈색 건더기들이 묻어 있었다.

"현재 시각 2시 10분. 청와대는 악취가 진동을 하고 있습니다! 한 말씀만 해 주시죠. 이게 무슨 상황입니까?"

"꺼져! 찍지 마! 찍지 마!"

경찰과 특수부대가 도착했다. 정확한 몸놀림으로 내려 청와대 안으로 침투한다.

"믿을 수 없는 일이 벌어졌습니다. 이곳은 용변 냄새가 진동을 하고 있습니다! 이곳 청와대는 지금 아비규환입니다!"

줄지어 의원들이 머리와 어깨에 묻은 똥과 오물을 닦으며 뛰쳐나왔다. 누군가 뒷모습을 보이며 차분하게 인터뷰 중이었다.

"갑자기 터졌다니까요. 정화조인지 뭔지 모르겠구. 천장에서 화장실에서 막 터졌어. 이게이게 대체 무슨 일인지 모르겠어요. 여기서 30년 일하면서 처음이라니까요."

진지한 인터뷰를 마치며 실소를 터뜨렸다. 312호 아저씨가 어떻게 언제 이 일을 계획했는지는 모르겠다. 아저씨는 엑스맨처럼 양팔을 교차시켜 펙큐를 날렸다. 그러고는 예쁜 포물선을 그리며 한강으로 떨어져 사라졌다. 잠수부들은 결국 아저씨의 시신을 찾지 못했다. 누구는 돼졌을 거라고 하고, 누구는 살아 계실 거라며 비슷한 대머리를 부산에서 봤다고도, DMZ에서 마주쳤다고도 했다. 내 심장이 뛰었다.

다행히 칼에 찔린 상처는 잘 봉합되어 오래지 않아 퇴원할 수 있었다. 고시원에 돌아왔을 때에도 여전히 국정원에서 대놓고 따라붙는 감시가 있었고, 어쩌면 여전히 북에서 온 자들도 나를 미행하고 있을지 몰랐다. 그들이 원하는 건 단 하나다. 아버지의 명단. 내가 가지고 있으리라 짐작하고 있는 것이다. 수십 년 전 사람들 명단이 뭐 그리 중요하다는 건지. 나는 끈질기게 아버지의 명단을 찾아 제보해 달라는 요구에, 마침내 갖다 주마 하고 답했다.

국정원 직원의 안내로 찾아간 사무실은 출장 뷔페 본부 위층에 있었다. 'JU 기획'이라는 허름한 디자인 사무실이었다. 40대로 보이는 남자가 죽은 난들을 발로 밀며 라면박스 안에 필요한 물건들을 처넣고 있었다. 우리가 들어서자 팀장이 하던 일을 멈추고 실쭉한 눈으로 나와 남자 요원을 번갈아 봤다. 요원은 국정원 O팀의 팀장이라고 소개했다. 간단한 인사가 오가고 나서 팀장은 자리 좀 비켜 달라고 했다. 반응이 미지근하다. 나는 사무실을 나가자마자 문에 귀와 몸을 붙였다.

"이번엔 영감들이 그냥 안 넘어갈 모양이야. 여론이 장난 아니니까. 일단 올스톱하란 지시야. 피바람이 한바탕 몰아칠 것 같다."

팀장이 말했다.

"아니. 이게 몇 년간 공들인 작전인데요, 갑자기 그게 말이 됩니까."

"우리가 언제 말 되는 일 했냐? 시키면 시키는 대로 해. 융통성 있게. 나도 지켜야 할 사람들이 있어. 우리가 살고 봐야지. 팀 해체니까 짐 빼고 본부로 복귀해라. 그리고 저 사람은 왜 데려왔냐?"

"은하수 아들입니다."

"명단은 확실히 받았나?"

"아직, 최대국 씨가 가지고 있습니다."

"일 금방 마무리될 수도 있으니까 일단 우리가 가지고 있어야지. 여튼 지시 내려질 때까지 오프더레코드야. 잘 달래서 보내고. 나중에 연락 준다고 해."

개새끼들.

최근 국정원의 태도가 도마 위에 올랐다. 불법 도청 감시와 사찰로 여론이 뒤숭숭했다. 그 여파인 듯하다. 남보다 제 살길이 먼저인 것이다. 말이 끊기자 나는 문 앞에서 떨어져 딴청을 피웠다. 요원이 입가에 미소를 지으며 나왔다. 뒤에서 팀장도 따라 나왔다.

"좋은 일 하시는 겁니다."

"잘하는 걸까요?"

"그럼요. 선생님도 아버님도 애국 제대로 하시는 겁니다."

나는 얼굴색 하나 변하지 않고 주머니 안에서 미리 준비해 온 수첩을 건넸다. 남자 요원이 애매한 얼굴로 날 바라봤다. 휴대폰을 확인하던 팀장이 추임새를 넣었다.

"다음에 밥 한 끼 하시죠."

이럴 줄 알았어. 경찰은 늘 뒷북을 치고, 정부는 늘 뒤통수를 치고, 공무원은 늘 이럴 때만 동작이 빨라진다. 문을 닫고 밖으로 나왔다. 평화롭고 비위생적인 골목으로 발걸음을 옮겼다. 마지막 피날레를 이렇게 장식할 순 없다. 좀 더 화려하고 그럴싸해야지. 아버지의 낡은 전화번호 수첩을 건넨 건 잘한 일이다.

차에 오르자마자 전화기가 울렸다. 국정원 놈들이었다.

"최대국 씨! 이게 뭡니까. 이게 뭐죠? 만나서 이야기하시죠."

"이때까지 만나서 얘기했잖아. 내 이럴 줄 알았어. 국가 기관이 뒤통수나 치고 말이야. 진짜 명단은 한강에 던질 거야."

"저희도 예상하지 못했던 일입니다. 죄송합니다."

"대체 네들이 아는 건 뭐냐."

가속 페달 위에 발을 올려놓았다. 시간은 오전 11시를 넘어가고 있었다. 백미러로 뒤쫓는 놈들을 확인했다. 트럭 한 대 왼쪽으로 회색 RV, 대각선 뒤로 그랜저가 계속 번갈아 가면서 보인다. 국정원만이 아니라 나를 감시하던 놈들은 다 몰려온 듯했다. 액셀을 꾸욱 밟자 소리를 내며 튀어 나갔다. 네다섯 대의 차도 따라왔다. 여의도를 지나 교통이 한적한 서강대교 위에 차를 세웠다.

주머니에 따로 챙겨 둔 종이를 차에 굴러다니던 빈 박카스 병에 넣고 뚜껑을 닫았다. 맹렬히 따라오던 차들이 정차하는 걸 보곤 곧바로 한강으로 던져 버렸다.

"으아아아아아아아!"

박카스 병은 포물선을 그리며 물 위로 떨어졌다. 이내 첨벙첨벙 소리가 연달아 울렸다. 연어가 강을 거스르듯, 돌고래들이 집단 자살을 하듯, 사람들이 한강에 뛰어내리기 시작했다. 양복 입은 놈, 추리닝 입은 놈, 마른 놈, 통통한 놈, 키 큰 놈, 작은 놈, 남과 여, 남과 북, 관계없이 뛰어내려 수영을 한다. 상상만으로 아드레날린이 솟았다. 참으로 스펙터클한 일주일이었다. 차 안에서는 윤숙희의 「여자의 눈물」이 울려 퍼졌다. 두통은 말끔하게 사라져 있었다.

8

월출은 이제 뜬눈으로 밤을 지새우는 날이 늘어난다. 잔다 해도 악몽으로 깬다. 월출은 천장에 펜으로 점을 찍었다. 저 점이 보이면 현실이고 안 보이면 환상이다. 지금도 악몽을 꾼다. 악몽을 꾸면 목이 말라서 머리맡에 놓인 자리끼를 들이켰다. 1인당 국민소득이 2만 8000달러가 넘었지만, 사람들은 여전히 연탄가스를 마시고 죽고, 돈 없어서 죽고, 우울해서 죽고, 가족을 죽이고 죽고, 사람을 죽이며 죽는다. 남한에는 판문점 관광이라는 게 생겨났다. 서울 외곽에서는 망원경을 통해 북한 마을을 볼 수 있다. 월출은 딱 한 번 파주에 있는 오두산 통일전망대에 간 적이 있다. 그곳에 가는 버스 안에선 물도 삼키지 못했다. 하나 막상 망원경 앞에서 구멍 안을 들여다보려니 이게 다 무슨 소용인가 싶었다. 월출은 고개를 돌려 버렸다. 돌아오는 버스 안에서 희미하게 고향의 소리가 귓가에 울리는 듯했다.

요즘 월출은 동사무소에서 하는 컴퓨터 강좌를 들었다. 그는 돋보기를 코에 걸치고 양쪽 검지로 자판을 두드려 가며 배웠다. 도서관에 가서 영화도 보고 신문도 읽었다. 아침 8시가 되면 책방 문을 열고 청소를 했다. 아침을 때우고 약을 입속에 털어 넣었다. 책방은 쇠퇴기를 맞아 찾아오는 이가 얼마 없었다. 그는 시대의 유물이 되어 갔다. 시장 사람들은 하나둘 나가고 개발구역도 아닌 이곳에는 느린 사람들만이 남았다.

전파사 류 씨는 버스카드라는 걸 어찌 만드는지, 기차나 고속버스 예약을 하려면 어찌 하는지조차 몰랐다. 물론 월출도 더뎠지만 류 씨 대신 예약을 해 줄 정도는 됐다. 두 사람이 같이 있으면 사람들은 절름발이 형제라고 키득거렸다. 그래도 월출은 인터넷을 사용하고, 트위터, 페이스북이 무엇인지 알았으며, 요즘 텔레비전은 최신 영화도 돈만 내면 볼 수 있다는 것 정도는 알았다. 하지만 월출 역시 외부인이 보기엔 이곳의 옛날 사람과 다를 바 없이 스러져 가는 역사였다. 세월과 함께 무너져 가는 성에 갇힌 사람들. 그러자 기이하게도 잡지사니 방송사니 여러 곳에서 카메라를 들고 찾아들었다. 그들에겐 이곳에 남은 이들이 재미난 소재였나 보다. 하지만 그 때문에 월출에겐 죽음이 바짝 다가섰다.

그날은 평소와 같았다. 일어나 청소를 하고 동네를 돌고 돌아와 신문 광고란을 넘겨보았다. 월출의 심장이 쿵 하고 멈췄다. '사람을 찾습니다.'라고 시작되는 광고란의 연락처를 유심히 보았다. 45년이 지났지만 한 번도 잊은 적 없는 공작대호가 신문 광고란에 약호로 나와 있었다. 그 돋보기를 어디다 벗어 놓았는지, 냉장고의 우유가 유통기한이 지났는지 깜빡깜빡하지만, 훈련소 생활은 또렷해진다. 50개나 되는 약호를 월출은 지금도 구구단보다 선명히 기억했다. 약호들의 의미를 떠올려 서둘러 조합했다. 조합을 마친 월출은 다리에 힘이 풀려 주저앉았다. '집합하라. 3일 후. 고서점.'

월출이 북과 연락을 끊은 지 34년 만의 집합은 무엇을 의미하는 걸까. 거기다 장소는 이곳이다. 이건 처형이나 다름없다. 월출은 주위를 둘러보았다. 창가에 앉아 햇볕을 쬐는 고양이 한 마리와 눈이 마주쳤다.

'누군가 나를 감시하던 자가 있었을까?'

수많은 세월을 조심하면서 살았다. 사진도 찍지 않았고 대외적인 일을 만들지 않았다. 심지어 대국이 학교 운동회는 물론 졸업식도 멀리서만 지켜봤다. 사람 많은 곳, 동물원, 백화점, 놀이동산 같은 곳은 얼씬도 하지 않았다.

'어디서부터 잘못된 걸까.'

머릿속을 헤집어 보았다.

'아……!'

얼마 전 취재 온 기자가 메고 있던 카메라가 떠올랐다. 젊은 사람이라 붙임성 있게 이것저것 물어 왔다.

"얼굴 사진은 안 나갈 거예요. 제 말은 믿으셔도 돼요. 이곳 분위기가 너무 좋네요."

젊은이의 미소는 월출의 마음을 움직였다. 예전 같으면 어림없었다. 이젠 돋보기를 목에 걸고 어디 있는지 한참을 찾는다. 앉았다가 일어설 때 무언가를 꼭 잡아야 한다. 손가락이 들려 한동안 돌아오지 않고, 눈물샘은 가뭄이다.

월출은 소인이 찍힌 누런 봉투를 뜯어 잡지를 꺼냈다. 잡지 표지에 찍힌 빨간 글씨의 '월간 사람들', 그 속 중간 페이지쯤에 월출의 사진이 있었다. 사진은 나가지 않는다고 해 놓고서 그의 흰머리 한 올, 굵은 주름부터 잔주름까지 또렷이 찍어 올렸다.

> 45년간 꾸준히 고서점을 운영한 최희도 씨(70).
>
> 낡은 책방 안에 대한민국의 역사가 들어 있다. 그의 인생이 역사다.
>
> 45년생의 최희도 씨는 서천에서 혈혈단신으로 서울에 올라와 구두닦이, 신문팔이, 밀수품팔이, 안 해 본 것 없이 전전하다 모은 돈으로 서대문에 고서점을 차렸다…….

잡지 겉표지에 책방 풍경 사진이 실려 있었다. 판매 부수가 꽤 되는 잡지라고 했다. 어쩐지 구경 오는 손님이 최근 늘었다고 생각했는데.

'누군가 이 잡지를 봤을지도 모른다. 얼굴이 많이 변했겠지만 알아보는 이도 있을 것이다.'

이런 생각이 들자 심장이 뛰었다. 가장 먼저 대국이가 걱정되었다. 일단 방바닥 밑에 숨겨 둔 돈을 확인해 보았다. 총재산 70만 원. 나이가 70세. 목이 멘다. 마지막으로 대국을 만났던 게 1년 전이었다. 그날을 똑똑히 기억한다. 대국은 머리를 처박고 카운터를 뒤집고 금전통을 거꾸로 들고 난리였다. 머리는 덥수룩했고 여기저기 까치집이 지어져 있었다. 눈은 퀭하고 붉었다. 그가 대국의 팔을 잡았다. 아들은 말없이 뿌리치며 월출을 쏘아봤다.

"어딨어요. 돈."

대국은 입가에 침이 튀기도록 구시렁대고 있었다.

"얼마나. 필요한 거냐."

"많이요."

"얼마나."

"3억."

"그렇게 큰돈이…… 무슨 일인 거냐?"

"이게 다 누구 때문인데. 나 이렇게 인생 망가진 것도 누구 때문이고. 알 거 없고 돈이나 내놓으시죠."

대국의 머리 뒤로 우르르 쾅 번개가 쳤다. 스텐 지붕 위로 굵은 빗방울이 내리꽂혔다.

"한번 마련해 보마. 은비랑 은비 어멈한테도 별일 없는 거지?"

대국은 뒤지던 손을 멈추고 웃기 시작했다. 어깨까지 들썩였다. 아들은 무너지고 부서져 내렸다.

"아이고. 큭큭큭."

아들은 한참을 실성한 사람처럼 흐느적거렸다. 튀어나온 욕지거리는 그의 고통과 억울함의 이야기일 터. 월출은 잠자코 들을 수밖에 없었다. 눈물 없이 들을 수 없는 욕지거리다. 그의 욕은 책방을 뒤집고, 월출의 내장을 뒤집는다. 태풍이 몰아쳐 부서지고 찢기고 나서야, 대국은 붉은 눈을 하고 일어섰다.

"밥이라도 먹고 가라."

월출의 말에 아들은 대답이 없다. 대국은 비틀비틀 몸을 옮겼다. 골목 끝에서 책방을 향해 진득한 침을 내뱉었다. 그러고는 요연하게 멀어져 갔다. 월출의 가슴을 면도칼로 베는 듯했다. 대국이 사라진 곳을 향해 몸이 무너졌다. 바닥에 머리를 찧었다. 쿵쿵, 쿵쿵. 월출의 굽은 어깨가 한참 동안 들썩였다. 월출은 처음으로 후회했다, 34년 전, 공작금 전부를 우체통에 넣은 자신의 행동을. 전신을 가랑이부터 머리 위로 가르는 통증이다. 찌르르.

낡은 수첩 세 권을 꺼냈다. 오랫동안 고무줄로 감아 놔서 끝이 말려 있었다. 펴고 한 장 한 장 읽어 보았다. 신기한 것은 128명의 이름 중 겹치는 이름이 딱 두 개뿐이라는 것이다. 수첩의 가장 마지막 장은 80년 8월 23일 노근수에서 멈춰 있다. 이 사람은 요새 텔레비전에 자주 나온다. 그의 어머니와 누나 사진은 하얗게 바래져 버렸다. 명단 하나하나 면면을 훑어보니 정치인부터 재계 등 사회 각층의 이름만 들어도 알 만한 인물투성이었다. 이 수첩이 아들을 살릴 수 있을까? 그날 밤 월출은 국정원에 전화를 걸었다.

"간첩 신고 포상금이 얼마나 됩니까?"

잠긴 목을 뚫고 쉰 목소리가 나왔다. 마치 다른 이의 목소리 같았다.

"자수일 경우는 얼마나 받을 수 있겠소?"

공중전화 수화기에 대고 이 말을 할 줄은 몰랐다. 가족을 위해 간첩이 되었고 가족을 위해 자수를 하려 한다. 옳은 일일까. 반대편 전화기 속 목소리는 침착했다. 꽤 오래 근무한 남성이 분명하다. 성급

하지 않게 이것저것 대화를 유도하려고 시도했다. 명단을 수첩에 정리했다고 말하는 중에 전화카드의 돈이 다 되어 전화가 끊겼다. 마치 주변 시선들이 자신에게 모이는 느낌이었다. 그가 잊고 있던 동물적 감각이 꿈틀댔다. 이후 횡단보도를 건너거나 길가에 서 있을 때 조심했다. 차, 전철, 속도를 낮추는 오토바이도 의심했다. 문을 꼭 잠그고 미행을 점검했다. 먹구름이 진하게 드리워졌다. 영어로 된 간판 밑에서 나물을 파는 할머니가 작은 몸을 말고 쉰밥을 입으로 가져간다. 미스 박이 살아 있다면 뭘 하고 있을까?

똑딱. 똑딱.

월출은 지포라이터를 힘주어 열었다 닫았다. 손끝에 힘이 잘 들어가지 않는다. 그게 무슨 소용이람. 3일 후면 그는 죽는다. 마른침을 삼켰다. 죽음. 칠십 평생 살며 그와 가장 친숙한 단어였다. 죽음에 이르기 전에 우선 처리해야 할 일이 무엇일까? 고민은 깊지 않았다. 끝내지 못한 일을 마무리 지어야 했다. 월출은 새림 교회로 발을 돌렸다. 웅장한 예배당 안, 금빛 공단으로 싸인 헌금 바구니가 손에서 손으로 넘겨졌다. 아무도 월출을 시선에 담아 두는 이는 없었다. 늙은이의 좋은 점은 행동이 눈에 띄지 않고 존재감이 없다는 것이다. 아무도 의심하지 않는다. 월출의 윗주머니에는 자줏빛 투구꽃의 뿌리를 말린 가루가 들어 있다. 이 투구꽃도 뒷산에서 가져왔다. 신경만 쓰면 우리가 독에 둘러싸여 있다는 사실을 알게 된다. 만일 이 가루를 서중태가 먹게 할 수 있다면…… 죽진 않아도 마비 정도는 일으킬 것이다. 노인에겐 기침도 폐렴이 될 수 있고, 마비도 죽음의 출발선이 될 수 있다.

서중태가 휠체어에서 일어나 단상에 섰다. 500명이 넘는 사람들이 일제히 그를 본다. 얼굴은 기름기가 돌았고 상체의 근육은 팽팽했으며 멋들어지게 손질된 백발은 빈틈이 없었다.

"하느님은 저를 통해서, 여러분을 만나게 하시고, 사랑하시고, 구원하십니다."

"아멘!"

"지금 밖에서 저에게 더러운 그물을 씌우려 하고 있습니다. 제가 교회에 쏟아부은 헌금이 얼맙니까! 우리 교회가 나라 발전에 쏟아부은 피와 땀이 얼맙니다! 악의 무리들이 저를 시기하고 시험하고 있습니다."

"아멘!"

"행함이 없는 믿음은 믿음이 아니고 증거가 없는 사랑은 사랑이 아닙니다. 우리가 피땀 흘리고 헌금할 때 그들은 뭘 했습니까!"

"아멘!"

사람들이 서중태의 설교에 따라 들썩였다. 그의 아들이 불법 비리와 대선자금으로 수사 선상에 있다고 했다. 서중태와 월출의 거리는 불과 50미터도 되지 않았지만 실질적 계급의 거리는 하늘과 땅이었다. 월출은 예배가 끝날 무렵 일어나 밖으로 나갔다. 복도 곳곳에 CCTV가 달려 있었다. 사무실 앞에 서서 서중태를 기다렸다. 남자 경호원이 묵직한 발소리를 내며 다가왔다. 음지에 서 있는 늙수그레한 늙은이를 한번 보더니 무전을 쳤다. 그 뒤로 서중태가 휠체어를 밀며 가까이 왔다. 경호원이 월출의 앞을 가로막았다. 하지만 월출을 알아본 서중태는 묘한 표정으로 그를 반겼다.

"내 집무실로 모시고 가."

월출은 서중태의 휠체어를 밀던 여자에게 안내를 받았다. 따라간 곳은 교회의 가장 위층이자 서중태의 집무실이었다. 최고급 사양의 에어컨과 공기청정기가 어울려 쾌적했다. 월출은 남루한 바지 위에 두 주먹을 올려놓았다. 손안이 축축했다. 서중태가 들어와 여인을 물렸다. 다리가 늘씬한 여인은 흰 잔에 담긴 차 두 잔을 놓고 나갔다. 사무실의 소파는 고급스럽고 부드러웠다. 최고급 카펫 위에 놓인 진열대. 그 위엔 상장과 트로피가 일정한 간격으로 늘어서 있었고, 방 안을 내려다보는 각도에 현직 대통령과 악수하는 대형 사진이 걸려 있었다.

서중태는 휠체어를 밀고 들어와 겉옷을 벗고 시계를 풀었다. 별로 월출을 경계하는 몸짓이 아니었다. 가끔 등을 보였다. 월출은 그사이 주머니 안에서 투구꽃 가루를 꺼냈다. 바스락 소리가 나지 않게 신경 썼다. 서중태는 세월 때문에 턱 주변에 살이 붙고 주름이 늘고 볼이 처졌지만 노인치고는 또렷한 눈빛을 가지고 있다. 이대로 함께 죽는 것도 나쁘지 않다. 얼른 흰 가루를 찻잔 두 개에 다 털어 넣었다. 서중태는 뒤돌아 테이블로 휠체어를 밀고 왔다. 고급 마사지 크림 냄새가 났다.

"무슨 생각으로 여길 온 겐가."

"당신은 죄를 지었어."

월출이 말했다.

"그 일은 끝난 지 오래 아닌가."

서중태가 찻잔을 들었다. 입으로 가져가려고 한다. 월출의 목덜미에 땀이 났다. 저것만 입속으로 들어가면 그는 죽음에 이르리라.

"누구도 끝낸 적 없어."

"한땐 네가 마술사였지. 하지만 지금은? 자넨 세상에서 가장 비참하고 절망적인 곳에 있더군. 고여서 썩어 가는 물처럼. 처음엔 자넬 주시했지. 일주일에 한 번, 한 달에 한 번, 6개월에 한 번, 1년에 한 번……. 그리고 더 이상 감시를 붙이지 않았네. 할 필요가 없게 됐거든."

월출도 그가 자신을 감시해 왔다는 사실을 알고 있었다.

"자넨 그저 책방 절름발이로 살아가고 있더군. 거짓이 아니라 정말로 말이야. 퇴물이 된 자넬 신경 쓸 필요가 없었어. 미행하는 애들이 네 삶이 지루하고 고루하다며 하소연을 하더군."

월출은 주먹을 꾹 쥐었다. 거울에 그의 모습이 비쳤다. 반백발, 낡은 가죽 가방, 보풀 일고 무릎이 해진 낡은 바지와 굽 닳은 운동화, 색 바랜 점퍼, 절뚝이는 다리.

"진짜 자네가 여기 온 이유가 뭔가. 돈, 아니면 뒤늦은 복수?"

서중태는 입을 벌리고 손뼉을 쳤다. 자기가 생각해도 재밌는 말을 했다는 표정이었다.

"예전에 죽은 내 어머니가 그랬지. 내면은 외면에서 나오고 인간성은 주머니에서 나온다고. 살면서 그 여자 말이 한 번도 틀렸다고 생각한 적 없지."

그는 한쪽 눈을 싱긋했다. 콧등을 가로로 지나는 흉터가 있는 얼굴이 전체적으로 구겨져 기이한 인상을 주었다.

"살인자를 용서하는 건 신도, 시간도 아니야."

"세상에 용서하지 못할 사람은 없지. 회개한다면."

"여전히 비열하군."

"난 그저 최선을 다해 살아온 걸세. 인간은 누구나 죄를 지어. 그건 자네도 마찬가지 아닌가."

서중태가 몸을 뒤로 젖히며 양 손바닥을 보였다. 그의 뒤로 대형 태극기가 보였다. 정의가 강한 것이 아니라 강한 것이 정의가 되는 세상.

"여전히 죄책감에 잠을 못 자나? 하느님을 믿으라고 말해주고 싶군. 원수를 사랑하고 용서하라."

"니가 믿는 건 하느님이 아니라 돈이잖아."

"그 돈도 다 하느님이 주신거야."

킥킥킥

그 웃음소리에 모든 세월이 부서지고 말았다. 월출은 찻잔을 입가에 가져갔다. 서중태도 따라 들었다. 찻잔이 그의 얇고 주름진 입술에 닿았다.

'조금만 더. 조금만 더.'

입술 사이로 차가 넘어갈 무렵, 갑자기 전화벨이 울렸다.

"뭐? 미친 놈. 당장 박 변 오라 그래."

전화를 받은 서중태는 목에 굵은 힘줄을 세우고 소리를 질렀다. 책상에 달린 벨을 누르자 아까 차를 내주던 여자가 뛰어왔다. 큰일이 터진 모양이다.

"서류 챙겨."

서중태가 찻잔을 들었다 놨다. 그러곤 월출을 거들떠도 안 보고 휠체어를 몰고 나갔고 그의 찻잔은 그대로였다. 월출의 두 눈에서 눈물이 주룩 흘렀다.

7월 1일 평일 대낮. 주택가는 한산했다. 고양이도 차양 밑으로 피하는 더위였다. 도서관에서 돌아오는 월출은 면바지와 줄무늬 셔츠까지 축축이 젖었다. 오래된 대국의 나이키 운동화는 바닥이 딱딱했지만 신을 만했다. 손수건을 꺼내 목둘레와 모자 밑 이마를 닦았다.

'미행이다.'

월출은 다리를 절뚝거리며 골목을 가로질렀다. 발소리가 가까워졌다. 눈앞에 책방이 보였다. 수만 번 상상했던 장면이었다.

"희도야. 최희도야아……"

월출은 뒤돌았다.

푸슉!

뜨거운 통증이 가슴을 갈랐다. 풀썩하고 무릎이 제멋대로 꺾였다. 고개를 들어 보니 밀짚모자에 셔츠, 반바지에 큰 가방을 하나 둘러멘 남자가 소음기가 달린 권총을 겨눴다. 남자의 총구는 흔들렸다.

"쏘시오……"

볼이 뜨거운 시멘트 바닥에 닿았다. 매미들이 고함을 질렀다. 북풍이 불었다.

"내도 갈 때가 지났나. 이런 꼴을 다 보고."

남자가 중얼거렸다. 등줄기에 찬 기운이 퍼졌다. '늘 의심하라. 늘 긴장하라. 누구도 믿지 마라.' 새삼 38년 전, 춘식의 말이 떠올랐다.

총을 들고 있는 자는 김환이었다.

"마…… 조용히 살지."

구시렁거리며 바닥에 쓰러진 월출의 주머니를 뒤졌다. 막걸리와 땀 냄새가 섞인 노인 냄새가 났다.

"이 나이 묵고 산에 가서 떨어져 죽는 거도 이상하지. 교통사고도 나이 들어 안 되재. 결국 이거 아이가. 내도 열흘 전에야 알았다. 이건 둘 다 장님도 아니고 뭐 이런 경우가 다 있노."

"형님……. 왜 하필이믄 형님이오."

월출은 말을 간신히 이어 갔다.

"늙은이 하나 처리하는데 달리 누굴 보내겄냐. 와 나이 처묵고 잡지 같은 데는 나와 가꼬 신분 드러나고 거기다 국정원에꺼정 전화해서 신고는 와 하노. 안 그랬으면 좋았잖냐, 서로. 아 니기미. 와 그랬노. 수첩은 또 뭐고? 그건 어따 됐노?"

김환은 기침 끝에 검붉은 피가 섞인 가래를 뱉었다.

"내가 죽어도 수첩은 아들 녀석이 손에 쥘 거요. 형님이 그걸 막을 수 있겠소?"

"마지막에 웬 난리냐."

"형님이 제일 잘 알잖수. 나 이때까지 조용히 산 거."

"미친놈. 농담이 나오냐."

"조용히 숨어 살아서 아비 노릇도 못 했소. 남한에선 돈이 있어야 아비가 될 수 있더이다. 죽기 전에 아들한테 한 번만 아비 노릇 하고 싶었소. 그래서 비명 한 번 질러 보려고."

"조용히…… 가자."

"그래서 하는 말이잖소. 형님. 지금 잘못 쐈어. 빗맞았다고. 여기 심장을 쏴야지. 나이 드니 조준도 안 되우."

월출은 아직 식지 않은 총구를 심장에 끌어다 댔다.

"쏘시오, 얼른. 내가 죽어야 보험금도 받는다네요. 자살은 보험금 안 준대. 쏘슈."

"자식새끼 키워 봤자. 결국 내 목줄 내줘야 칸다캤재?"

"내 목줄 내줘서 그놈이 산다면 기꺼이 그렇게 할 것이오. 형도 그렇잖우⋯⋯. 내 맘 이해하오?"

"그리 사느라 안 힘들었나?"

월출은 천천히 김환의 손을 감싸 쥐고 총구를 심장에 대었다.

"이렇게라도 살아 봐서⋯⋯ 원⋯⋯ 없소."

"다시 태어나믄 사람 말고 다른 걸로 태어나자⋯⋯."

인간만이 희생한다. 이념에 돈에 자식에 사랑에.

"사람으로 태어날 거요⋯⋯. 그래서 다음번엔 더 잘할 거요."

푸슉!

탄약 냄새 사이로 커피 껌 향이 났다. 월출의 귓구멍으로 해경을 처음 만난 날 흘렀던 성탄절 노래가 들려왔다. 뿌연 시야 앞에 그녀가 긴 그림자를 이끌고 서 있다.

'아저씨.'

그 시각, 그곳에 있던 또 한 사람. 골목 끝에서 류 씨가 이들을 몰래 지켜보고 있었다. 급소를 비껴 맞은 덕에 목숨 줄이 붙어 있던 월출이 젊은 사람들에 의해 실려 가자, 바닥에 떨어진 지포라이터를 주웠다. 용무늬였다. 류 씨는 다름 아닌 목격자였다.

9

장례식장은 고서점 같았다. 손님도 띄엄띄엄, 무엇보다 조용했다. 반의반도 차지 않은 테이블 사이로 태정이가 음식을 날랐다. 엄마는 멍한 눈으로 아버지의 영정사진을 바라봤다. 우스꽝스럽게도 잡지에서 오린 아버지 사진이 거기에 있었다. 별수 있나. 사진이 그것밖에 없으니까. 외가 쪽 친척이 스무 명가량 왔을 뿐 아버지 쪽 조문객은 없었다. 뒤늦게 소식을 들은 미영과 은비가 왔다. 태정과 미영은 눈인사를 했다. 미영은 익숙하게 소매를 걷어붙이고 쓱싹쓱싹 일을 해 나갔다. 밖에 재상이 멀뚱히 서 있었다. 나는 짐짓 어른답게 들어오라고 했다. 재상은 눈치를 보더니 미영을 거든다. 나보다는 나은 놈이다. 조문객 중엔 국정원 남녀도 있었다.

"부주 두둑하게 하쇼."

나는 국정원 요원 두 사람에게 맞절을 하며 말했다.

"공무원 월급 연금 떼면 얼마나 된다고요."

국정원 남자 쪽이 대답했다. 남자의 양말은 엄지에 구멍이 크게 나 있었다.

"근데 명단 진짜 없습니까? 한꺼번에 잡으려고 쇼한 겁니까?"

남자는 내가 일주일 전 건넸던 아버지의 전화번호 수첩을 올려놨다. 마지막 장에는 내가 휘갈겨 쓴 글씨가 보였다.

'미행 붙음. 자연스레 행동할 것. 한강에 뛰어드는 놈들 잡을 것.'

SNS에는 그날 밤 한강에 뛰어드는 사람들 사진으로 가득했다. 돌고래 자살 이후 가장 기이한 현상이라고 올리기도 했다. 지원 요청을 받고 요원들이 뒤늦게 합류했다. 다 같이 한강에 뛰어든 간첩 아홉 명을 검거했다. 명단이 들었다고 생각한 박카스 병이 잘 잡히지 않고 둥둥 떠다녀서 애를 먹었다고 했다. 간첩과 국정원이 함께 그 병을 찾아 수영을 했다.

"그래요. 수첩은 처음부터 없었습니다."

두 사람의 얼굴에 실망의 빛이 돌았다.

"근데 둘이 진짜 부부 맞죠?"

내가 두 사람을 번갈아 보며 물었다.

"애들이랑 마누라는 필리핀에 있습니다. 여기서 회사 생활 하는지 압니다. 죽겠어요. 생활비 맞추느라. 돈 늦어져야 전화가 와요. 그래서 일부러 늦게 보내기도 해요. 이게 몇 번 안 신었는데 펑크가 나네. 너무 싼 걸 샀나 봐."

간첩 아홉 명이 잡힌 날, 김환 아저씨는 병원으로 옮겨졌다. 그들의 자백으로 상선이던 자신의 정체가 드러날 게 뻔했기 때문에 자살을 시도한 것이다. 하지만 독극물은 다 세척되어 살아났다. 그러나 그의 몸속엔 이미 독극물보다 더 치명적인 암 덩어리가 침투해 있었다. 동료를 감시하던 간첩 암살자가 암이라니. 나는 그의 병실에 잠시 들렀다. 묻고 싶은 게 많았다.

"정말 수첩 때문에 아버지를 죽이려고 했어요?"

"언제부터 알았냐."

"아저씨가 국숫집에서 내 옷에 김치를 쏟고 도청을 달 땐 몰랐습니다. 한참 뒤에야 알았어요."

"내도 희도 갸 만나기 열흘 전에야 명령이 내려와서 알았다. 네 아버지도 내 정체를 몰랐지만 나도 네 아버지 정체를 몰랐다. 생각해 보면 코미디 아이가? 코미디. 이게 다 전쟁 때문이다. 빌어먹을 전쟁."

그의 눈동자가 병원 천장에 꽂힌다. 그가 아는 그 누구도 전쟁을 원하지 않았다. 전쟁으로 덕을 본 이를 주변에서 본 적이 없다. 그의 누런 눈동자에서 진득한 눈물이 흘러나왔다. 나머지 질문은 마음속에 묻어 두었다.

아버지의 유골은 고민 끝에 파주 유토피아에 안치하기로 했다. 납골당은 대한민국에서 가장 평화로운 곳 같았다. 아버지의 맞은편에 윤숙희가 있다. 이제 평생 서로를 바라보며 살 수 있게 되었다. 은하수 담배와 커피 껌을 납골함에 넣었다. 나는 조용히 고개를 숙이고 돌아섰다. 내 발소리만이 울려 퍼졌다. 여기가 둘이 지내긴 딱이다.

서울 고시원의 짐을 정리하고 서울에서 200킬로미터 떨어진 한옥을 얻었다. 발로 차면 바로 주저앉을 것 같은 낡은 중국산 오토바이도 한 대 샀다. 마트가 있는 읍내까지 가려면 오토바이로 20분은 달려야 했지만 그것 빼곤 불편함은 없었다. 소음과 무관심 대신 고요와 정겨운 풍경이 그곳에 있었다. 레코드플레이어로 듣는 윤숙희의 목소리는 최고의 자장가였다. 시간은 헐렁하고 느슨하게 흘렀다. 아버지의 사건을 뒤쫓으며 적었던 노트를 펴 보았다. 가슴이 두근거렸다. 그 노트를 토대로 나는 글을 쓰고 또 썼다. 10년 동안 써지지 않던 글이었는데 한 달 만에 책 한 권을 완성했다. 눈만 감으면 내 의식은 1970년대로 갔다. 그 과거의 정수리에서 그들을 보았다. 그 시절 아버지는 매끈한 코와 우묵한 눈을 가졌다. 매력적인 입술 사이로 은하수 담배 한 개비를 물고 거리를 걸어 다녔고, 양 갈래 머리를 한 엄마는 배기가스 냄새를 맡으며 만원 버스 안에서 사람들의 등을 밀어 넣고 있었다. 윤숙희, 아니 김해경은 시위대 속에 서 있다가 골방에 돌아와 홀로 울음을 참고 노래를 만들었다.

나는 눈을 뜨고 몸을 일으켰다. 툇마루 위에 햇살은 따스하고 바람은 달다. 딸은 캐나다에서 하늘을 자주 본다고 했다. 하늘을 볼 때마다 내가 생각난단다.

***

1년 후. 나는 낯선 곳에 서서 아버지의 회색 양복을 입고 단추를 채웠다. 손끝이 떨렸다. 기분 좋은 떨림이다. 거울에 비친 내가 낯설다. 군살은 빠졌고 알통은 솟았다. 얼굴색은 환해지고 눈은 형형해졌다. 넥타이를 고쳐 맸다. 대형 서점의 한쪽에 『제3의 남자』라는 책이 도배가 돼 있다. 긴 테이블과 현수막도 세팅되었다. 사람들이 몰렸다. 뒤에는 전작 『처절한 무죄』도 표지를 바꿔 재출간되어 진열되어 있었다. 소설 속에 담은 실제 이야기 때문에, 발간 첫날부터 새림 재단으로부터 고소장이 접수되었다.

하지만 오히려 그 고소장 덕분에 내 책은 더 많은 이들의 관심을 얻었다. 잠적한 채 여론이 잠잠해지기만을 기다리던 서요한 목사는, 내 책이 베스트셀러가 되면서 다시 모든 이슈의 중심에 올랐다. 많은 언론이 먹잇감을 놓치지 않고 연일 서요한 목사, 그리고 서중태 시절의 온갖 특종을 쏟아냈으며, 급기야 잠적한 서요한 목사에게 현상금을 내건 SNS가 들불처럼 번졌다. 게다가 현상금은 날이 갈수록 올라만 갔다. 어떤 이들은 자신이 이름만 들으면 다 아는 건달이라면서 섬뜩한 문신과 근육 사진을 올려놓곤, 자기 손으로 서요한의 목을 잡아 끌고 경찰서로 데려가겠다고 호언장담을 하기도 했다. 어쨌든 한동안 이런 화제성은 서요한 목사에겐 괴로운, 그리고 내게는 즐거운 일이 될 것이다. 물론 시간이 지나면 잊힌다는 공식에 따라 이런 화제성도 곧 사그라들겠지만.

'간첩 실화를 바탕으로 쓴 픽션! 근 45년에 걸친 사내의 복수와 사랑, 그의 과거를 쫓는 아들의 이야기.'라는 다소 촌스러운 마케팅 문구에도 소설의 기반이 된 실제 이야기가 너무 강력해서 화제가 안 될 수가 없었다.

"책 잘 읽었수."

사인회에서 양복을 차려입은 노신사가 내 손등을 두들겼다. 312호 아저씨였다. 멀끔한 자태로 주변을 둘러보더니 책을 검지로 톡톡 쳤다.

"이거야말로 한 방 제대로 먹였네."

아저씨는 씩 웃었다. 고문 받아 듬성듬성 빠진 이도 말끔하게 치료되어 있었다. 행사 스태프가 손짓을 하며 재촉 사인을 보냈다. 잠깐 그 스태프에게 눈을 돌린 사이, 아저씨는 인파 사이로 사라졌다. 나는 한 시간가량 내 책에 내 이름을 쓰고 또 썼다. 조금도 지치지 않았다.

"두 번째 책으로 10년 만에 드디어 베스트셀러 작가가 되셨는데 기분이 어떠세요."

구김 하나 없는 흰 셔츠를 입은 사회자가 묻는다.

"나쁘진 않습니다. 그렇다고 마냥 신나지도 않고요. 복잡하네요."

"이 소설이 아버님의 실화를 바탕으로 한 픽션이라고 들었습니다. 아니, 정말로 아버님이 간첩이셨어요?"

"글쎄요……. 책을 사 보시면 알게 되겠죠?"

FD가 팔을 크게 돌리고 방청객이 그 동작에 맞춰 웃음을 터뜨린다. 그리고 몇 가지 책에 대한 질문이 지나가고, 사회자가 진지하게 질문을 던진다.

"아버님은 작가님께 어떤 분이었나요?"

잠시 시선이 다른 곳으로 향한다. 그가 피웠던 은하수 담배. 그 담배 끝에 들어 있었을 청산가리를 떠올려 보았다. 늘 죽음이 곁에 있었던 남자. 자식이란 짐을 지고 굳어 가던 사내.

그는 나의 인질(人質)이었다.

택시를 타고 시청 앞을 지났다. 촛불을 든 일렁이는 불꽃의 향연. 새림 재단 비리 수사를 촉구하는 시위다. 택시 아저씨는 교통체증에 미간을 구겼다.

"여기서 그냥 내려 주시죠."

나는 택시에서 내려 인파 쪽으로 눈을 돌렸다. 시청 앞을 밝히는 불빛. 그 불빛이 촘촘하게 그물처럼 엮여 일렁인다. 코끝이 맵다. 나는 초를 받아 들고 아버지의 라이터로 불을 붙인다. 내 얼굴이 붉게 빛난다. 빛 속으로 걸어 들어간다.

에필로그
그날의 진실

2016년 12월 10일.

나는 꿈을 꾸었다. 그 꿈속에서 나는 윤숙희를 죽이라고 지시한 사람의 얼굴을 어렴풋이 보았다. 미끄러운 창고 바닥에 무릎 꿇은 그녀, 그녀의 가슴으로 총구를 대는 남자. 꿈속에서 나는 그의 옆얼굴을 숨어서 보았다. 반쯤 열린 문 뒤에 선글라스를 낀 채 명령을 내리는 또 다른 남자. 뒷짐을 진 남자의 뒷모습이 보인다.

"치워 버려."

남자의 목소리는 낮고 딱딱하다. 저 뒤통수, 저 포즈. 어딘가 낯이 익다.

탕! 총소리와 함께 잠에서 깼다.

매점에서 컵라면에 물을 부었다. 어디선가 꿈에서 들은 "치워 버려."라는 말투가 들렸다. 뉴스였다. 그와 닮은 얼굴이 뉴스에 나왔다. 국민을 위로하는 연설 중이다. 조용히 화면을 바라보다 밖으로 시선을 옮겼다. 설국(雪國). 겨울이다. 문을 열고 밖으로 나왔다. 얼음 낚시터를 빙 둘러싼 깡마른 수목. 햇살에 반사되는 눈부신 얼음 입자. 침묵과 기다림이 공존하는 이곳.

윤숙희. 생모가 38년 전에 시체로 발견된 곳이다.

목도리 안에 얼굴을 파묻고 주머니 속 핫팩을 주물렀다. 장갑을 벗고 조금 데워진 손으로 낚싯대 끝에 미끼를 걸었다. 얼음 구멍 안으로 낚싯줄을 던졌다. 커피 껌을 입안에 넣고 의자에 앉아 가방에서 노트북을 켰다. 바탕화면은 검은 바탕 위의 회백색의 성운, 은하수다.

시디를 노트북 옆면 드라이브 공간에 넣었다.

아버지의 이야기로 소설을 써야겠다 결심하였을 때, 아버지의 도서관 대출카드를 들고 동네 도서관에 갔다. 그곳에서 우연히 아버지의 도서관 대출 내역을 살펴보게 되었다. 예전 같았다면 관심 없었을 아버지의 일상. 빌린 책은 주로 스파이 영화나 간첩 소설이었다. 「인생은 아름다워」와 「쉬리」 같은 영화도 있었다. 그중 맥락 없는 제목이 바로 이 시디 자료였다. 「쥐며느리의 겨울」. 시디 겉면에 이렇게 라벨이 붙어 있었다. '지은이 김철수.'

대출한 사람이, 유일하게 아버지였던 그 시디를 나는 한사코 빌렸다. 그 안에는 파일 두 개가 들어 있었다. 「쥐며느리의 겨울」 파일하나에는 200명이나 되는 주민등록번호와 이름, 날짜까지 꼼꼼하게 적혀 있었다. 아버지를 스쳐 간 간첩들의 명단이었다. 지금 텔레비전에 나오는 사람도 있다. 유명한 정치인부터 교수까지. 이것이 나와 세상이 그토록 찾던 수첩의 정체였다.

그렇다, 시대는 변했고 아버지는 컴퓨터를 배웠다. 명단은 처음부터 내가 가지고 있었던 것이다. 또 하나의 파일은 참고자료라는 타이틀인데, 들어가 보면 누가 썼던 소설이 들어 있었다. 제목은 없다. 단지 여주인공 이름이 김해경인 로맨스 소설이었다. 그 안에선 그녀의 사랑이 더할 나위 없이 해피엔딩으로 끝난다.

내가 던져 놓은 낚싯줄에 미세하게 신호가 온다. 커피 껌을 입속에 넣고, 낚싯대를 힘차게 들어 올린다. 이번엔 분명, 대어(大漁)다.

〈끝〉

제3의 남자

1판 1쇄 펴냄 2017년 5월 5일
1판 2쇄 펴냄 2018년 2월 5일

지은이 | 박성신
발행인 | 박근섭
편집인 | 김준혁
펴낸곳 | 황금가지

출판등록 | 2009. 10. 8 (제2009-000273호)
주소 | 06027 서울 강남구 도산대로 1길 62 강남출판문화센터 5층
전화 | **영업부** 515-2000 **편집부** 3446-8774 **팩시밀리** 515-2007
홈페이지 | www.goldenbough.co.kr

도서 파본 등의 이유로 반송이 필요할 경우에는 구매처에서 교환하시고
출판사 교환이 필요할 경우에는 아래 주소로 반송 사유를 적어 도서와 함께 보내주세요.
06027 서울 강남구 도산대로 1길 62 강남출판문화센터 6층 민음인 마케팅부

© 박성신, 2017. Printed in Seoul, Korea

ISBN 979-11-5888-265-5 03810

㈜민음인은 민음사 출판 그룹의 자회사입니다.
황금가지는 ㈜민음인의 픽션 전문 출간 브랜드입니다.